SOCIÉTÉ DES

ANCIENS TEXTES FRANÇAIS

GUILLAUME DE LA BARRE

ROMAN D'AVENTURES

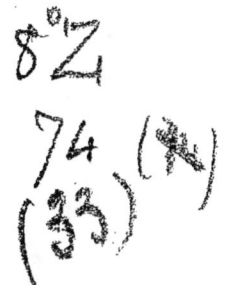

Le Puy, imprimerie de R. Marchessou, boulevard Carnot, 23.

GUILLAUME DE LA BARRE

ROMAN D'AVENTURES

PAR

ARNAUT VIDAL DE CASTELNAUDARI

PUBLIÉ POUR LA PREMIÈRE FOIS D'APRÈS LE MANUSCRIT UNIQUE

APPARTENANT A Mᵍʳ LE DUC D'AUMALE

PAR

PAUL MEYER

PARIS

LIBRAIRIE DE FIRMIN DIDOT ET Cⁱᵉ

RUE JACOB, 56

M DCCC XCV

Publication proposée à la Société le 2 mai 1894.

Approuvée par le Conseil dans sa séance du 20 juin 1894, sur le rapport d'une Commission composée de MM. Paris, Picot et de Ruble.

Commissaire responsable :
M. G. Paris.

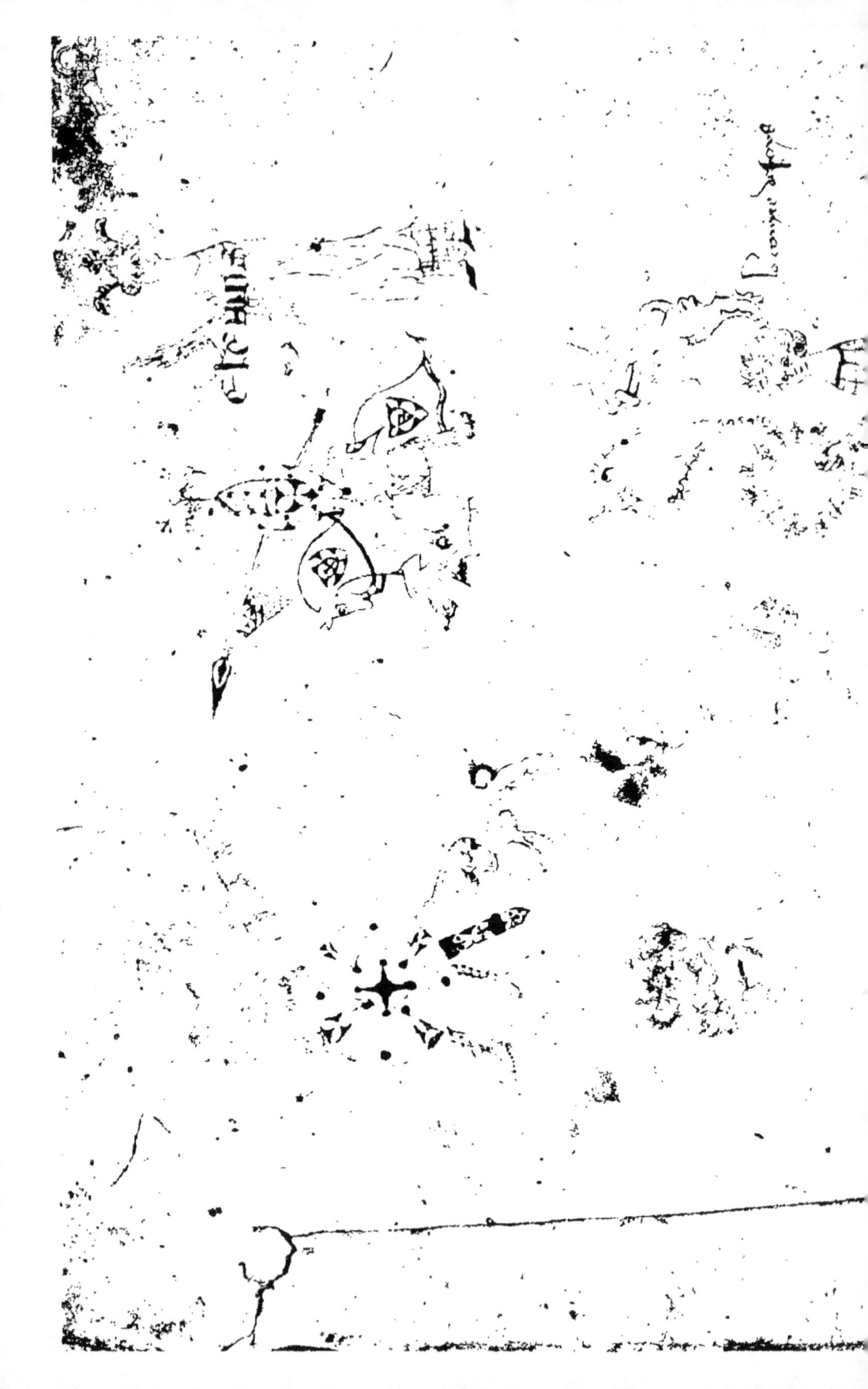

INTRODUCTION

C'est en 1866 que l'unique manuscrit des « Aventures de monseigneur Guillaume de la Barre » s'est trouvé pour la première fois entre mes mains. Il appartenait en ce temps à un bibliophile de Lyon, M. le marquis H. de La Garde [1], qui, voulant s'en défaire, l'avait confié à un libraire bien connu des amateurs de beaux livres, M. Potier. Celui-ci, sachant que je m'intéressais à la littérature provençale, voulut bien me communiquer le manuscrit, à condition de lui en faire une courte description pour un de ses catalogues. Ayant reconnu sans peine que le roman de Guillaume de la Barre était non seulement inédit, mais même, jusqu'à ce moment, complètement inconnu, je demandai à M. de La Garde la permission, qui me fut gracieusement

---

1. M. le marquis de La Garde est mort il y a quelques années. La meilleure partie de sa bibliothèque a été vendue à Paris en 1889 (12 et 13 avril, catalogue de 268 numéros, chez Labitte). Le reste a été vendu à Lyon.

accordée, d'en publier un résumé, accompagné des recherches littéraires et philologiques que le sujet comportait. Cette notice parut, en 1867 et 1868, dans la *Revue de Gascogne*, et fut tirée à part sous ce titre : *Guillaume de la Barre, roman d'aventure composé en 1318 par Arnaud Vidal de Castelnaudary ; notice accompagnée d'un glossaire, publiée d'après le manuscrit unique, appartenant à M. le marquis de La Garde, par Paul Meyer* (Paris, librairie Franck, 1868. In-8°, 47 pages) [1].

Sachant que le manuscrit devait être prochainement vendu et craignant qu'il allât s'enfouir dans quelque bibliothèque privée où il eût été difficile de le consulter, j'avais eu soin d'en prendre une copie complète. C'est d'après cette copie que je publiai, en 1874, dans mon *Recueil d'anciens textes bas-latins, provençaux et français* (pp. 127-130), environ 300 vers du poème.

Le manuscrit du marquis de La Garde fut vendu aux enchères en 1869 [2]. Il fut adjugé, pour le prix de 1120 francs, au libraire Potier pour Mgr le duc d'Au-

---

1. Bien que ce titre soit aussi clair que possible, certains bibliographes, se copiant les uns les autres, ont été répétant que j'avais publié le roman de Guillaume de la Barre. Cette assertion était au moins prématurée. J'ai eu plus d'une fois, mais sans grand succès, à la démentir (*Romania*, VII, 446, XX, 632, etc.).

2. Potier l'avait compris dans le catalogue d'une assez belle collection de manuscrits et de livres imprimés qu'il était chargé de vendre : *Catalogue des livres rares et précieux, manuscrits et imprimés, composant la Bibliothèque de M. S. G**** (Germot). Paris, Potier, 1869. La vente eut lieu le 22 mars et jours suivants. Le manuscrit de M. de La Garde y est décrit sous le n° 144.

male, et fait maintenant partie des admirables collections qui forment le Musée Condé à Chantilly. Avec sa bienveillance accoutumée, l'illustre fondateur et propriétaire de ce Musée a bien voulu m'autoriser à publier le poème dont il possède le seul manuscrit connu, et à prendre les négatifs d'après lesquels ont été faits les fac-similé qui ornent la présente édition.

I. — DESCRIPTION DU MANUSCRIT.

Le manuscrit du Musée Condé n'est point un livre de luxe : il est de modeste apparence. Toutefois, envisagé au point de vue purement matériel, il se recommande par l'état d'intégrité dans lequel il nous est parvenu. Il a conservé, je ne dirai pas sa reliure, car, à proprement parler, il n'est pas relié, mais sa couverture originelle, et cette couverture nous révèle, comme on le verra plus loin, certains faits intéressants. C'est un petit in-folio, de quarante feuillets, en papier très grossier, ayant en moyenne 315 millimètres de hauteur sur 230 de largeur. Chaque page est à deux colonnes et renferme trente à trente-deux vers. L'écriture a tous les caractères de la cursive, ou lettre de cour, usitée dans les documents administratifs ou judiciaires du Midi pendant la première moitié du XIVe siècle. Cette écriture n'est sûrement pas celle de l'auteur : il y a quelques fautes et diverses omissions qui

excluent cette hypothèse : c'est une copie, mais une
copie qui peut avoir été faite directement sur l'ori-
ginal, et en tout cas ne saurait être postérieure de
beaucoup à la composition du poème, qui est daté,
en ses derniers vers, de l'année 1318. Il semble
même qu'on soit autorisé à préciser davantage, et
qu'on puisse, sans trop de témérité, rapporter la
copie aux environs de l'année 1324. En effet, entre
divers essais de plume tracés sur un feuillet collé à
l'intérieur de la couverture, à la fin du volume, on
lit ces mots : *Anno Domini M. ccc. xxiiij*[1]. Sans doute
ce n'est point la date du manuscrit, d'autant plus
que l'écriture n'est pas du tout celle du copiste
qui a transcrit le poème : c'est l'écriture d'un autre
scribe qui s'essayait à tracer des formules d'actes.
Mais le fait que ce scribe écrivait, pour ainsi dire
inconsciemment, la date de 1324, semble bien indi-
quer qu'il avait cette année-là le manuscrit entre
les mains. La date de la copie serait donc très rap-
prochée de celle de la composition. L'écriture,
comme on en pourra juger par le fac-similé photo-
graphique de la première page, ne contredit pas
cette hypothèse[2].

Sur le feuillet de papier où se lit la date de 1324,
se remarquent encore quelques dessins à la plume
exécutés par une main assez habile. Ces dessins ne
sont pas dénués d'intérêt. Je les décrirai sommai-
rement : le lecteur pourra contrôler ma description

1. Voir la deuxième planche, au coin droit du bas.
2. La reproduction a été légèrement réduite pour pouvoir
prendre place, pliée en deux, dans le volume.

à l'aide du fac-similé placé au commencement du
présent volume. Vers le haut du feuillet, trois per-
sonnages. Celui de gauche est un guerrier portant
sur l'épaule une lance et au bras gauche un large
bouclier rond. Il conduit un chien en laisse. Celui
du milieu est un chevalier armé de toutes pièces, à
la mode du xive siècle. Il a un casque surmonté
d'un haut cimier et porte la lance sous le bras. La
housse du cheval et le bouclier sont armoriés :
une croix de couleur sur écu de métal. A droite,
enfin, un personnage en costume civil et portant
une couronne. Il gesticule comme s'il prononçait
un discours. Le nom ELENDUS (l'n et le d conjoints)
est écrit en capitales onciales sur son corps. Au
dessous, un animal fantastique, qui semble être un
lion chinois. Au-dessous encore, un personnage
aux cheveux très ébouriffés, en costume civil,
tenant de la main gauche un gant, de la droite une
sorte de cerceau orné de fleurs de lys (?) dont je ne
devine pas l'usage ; à côté on lit en cursive du com-
mencement du xive siècle : *lo comte de Foys*.
Devant lui, deux chiens poursuivent un animal, je
ne sais lequel, peut-être un lièvre de dimensions
gigantesques : les pattes de devant sont plus courtes
que celles de derrière. Vers le bas, un homme por-
tant un large bouclier arrondi d'apparence tartare.
Au-dessus, une femme habillée à la chinoise, robe
à manches pagodes, larges pantalons d'où sortent
des pieds très exigus [1]. Elle tient en sa main droite

1. La représentation de figures exotiques de ce genre n'est pas

une branche qui se termine par trois fleurs de lys ;
à côté on lit *Cerena*. Ce nom et celui d'*Elendus*
sont bien connus dans la littérature romanesque
du midi de la France et de la Catalogne. *Eledus*
et *Serena* sont les héros d'un poème provençal
encore inédit dont on possède un manuscrit incom-
plet, qui, longtemps conservé à la Bibliothèque de
Stockholm, est entré, par voie d'échange, en 1872,
à la Bibliothèque nationale [1]. Le texte que nous
offre ce manuscrit est, à la vérité, plutôt français
que provençal ; c'est proprement une traduction,
qui, toutefois, laisse souvent transparaître les
formes provençales de l'original [2]. Le roman d'Ele-
dus et Serena est cité par Matfré Ermengau, dans
le *Breviari d'amor*, composé en 1289, comme un
exemple d'amour légitime aboutissant au mariage [3].
Un demi-siècle plus tard, deux vers, qui semblent

sans exemple. Des lions et des dragons chinois sont sculptés à
l'intérieur de la cathédrale de Bayeux ; voy. Ruprich-Robert,
l'*Architecture normande aux* XIᵉ *et* XIIᵉ *siècles*, pl. CLIX, CLX et CLXI.
Après le voyage de Marco Polo des figures imitées de l'art chi-
nois se rencontrent de temps à autre dans les manuscrits. On
peut voir, dans le recueil de la *Palæographical Society*, 1ʳᵉ série,
nᵒ 150, l'image très caractéristique d'un khan de Tartarie. L'ori-
ginal est un manuscrit exécuté en Italie, probablement à Gênes,
dans la seconde moitié du XIVᵉ siècle (Musée Britannique addit.
27695).

1. Nouvelles acquisitions françaises, 1949.

2. Le début et la fin de ce poème ont été cités, d'après le
catalogue des manuscrits de Stockholm, dans l'*Histoire littéraire*
(XXII, 789). Ce roman a jusqu'à présent été considéré comme
français. Il y a plusieurs années toutefois que M. Suchier m'a
fait remarquer qu'il était traduit du provençal.

3. Voici les vers, d'après l'édition publiée par la société archéo-

avoir appartenu au même roman, sont cités dans les *Leys d'amors* (III, 226) :

> Le cer, can vay jazer, Serena
> Rigota son cap e penchena [1].

Vers le même temps, un poète catalan, En Tor-relha, décrivant le harnachement magnifique d'un palefroi, nous dit que sur les arçons d'ivoire étaient peintes des scènes tirées des romans de Floire et Blancheflor, d'Iseut, de Tristan,

> E de Serena e d'Eldus [2] (*lire* Eledus).

Dans les premières années du xve siècle, un autre poète catalan, Andreu Febrer, le traducteur de la *Divine Comédie,* fait l'éloge d'une dame

logique de Béziers :

	Per esta razo issamen
32645	Se fa matremoni soen ;
	Don lo fis amans Eledus,
	Filhs del pros comte Manimus,
	Serena, sa doss' amia,
	Filha del rei de Jubia (*lis.* Tubia),
32650	Ac per molher per est'amor,
	Segon que dizo li auctor.

Le v. 32647 est emprunté au poème même d'Eledus et Serène ; on le retrouve dans le morceau cité par l'*Histoire littéraire* (XXII, 790, v. 12).

1. Je n'ai pas réussi à retrouver ces deux vers dans le manus-crit du poème, qui, du reste, est incomplet.

2. Milà y Fontanals, *Poètes catalans. Les noves rimades; la codolada* (Publications de la Société pour l'étude des langues romanes, 1876), p. 12.

> Qui de valor e de granda proesa
> Val mays qu'Isolt ne Serena la blanca [1].

A ces divers témoignages vient maintenant s'ajouter celui que nous fournit le manuscrit de *Guillaume de la Barre*. On a remarqué qu'aucun n'est plus ancien que la fin du XIIIᵉ siècle. Le poème lui-même, autant que j'en ai pu juger par une rapide lecture, ne doit pas être antérieur au milieu du même siècle.

Sur la face intérieure de la feuille de parchemin qui recouvre le volume ont été écrits, vers le milieu du XIVᵉ siècle, semble-t-il, ces vers qui paraissent empruntés à quelque poème moral :

> Mans homs ay vitz que dizo be folia
> Per trop parlar; e cre may lor valria
> Que tenguesso la leng' entre las dens
> Que qu'en dizo desplazer a las gens.
> Qui trop parla, vos dic per veritat,
> No pot esser .j. mot no li escap
> De fol parlar, e pus penedra se,
> Mays, quan dit es, penedre nol val re [2].

Les vers de dix syllabes accouplés deux à deux sont assez rares dans la poésie provençale, et les

---

1. *Revue des langues romanes*, 2ᵉ série, V, 77.
2. « J'ai vu bien des hommes qui disent folie par trop parler; et je crois que mieux leur vaudrait tenir la langue entre les dents que dire aux gens des choses déplaisantes. Qui parle trop, je vous le dis en vérité, ne peut manquer de laisser échapper quelque folle parole : il s'en repentira ensuite; mais, la chose dite, le repentir ne sert de rien. »

exemples qu'on en a sont tous du xive siècle ou de
la seconde moitié du xiiie. Il n'y a rien dans ceux-
ci, qui indique une époque plus ancienne.

Enfin, sur la face extérieure de la même feuille
de parchemin sont dessinées, au simple trait, trois
vaches. Je ne saurais dire si ces dessins nous
représentent un souvenir quelconque des armes de
Béarn. On sait, du reste, qu'au commencement du
xive siècle, les deux vaches de gueules, clarinées
d'azur, de Béarn, faisaient partie des armes du
comte de Foix, et la représentation d'un person-
nage censé représenter ce seigneur donnerait à
supposer que le manuscrit aurait appartenu sinon
au comte lui-même (qui serait Gaston II, le père
de Gaston Phœbus), du moins à un membre de sa
famille ou à un de ses familiers [1]. Mais c'est là une
supposition très incertaine.

II. — L'auteur du roman.

Le roman de Guillaume de la Barre est médiocre,
en tant qu'œuvre littéraire, mais il mérite l'atten-
tion de l'historien de la littérature comme du phi-
lologue par des mérites assez rares. D'abord, il est
exactement daté, ce qui augmente singulièrement
sa valeur comme texte de langue, et de plus ce

1. Le manuscrit n'est pas assez beau pour qu'on puisse affirmer
qu'il a appartenu à un grand personnage.

texte est assez correct, nous ayant été conservé
par une copie de très peu postérieure à la date de
composition. Puis, nous en connaissons l'auteur :
nous le connaissions même avant la découverte du
poème. C'est, comme l'indique la rubrique initiale,
Arnaut Vidal de Castelnaudary, qui fut le premier
lauréat des Jeux floraux de Toulouse. La poésie
qui lui valut la violette d'or est un serventois en
l'honneur de la vierge Marie, qui, dans les manus-
crits que possède encore l'Académie des Jeux flo-
raux de Toulouse, est précédé de cette rubrique :
*Cirventes loqual fe N'Arnautz Vidal dal Castel
nou d'Arri, e gazanhet ne la violeta d'aur a Toloza,
so es assaber la primiera que s'i donet; e fo en
l'an M. CCC XXIV.* Le docteur Noulet, qui l'a
publié en tête de son recueil intitulé *Les Joyas
del gay Saber* [1], rapporte à ce propos l'extrait ci-
après d'un des registres de l'ancienne académie tou-
lousaine. « E l'autre jorns apres, so fo le tres de may,
« festa de Senta Crotz, jutjero en public e donero
« la joya de la Violeta a mestre Ar. Vidal de Cas-
« tel nou d'Arri, loqual, aquel meteys an, de fag,
« creero doctor en la gaya sciensa per una novela
« canso que hac fayta de Nostra Dama [2]. » Cette

---

1. Toulouse, 1849 in-8°. — Cette poésie a été réimprimée dans
la *Chrestomathie provençale* de Bartsch, 4e édit., col. 359.

2. Le document d'où ces lignes sont extraites a été publié en
grande partie par M. Chabaneau dans la note 37 du tome X de la
nouvelle édition de Dom Vaissète (*Origine et établissement des
jeux floraux*). Le passage cité ci-dessus se lit à la page 183,
col. 2, de ce volume.

novela canso ne nous a pas été conservée. A en juger par la précédente, la perte n'est pas grande.

Arnaud Vidal n'était plus un débutant lorsqu'il obtint la violette d'or, puisque, six ans plus tôt, il avait achevé le poème qui voit le jour actuellement pour la première fois. Les derniers vers de ce poème nous permettent d'ajouter une notion importante au peu que nous savions de sa carrière poétique. Il adresse, en effet, son œuvre à un noble baron, dont il fait un pompeux éloge, qui se nommait Sicart de Montaut et résidait à Auterive. Montaut et Auterive sont deux communes de l'arrondissement de Muret, situées à une quinzaine de kilomètres l'une de l'autre. Plusieurs membres de la famille de Montaut, qui possédait Auterive et autres lieux situés dans le sud du comté de Toulouse, ont porté le nom de Sicart. Le premier figure plusieurs fois dans le poème de la croisade albigeoise [1]. Il était partisan de Simon de Montfort. Celui-là et son fils paraissent de 1230 à 1272, dans un assez grand nombre d'actes publiés par D. Vaissète [2]. Il n'est pas facile de les distinguer l'un de l'autre, puisque la date de la mort du père nous est inconnue.

---

1. Voir la table de mon édition, t. II.

2. T. III de l'ancienne édition, tome VIII de la nouvelle. Voir l'*index onomasticus* de cette dernière édition, à MONTEALTO (Sicardus de). M. Molinier, qui a rédigé cet index, pense qu'il s'agit de Montaut dans l'Ariège, identification qui pourrait, à la rigueur, se fonder sur une pièce du Trésor des chartes que M. Molinier analyse ainsi (col. 1929, n° ccxcviii) : « 6 juin 1245, Raimon VII mande à Roger, comte de Foix, de remettre à Sicard de Montaut la terre qu'il donna jadis en commande à son père, à Saverdun. »

Enfin, un troisième Sicart de Montaut est mentionné par La Chenaye-Desbois et Badier [1] d'après deux actes, l'un de 1333, l'autre de 1346. Il y en eut même un quatrième, qui vivait au temps de Charles V, mais dont nous n'avons point affaire. Évidemment celui que notre Arnaut Vidal considérait comme son protecteur, a dû être le second ou le troisième du nom.

Arnaut Vidal exerçait-il une profession, comme c'était le cas de beaucoup de ses confrères en poésie au XIVe siècle [2] ? Nous l'ignorons. Toutefois le titre de « mestre » qui lui est attribué dans l'un des textes cités plus haut donnerait à croire qu'il avait fait ses études en quelque Faculté. Et, d'autre part, la lecture de son roman révèle chez lui des habitudes qui sont celles d'un homme de loi. Il en a le style, on le verra plus loin ; il en a aussi le formalisme. Ainsi, lorsque le roi de la Serre confie à

On pourrait, en effet, croire que cette terre était dans le comté de Foix, par conséquent dans l'Ariège ; mais, si l'on se reporte à l'acte lui-même (Teulet, *Layettes du Trésor*, II, n° 3355), on voit que la terre était située dans le diocèse de Toulouse.

1. *Dictionnaire de la noblesse*, 3e édit. (Paris, Schlesinger, 1869), XIV, 92. Cet ouvrage ne mérite pas une confiance absolue, et j'aimerais avoir à citer quelque autre autorité ; cependant, j'ai pu vérifier que ce qu'on y lit sur le premier Sicart de Montaut et sur le second, quoique incomplet, n'est pas inexact.

2. Guillaume Molinier, auteur de la première rédaction des *Leys d'amors*, était « savis en dreg » ; Barthélemy Marc, qui prit une certaine part à ce travail, était « doctor en leys » (Chabaneau, dans les notes de la nouvelle édition de D. Vaissète, X, 184) ; Cavalier Lunel, de Montech, dont les poésies ont été publiées par M. Ed. Forestié (Montauban, 1891), était docteur ès lois et official de Montauban.

Guillaume de la Barre le gouvernement de son royaume, un notaire vient rédiger la procuration donnée à ce dernier (v. 2724). Et quand Guillaume est accusé de trahison, on a soin de le faire citer par quatre fois, selon l'usage des tribunaux ecclésiastiques, avant de procéder contre lui par voie coercitive (v. 2921). Ce sont là des indices auxquels on ne saurait refuser une certaine valeur. A une époque où la poésie ne suffisait plus à faire vivre ceux qui la cultivaient, il n'est nullement surprenant que le même homme ait composé des romans et rédigé des actes publics ou privés.

Il est temps maintenant d'aborder l'examen du poème. Ce n'est pas l'œuvre d'une imagination puissante, et le style en est faible. Toutefois, on y rencontre des scènes qu'on a vues ailleurs et qui suggèrent d'intéressants rapprochements. J'en donnerai d'abord une analyse assez détaillée.

III. — ANALYSE DU ROMAN.

En une terre située par delà la Hongrie vivait un roi nommé le roi de la Serre, qui, après un règne long et paisible, laissa son royaume à son fils, jeune homme de vingt ans et à tous égards accompli. Le nouveau roi mena pendant quatre ans une vie oisive. Au bout de ce temps, les nobles de la cité résolurent de tenir conseil avec lui. Au nombre de plus de mille, ils se réunirent dans le palais, et là, deux d'entre eux, prenant la parole au nom de tous, conseillèrent au jeune souverain de demander en mariage la fille du roi d'Angleterre. Le conseil fut agréé, et deux barons, Chabert le Roux et Guillaume de la Barre, furent chargés de l'ambassade. Ils partirent en grand équipage, accompagnés de cinquante hommes de bonne naissance, outre les valets, et menant avec eux vingt sommiers chargés d'or et d'argent. Ils se rendirent à un port de mer où ils s'embarquèrent. Après une traversée de trente jours ils arrivèrent à un port appartenant à un seigneur de Malléon, qui exigeait des chrétiens un droit de péage, à savoir 100 besants d'or pour chaque homme de parage et 30 pour chaque écuyer. C'était son unique revenu ; et il avait établi que quiconque refuserait le tribut serait décapité ou devrait renier la foi chrétienne. Cependant nos deux barons et leur suite étaient montés à cheval et avaient repris leur voyage, quand les Sarrasins viennent leur réclamer le tribut et, tout d'abord, mettent la main sur les sommiers (v. 150). Une lutte s'engage où les chrétiens ont l'avantage. Mais le seigneur de Malléon sort du château [1] à la tête de plus de cinq cents cavaliers et de plusieurs centaines de fantassins. Deux écuyers sont envoyés pour parlementer. Il s'abouchent avec un *latinier* [2] et reçoivent pour réponse l'injonction d'avoir à renier Jésus-Christ. « Tu es fou, répondent-ils au latinier, toi qui nous « demandes de renier celui qui a créé la terre et la mer !

1. Il faut entendre *château* au sens qu'il avait au moyen âge, celui de ville fortifiée.

2. Un *latinier* est proprement un interprète, et celui-ci sert en effet d'intermédiaire entre les chrétiens et les Sarrasins, mais il semble bien par la suite que les uns et les autres n'aient aucune peine à s'entendre sans interprète.

« Va-t-en porter à ton maître notre refus, car nous
« vous méprisons, aussi bien toi que lui et sa gent
« (v. 243). » Grande colère du seigneur, qui devient
rouge comme un *sendat* [1] et jure qu'il n'aura ni trêve
ni paix avant d'avoir fait décapiter ou brûler tous ces
chrétiens. « Qu'ils renient leur dieu ou que demain
« ils soient prêts au combat! Ils ont la nuit pour se
« décider et pour dormir. » Le latinier transmet cette
réponse aux écuyers, les assurant que jusqu'au lende-
main ils ne seront aucunement inquiétés, et les invi-
tant à délibérer afin de répondre comme bonne gent
doit faire. « Pour cela, répondent les écuyers, nous
« n'avons pas besoin de tes conseils, car tu es plein de
« fausseté ; aussi ne te croyons-nous ni en cela ni en
« autre chose : ton conseil est faux, et faux qui te l'a
« donné, et ta loi est une loi morte et celle d'un dieu
« mort, tandis que la nôtre est celle d'un dieu vivant
« qui a tout créé. Dieu et la Vierge nous protègent ! »
(v. 312).

Les écuyers reviennent auprès de leurs seigneurs, à
qui ils rendent compte de leur message. Guillaume de
la Barre sourit, et, le matin, s'adressant aux siens, il
leur dit : « Seigneurs, que la sainte passion de Jésus-
« Christ nous soit en aide, et nous conduise là sus en
« paradis! Nous sommes à notre dernier jour. C'est
« tout à l'heure qu'il nous faudra rendre nos âmes à
« Dieu ; mais d'abord, nous allons, en bons chrétiens,
« communier avec des feuilles de ce laurier et en
« manger au lieu du corps de Jésus-Christ. » Alors
tous pleurèrent tristement. Chabert cueillit les feuilles
et les disposa sur de belles serviettes ouvrées ; et lors-
que les chrétiens se furent confessés entre eux, il donna

---

1. Étoffe de soie, taffetas.

à. chacun sa part (v. 365) [1]. Puis on adora un crucifix
qu'on avait fixé à un laurier, et on se mit à manger.
Chacun eut une fouace, du vin et la moitié d'une per-
drix. Il n'y avait ni deuil ni pleurs, mais tous étaient
hardis comme des lions. Ils montèrent à cheval tous
les cinquante et se formèrent sur une seule ligne. A ce
moment le latinier reparaît, accompagné de deux autres
Sarrasins, et engage de nouveau les chrétiens à renier
leur foi. Guillaume de la Barre leur propose d'apporter
leurs dieux auprès du crucifix. « S'ils sont trouvés plus
« beaux, dit-il, nous nous renierons. » Le latinier accepte
la proposition et va la faire connaitre à son maître
(v. 458).

L'épreuve a lieu. Les Sarrasins amènent en grande
pompe leurs dieux, Bafom et Tervagan, sur un char
d'or à roues d'argent. Le latinier vient prier les chré-
tiens de faire avancer le leur, mais Guillaume s'indi-
gne qu'on ordonne au maître d'aller à l'esclave, et le
seigneur de Malléon consent à ce que ses dieux soient
amenés jusqu'auprès du laurier où le crucifix était
attaché. Guillaume de la Barre se met alors en oraison
et prie Dieu de manifester sa puissance aux infidèles
en anéantissant leurs idoles. Une colombe, visible
pour lui seul, vient l'avertir que sa prière a été exaucée
(v. 621). Cependant les païens découvrent leurs dieux
dont l'or et les pierreries resplendissent au soleil, et
Guillaume à son tour expose le crucifix. « Voilà un
« dieu qui ne semble pas bien sain, » s'écrient les Sarra-
sins; « on dirait qu'il a le cou tranché. » Les insensés !
à peine avaient-ils parlé que les uns ont le cou rompu,
les autres la bouche tordue, d'autres la tête ou les bras

1. On a bien d'autres exemples de cette sorte de communion
symbolique. Voy. *Daurel et Béton*, p. vi.

cassés ; jamais on ne vit pareil massacre. Bafom et Ter-
vagan deviennent noirs comme charbon. Le latinier
commence à croire en Jésus-Christ, et il fait part de ses
sentiments au seigneur de Malléon qui, saisi de fureur,
lui lance son épieu sans l'atteindre. Puis il s'approche
de Bafom pour voir s'il reprendrait ses couleurs, mais
il s'en exhale une telle puanteur que, sans une boule
de musc qu'il portait, il était suffoqué. Au même ins-
tant, le corps de Bafom s'ouvre, et il en sort quatre
chats puants, qui s'envolent, emportant le dieu Tervagan
qu'ils jettent dans la mer (v. 743). A la vue de ces mer-
veilles, le latinier engage son maître à délaisser les dieux
de métal pour celui en qui est tout pouvoir et toute
vertu. Le seigneur n'entend pas ce conseil sans impa-
tience et se tourne vers deux des principaux barons de
sa cour, qu'il invite, par son regard, à répondre pour
lui. Ceux-ci se lèvent et déclarent qu'il faut aller
détruire le crucifix. Le sire de Malléon adopte cet avis
et ordonne au latinier d'annoncer aux chrétiens qu'ils
seront attaqués le lendemain matin. Guillaume de la
Barre et Chabert accueillent cette nouvelle avec joie,
car leur seul désir est de recevoir la mort pour Jésus-
Christ (v. 805). De retour, le latinier remontre à son
maître la honte qu'il y aurait à écraser sous le nombre
les chrétiens qui ne sont que cinquante, et lui conseille
de leur opposer seulement cent des siens. Ce conseil
est encore suivi, et le sire de Mauléon fait choisir cent
de ses meilleurs chevaliers pour le combat du lende-
main. Un champ clos est préparé, les barrières sont
placées ; deux estrades recevront la dame de Malléon et
ses damoiselles ainsi que toutes les dames ayant rang
dans la ville, telles que les femmes de bourgeois ou de
riches marchands. Pendant ce temps, la reine, saisie

de compassion pour les chrétiens, fait remettre secrète-
ment par le latinier à Chabert le cheval et à Guillaume
de la Barre les armes de son mari. Ceux-ci acceptent
le don et font soigneusement enlever tous les signes
qui auraient pu faire reconnaître le cheval ou les armes
(v. 971).

Bientôt la dame elle-même, accompagnée d'une suite
nombreuse, monte sur l'estrade ; et tout d'abord elle
fait jeter à la mer le Mahomet qui avait été laissé à
terre et qui répandait une odeur infecte. Chrétiens et
Sarrasins entrent dans l'enceinte ; les premiers présen-
tent un front si serré qu'un oiseau n'eût pu se frayer
un passage au travers. Les cent Sarrasins se forment
par peloton de dix afin de trouer la ligne des chrétiens.
Aussitôt que, du haut de l'estrade, le seigneur de Mal-
léon a jeté son gant dans l'arène, un premier peloton
s'ébranle et s'efforce en vain d'enfoncer la bataille
des chrétiens ; un second est plus heureux, et la reine
pousse un cri, inquiète pour la vie de Guillaume de la
Barre. Elle craignait moins pour Chabert, confiante
dans la bonté du cheval qu'elle lui avait envoyé. Guil-
laume se précipite sur les Sarrasins ; il coupe l'un en
deux, il en pourfend un second ; à un troisième il
enlève une joue et un bras, et, lui voyant les dents à
découvert : « On dirait que le feu de saint Martial vous
« a pris, » lui crie-t-il. Entouré par les Sarrasins, il est
délivré par les chrétiens, conduits par Chabert, dont
le cheval fait merveilles : à l'un il arrache le bras, un
autre il l'enlève de la selle. Étonné, et soupçonnant la
vérité, le seigneur de Malléon envoie un écuyer voir si
son cheval n'a pas disparu de l'écurie ; mais en chemin
l'écuyer est saisi par un serpent qui l'arrête sur place
jusqu'à la fin du combat. Les Sarrasins sont mis en

déroute, et le cheval que monte Chabert met fin à la
lutte en foulant aux pieds les ennemis renversés. Du
côté des chrétiens deux hommes seulement avaient été
blessés (v. 1279).

Après le combat, la dame, dissimulant sa joie, s'ap-
procha de son mari et lui représenta que la victoire des
chrétiens était due, sans doute, à la supériorité de leur
croyance. « Si donc, seigneur, dit-elle, vous voulez
« vous faire baptiser, ne vous en privez pas pour moi,
« car je ferai tout ce que vous me commanderez
« (v. 1306). » Puis elle lui montre comme un fait mira-
culeux que son cheval est aux mains de Chabert ; et
bientôt on voit arriver l'écuyer traînant après lui le
serpent qui l'avait saisi, et tout à coup le monstre s'en-
vole, vomissant des flammes, et laisse l'écuyer sain
et sauf. La reine explique au roi comment l'intervention
du serpent a eu pour but de maintenir Chabert en pos-
session du cheval. Chabert arrive à son tour, mandé
par le roi. Le latinier l'avait prévenu de dire hardi-
ment que le cheval lui avait été amené tout armé, sans
qu'il sût d'où. Mais il n'eut besoin de fournir aucune
explication, car en reconnaissant son cheval, le sei-
gneur de Malléon se déclara prêt à recevoir le baptême.
On emporta le crucifix à Malléon, on soupa, légère-
ment toutefois, car on avait bien des choses à se dire
et bonne envie de dormir ; on se contenta d'un chapon
et d'une perdrix pour deux, puis on s'alla coucher
(v. 1465). Au matin, la reine fit préparer la cuve qui
devait servir au baptême. Elle était de marbre si dur
que marteau ni masse n'auraient pu l'entamer, et bril-
lait comme si elle eût été d'argent. Lorsqu'elle fut rem-
plie, qu'on eut disposé tout autour de riches tapis et
placé des sentinelles chargées de la garder, la dame s'y

rendit suivie de ses damoiselles. C'était le second di-
manche d'avril; l'année venait de changer [1]. Le sei-
gneur fit crier à son de trompe que chacun eût à se
faire baptiser sous peine de son corps et de ses biens.
Puis le crucifix fut apporté en grande pompe et placé
sur une table d'or massif recouverte d'un riche cous-
sin (v. 1537).

Le puissant seigneur de Malléon se dépouilla le pre-
mier et entra dans la cuve, où le suivirent les deux
chevaliers. Chabert, se tenant debout sur un banc d'or
à pieds d'argent, puisa de l'eau dans la cuve et la versa
sur la tête du seigneur en prononçant les paroles sacra-
mentelles. Il lui donna le nom de Léon et le surnom de
Malléon. La reine l'enveloppa, au sortir de la cuve,
dans un drap de soie blanche, puis, ayant fait venir
trois paires de robes toutes pareilles, donna l'une à son
époux et les deux autres à Guillaume et à Chabert.
Puis elle alla se dévêtir dans une tente et, lorsqu'elle en
sortit, en simple bliaut de soie verte, sans robe de des-
sus, ce fut une joie pour les yeux. « Dame, lui dit
« Chabert, il ne vous manque aucun genre de beauté. »
Elle entra dans la cuve; Guillaume de la Barre la bap-
tisa et lui donna le nom de Constance. Au sortir de la
cuve, elle rentra dans la tente et y revêtit une robe à
couleurs changeantes. Lorsque le soleil la frappait, il
semblait qu'elle vînt du paradis. Ce fut ensuite le tour
du latinier, qui pria son maître d'être son parrain.
Celui-ci y consentit et lui donna le nom de Guillaume.
Puis, par manière de plaisanterie, il le fit trébucher

1. C'est du moins ainsi que j'entends les vers 1508 et 1509. Cela
équivaut à dire que cette année-là Pâques tombait du 3 au
14 avril.

dans la cuve, au grand amusement de tous les assistants.
On procéda enfin au baptême des deux enfants du sei-
gneur de Malléon. Mais alors Dieu voulut faire un
miracle afin de convaincre ceux qui persistaient encore
dans leur erreur : les deux enfants se noient dans la
cuve! Grande émotion dans l'assemblée. Guillaume de
la Barre les retire, se tenant étroitement embrassés;
mais ils étaient sans vie et déjà puaient comme des
chats morts. Les Sarrasins s'effraient et déclarent qu'ils
ne veulent plus se faire baptiser; mais voici que l'un
d'eux tombe en lambeaux; en chacun des tronçons de
son corps apparaissent des vers, et deux mâtins, se
saisissant de cette charogne, la portent à la mer. « Prions
« Dieu ! » s'écrie le seigneur, à qui l'espérance revient.
Il se met à genoux, la dame se joint à lui, disant *Ave
Maria*, car elle n'en savait pas dire plus long. Chabert
et Guillaume de la Barre prient aussi. Cependant les
enfants ne ressuscitaient pas, et les Turcs hochaient la
tête. Mais le latinier, inspiré de Dieu, fait sur les
enfants le signe de la croix, et aussitôt ils se relèvent,
et, se tenant toujours embrassés, se dirigent vers la
cuve. Chabert les y suit et les baptise. Aussitôt les Sar-
rasins, saisis d'un vif désir de devenir chrétiens, se
précipitent à leur tour vers la cuve; Chabert baptise les
uns, enseigne aux autres les paroles sacramentelles,
et chacun baptise de son mieux (v. 1853).

On expédia ensuite des lettres scellées pour demander
au roi de la Serre d'envoyer ses clercs les plus instruits,
et les deux chevaliers continuèrent leur route vers l'An-
gleterre. Quand ils furent arrivés au-delà de Niviers,
dans un château qui a nom Tric, ils rencontrèrent le
roi, et, s'étant agenouillés, lui demandèrent sa fille pour
le roi de la Serre. La reine conseilla au roi de donner

une réponse favorable. Le roi assembla ses chevaliers
en conseil et leur demanda leur avis, qui fut conforme
à celui de la reine. La demande fut donc agréée. Les
messagers témoignèrent alors le désir de s'assurer si
la jeune fille était aussi belle de corps que de figure, ce
qui leur fut accordé. La reine déshabilla son enfant, que
la honte rendait muette. Guillaume de la Barre, seul,
entra dans la chambre, vit son corps aussi clair et net
qu'un cristal, et rendit témoignage de sa beauté. On
soupa, puis on s'alla promener par les prés. Le roi
demanda à Guillaume de la Barre par où lui et les siens
étaient venus, et s'ils avaient passé par Malléon. Guil-
laume raconta ses aventures, au grand étonnement du
roi qui voulut aller vérifier le fait. Il se mit en route en
grand équipage, emmenant avec lui sa femme et sa
fille. Le seigneur de Malléon le reçut honorablement
et lui offrit un grand festin dans le lieu même où s'était
opéré le miracle qui avait amené la conversion des Sar-
rasins et où maints d'entre eux avaient été décapités. A
une table à part prirent place le roi d'Angleterre, sa
femme, sa fille, qui s'appelait Églantine, le sire de Mal-
léon et sa femme, dame Constance. Pendant le repas,
la dame de Malléon se mit à chanter cette chanson :

> *Ben aia Jhesus, rey del tro,*
> *Qu'a justadas estas amors*[1] *!*

Puis Églantine, la fille du roi, dit à son tour :

> *Aras fos ieu el dous repayre*
> *Lay hon mas amoretas ay*[2] *!*

1. « Béni soit Jésus, roi du ciel, qui a associé ces amours ! »
Ces vers sont répétés deux fois.
2. « Puissé-je être au doux repaire où j'ai mes amourettes ! »

Et son père lui dit : « Fille, vous y serez bientôt et « vous les tiendrez dans vos bras, vos amourettes ; j'en- « tends le bon roi de la Serre » (v. 2145).

On se mit en route : le roi d'Angleterre et les siens passèrent le pont sans payer, car le seigneur de Mal- léon avait reporté sur les Sarrasins le droit de péage qu'il exigeait autrefois des chrétiens. Sur ces entrefaites arrive un riche émir accompagné d'une suite nom- breuse. Contraint d'opter entre le baptême et la mort, il se résigne, avec cent des siens, à la première alter- native. Les autres préfèrent mourir. Le latinier les fit noyer, car c'eût été trop de peine de les décapiter, et il n'y avait là personne pour le faire. Puis, en accom- plissement d'un vœu qu'il avait fait, il se retira dans une forêt pour y finir ses jours. Il fut remplacé à la cour par l'émir récemment converti. De son côté, Guil- laume de la Barre, se sentant malade, se fit porter à son château de la Barre, priant le roi d'Angleterre de lui faire savoir le jour du mariage de sa fille (v. 2323).

Le roi d'Angleterre fut reçu magnifiquement à la Serre ; les fêtes qui furent données à l'occasion du mariage durèrent quinze jours. Mais on oublia d'invi- ter Guillaume de la Barre. Les jongleurs reçurent de riches présents, et le jeune roi de la Serre donna à l'émir une noble cité qui était la clef de son royaume et avait un port sur la mer. En reconnaissance, l'émir s'engagea à payer chaque année une redevance compo- sée d'un chapel de roses et d'une paire de gerfauts bien dressés (v. 2477).

Le jeune roi vivait depuis un mois dans une félicité parfaite, lorsqu'un messager lui apporta la nouvelle qu'une cité de Hongrie, placée dans sa dépendance, était assiégée. Il renvoya le messager avec la promesse d'amener du secours dans les dix jours. Puis il fit savoir à sa femme qu'il la laisserait en la garde d'un chevalier loyal et accompli. Ce chevalier était Guillaume de la Barre, celui même qui l'avait été chercher en Angleterre et qui l'avait accompagnée une grande partie de la route. Guillaume, mandé par des messagers du roi, eut quelque peine à se décider. Il gardait rancune au roi de ne l'avoir pas invité à ses noces. De plus, il venait de perdre sa femme; il ne se souciait pas d'abandonner ses deux enfants, son fils âgé de sept ans et sa fille de trois. Il finit pourtant par en prendre son parti, et se rendit à la Serre. Dès l'instant où le roi avait manifesté son dessein à la reine, celle-ci était devenue amoureuse de Guillaume. Aussi vit-elle sans regret son époux s'éloigner, après qu'un notaire eut rédigé l'acte par lequel le roi donnait à Guillaume tout pouvoir pour agir à sa place. Celui-ci gouvernait la terre depuis un mois et plus, lorsque la reine, l'ayant mandé auprès d'elle, lui déclara son amour, accompagnant ses paroles de démonstrations non équivoques. Elle éprouva un refus. Aussitôt elle déchire ses vêtements et s'enfuit en criant que Guillaume a voulu lui faire violence. Celui-ci n'attend pas qu'on le saisisse : il monte à cheval et se réfugie dans son château, où, ayant réuni les habitants sur la place publique, il leur conte ce qui vient de lui arriver (v. 2783).

Cependant, la reine faisait savoir à son mari le prétendu attentat du seigneur de la Barre, et le roi, quittant son armée, s'empressait d'accourir. On cita par quatre fois Guillaume de la Barre, qui se garda bien de comparaître, et à la cinquième il fut décidé que la justice aurait son cours. Le roi réunit ses troupes et serra le château de si près qu'un oiseau n'aurait pu s'en

échapper. Guillaume, se voyant perdu, assembla ses
hommes et leur dit : « Seigneurs, le roi veut me faire
« périr ; et puisqu'il me faut mourir à grande douleur
« pour avoir été loyal envers mon seigneur, je veux au
« moins que vous soyez épargnés. Préparez-moi un bon
« cheval : je m'en irai avec mon fils et ma fille, et, quand
« je serai parti depuis deux jours, vous rendrez le châ-
« teau. » Il y eut de grandes lamentations dans la ville,
car Guillaume de la Barre était pour ses hommes comme
un compagnon. On lui amena son cheval ; on plaça la
fille devant lui, le fils derrière, et il partit. Il avait réussi
à se procurer le mot d'ordre, de sorte que, pendant la
nuit, il put traverser l'armée assiégeante, les grand-
gardes l'ayant laissé passer. Le premier soir, il fut
hébergé dans un château appelé Pomar ; le second
jour il vit, en un bois, une maison de belle apparence.
Il reconnût que c'était un hôpital de lépreux. Il y reçut
bon accueil et y resta huit jours, bien traité et bien
servi. On lui faisait venir sa nourriture de la ville, et un
homme sain était chargé de le servir. C'est là qu'il
apprit que son château s'était rendu et avait fait hom-
mage au roi. « Dieu soit loué, dit-il à voix basse, de ce
« que mon peuple a été épargné ! » Et il versait des
larmes. « Pourquoi pleurez-vous ? » lui dit le maître de
la maison. « Sire, parce que je suis déshérité pour avoir
« été loyal envers mon seigneur. » Puis il se remit en
route avec ses deux enfants, ayant laissé 20 florins à
l'écuyer qui l'avait servi. Chaque jour, il accomplit une
journée de marche jusqu'à ce qu'il fût sorti de la terre
de son seigneur. Poursuivant son voyage, il vit, au pied
d'un château, une maison de recluse. Comme sa fille ne
se sentait pas bien, il pria la recluse de la prendre en
garde. Celle-ci fit bien quelques difficultés, ayant fait

vœu de vivre seule ; mais enfin elle consentit. Le père
s'éloigna, après avoir recommandé à sa fille de se sou-
venir qu'elle était fille d'un honnête chevalier qui avait
été dépossédé de ses biens pour avoir été loyal envers
son seigneur. Il continue de chevaucher pendant vingt
jours ; le vingt et unième, au passage d'un bois, il est
attaqué par douze larrons. Le premier qu'il atteint, il le
pourfend ; les autres s'écartent et se préparent à le per-
cer de flèches. Il leur demande alors d'épargner la vie
de son fils ; ils y consentent et placent l'enfant à l'écart.
La lutte recommence ; Guillaume a son cheval tué sous
lui ; à pied, il se signale par d'étonnants exploits : d'un
coup d'épée, il fait voler la tête d'un de ses adversaires,
et cette tête va en frapper un autre et le tue. « Voilà
« deux bons compagnons, » s'écrie Guillaume, « puisque
« le mort a tué le vif d'un baiser. » Les larrons, réduits
à six, finissent enfin par triompher de sa résistance ; ils
le laissent pour mort après l'avoir complètement
dépouillé. Les larrons, mus par un sentiment de pitié,
remettent à l'enfant vingt des florins qu'ils ont volés à
son père, et s'en vont (v. 3229).

Guillaume n'était pas mort ; mais telle était sa fai-
blesse qu'il se crut à sa dernière heure. Il appela son fils,
lui donna ses derniers enseignements, lui recomman-
dant de se bien souvenir qu'il était fils de Guillaume de
la Barre, un chevalier déshérité pour avoir été loyal
envers son seigneur, et le bénit. Puis, lui ayant souhaité
d'entrer, comme écuyer, au service de quelque roi, il lui
ordonna en pleurant de s'éloigner (v. 3289).

Le pauvre enfant s'en alla bien triste. Des bergers
qu'il rencontra lui donnèrent des aliments, le déchaus-
sèrent, lui frottèrent les pieds, et lui étendirent un man-
teau sur lequel il s'endormit. Sur ces entrefaites vint à

passer le roi d'Arménie, qui, ayant reconnu sans peine
que l'enfant était de bonne naissance, le recueillit et dit
qu'il voulait l'admettre dans son hôtel au nombre de
ses écuyers. Aussitôt le jeune enfant se dépouilla de ses
vêtements et les donna à un petit berger. Le roi lui fit
immédiatement tailler de nouveaux habits, tandis qu'il
dormait sur ses genoux. Puis il l'emmena et se prit pour
lui d'une telle affection que, n'ayant ni fils ni fille, il
l'adopta (v. 3432).

Retournons maintenant à Guillaume de la Barre. Un
médecin vint à passer par l'endroit où les larrons
l'avaient abandonné; il le guérit et le garda sept années
auprès de soi. Laissons-les pour le moment vivre en
bonne intelligence (v. 3455).

La fillette avait atteint l'âge de dix ans, et déjà sept
ans s'étaient écoulés depuis que son père l'avait con-
fiée, enfant de trois ans, à la recluse. Elle avait passé
deux ans à broder deux coussins, ménageant au milieu
de chacun l'espace d'un écusson. « Qu'y voulez-vous
« mettre ? » dit la recluse; « cette place vide n'est pas d'un
« bon effet. — J'y veux broder une croix vermeille, »
répondit l'enfant. « En la voyant on dira : Dieu donne
« joie à la brodeuse ! Dieu en entendra quelque chose
« et me donnera la joie de revoir mon père. » La recluse
lui conseilla de placer auprès de cette croix les armes du
comte Simon de Terramade, son seigneur, qui avait
fondé la maison où elles vivaient toutes deux (v. 3515).

Le jeudi avant les Rameaux, la recluse voulut
communier. Le prêtre lui apporta le Saint-Sacrement.
Le fils du comte, entendant la clochette, descendit de
la tour et vint accompagner Notre-Seigneur. La com-
tesse sa mère y vint aussi, avec ses damoiselles et ses
écuyers, tous vêtus de noir, car elle avait perdu son

époux dans une bataille contre les Sarrasins. Le jeune
comte héritier avait quatorze ans. Il était très beau et
très généreux. Il s'agenouilla devant le Saint-Sacrement.
La recluse communia en présence de tout ce monde,
puis elle présenta les coussins au prêtre et lui demanda
de les placer sur l'autel et de prier pour celle qui les
avait faits. Le fils du comte cependant soupçonnait que
la recluse n'était pas seule dans sa petite maison. Il
déclara à sa mère qu'il voulait savoir qui avait fait les
coussins. Celle-ci lui promit de s'en enquérir le lende-
main, la recluse ne devant pas parler le jour où elle avait
communié. Elle le fit, mais ne put arracher à la recluse
son secret, jusqu'au moment où, le jeune comte ayant
enfoncé la porte, la jeune fille fut découverte. On
l'emmena au palais, où on lui donna de riches vêtements.
Le jeune homme en devint amoureux et déclara qu'il
voulait l'épouser. Il l'épousa en effet à la Pâques sui-
vante. Deux ans après, il en eût un garçon (v. 3869).

Retournons maintenant à Guillaume de la Barre, qui
était resté sept années avec le médecin. Au bout de ce
temps, le médecin mourut, et on pria Guillaume de s'en
aller. Guillaume prit congé sans répliquer et se mit en
route, vivant d'aumônes comme un pèlerin. Sa formule
habituelle était « qu'on eût pitié d'un chevalier déshé-
« rité pour avoir été loyal envers son seigneur ». Il erra
ainsi pendant quinze ans et plus. Au bout de ce temps,
il voulut retourner dans sa terre, car, une nuit, il avait
songé que sa fille était comtesse et son fils roi. Il vint
à passer par la terre du seigneur de Terramade.
C'était Noël; à la sortie de la messe, il s'approcha de sa
fille sans la reconnaître, et lui dit selon son usage :
« Dame, je suis un gentilhomme déshérité pour avoir
« été loyal envers son seigneur. Faites-moi quelque bien,

« car j'en ai besoin. » La dame le regarda et se souvint
de son père ; elle poussa un soupir, et, lui ayant donné
tout l'argent que contenait sa bourse, elle l'invita à
passer huit jours au château. Il plut tellement qu'on lui
proposa d'être le gouverneur des enfants, ce qu'il accepta
de grand cœur. Il occupait cet emploi depuis trois ans
lorsqu'il eut occasion de se distinguer en domptant un
cheval réputé très vicieux. Le comte lui en fit cadeau.
A la prochaine Saint-Jean, il l'adouba chevalier et lui
donna une ville de mille feux, puis le nomma son grand
sénéchal. Guillaume gouverna sagement sa terre selon
droit et merci (v. 4099).

Sur ces entrefaites, un messager vint de la part du
roi d'Arménie sommer le comte de Terramade de faire
hommage à son maître. Le sénéchal Guillaume répon-
dit au nom du comte par un refus ; il proposa en même
temps de vider la querelle par un combat singulier. La
proposition fut acceptée par le roi d'Arménie, qui choi-
sit pour champion son fils adoptif, le propre fils de
Guillaume de la Barre (v. 4257).

Au jour fixé le duel eut lieu. Le roi d'Arménie et le
comte furent enfermés chacun dans une tour ; le roi
de Cornouailles avait été institué garde du camp. Les
chances du combat furent diverses. A deux reprises, le
fils de Guillaume de la Barre fit paraître la générosité de
ses sentiments en dégageant son adversaire tombé sous
son cheval et en lui permettant de reprendre son heaume
enlevé d'un coup d'épée. Il y eut un moment où Guil-
laume, s'avançant l'épée haute contre son fils, poussa
son cri : *Barre ! Barre !* Aussitôt le fils reconnut son
père et, s'agenouillant, lui demanda merci. Étonnement
du roi d'Arménie, qui, d'abord, ne comprend rien à la
scène. Informé de la rencontre inattendue qui vient de

se produire, il se réconcilie avec le comte. Tous deux
se rendent à Terramade : là le sénéchal raconte brière-
ment son histoire, depuis le moment où le roi de la
Serre l'a déshérité. Maintenant qu'il a retrouvé son
fils, sa joie serait complète s'il pouvait revoir sa fille.
La dame se jette alors à ses pieds : c'est elle qui a été
confiée à la recluse! Joie générale. Les adversaires de
tout à l'heure se réunissent autour d'une table somp-
tueuse, et des fêtes qui durèrent un mois entier célèbrent
le rétablissement de la paix. Mais, pour que rien ne
manquât au bonheur de Guillaume de la Barre, il fallait
encore que le roi de la Serre, mieux éclairé sur son
compte, lui rendît sa faveur. Le roi d'Arménie envoya
donc à la Serre des messagers chargés d'enjoindre au
roi de remettre Guillaume en possession de son château.
Ces messagers, au nombre de dix, entrèrent, sans se faire
connaître, dans la ville de la Barre, et, s'entretenant avec
les habitants, purent se convaincre de l'affection qu'ils
avaient conservée pour leur ancien seigneur. Accom-
pagnés d'un bourgeois qui se signalait entre tous par
son dévoûment à Guillaume, les envoyés se rendent
auprès du roi de la Serre et lui font connaître leur
message. Le roi fait mander la reine, première cause
des malheurs de Guillaume; elle paraît en présence du
roi et du bourgeois. Ce dernier la prie de recevoir Guil-
laume à merci, ce à quoi elle s'empresse de consentir.
Un festin, pendant lequel on s'entretient des aventures
du seigneur de la Barre, réunit le roi, la reine, les mes-
sagers et le bourgeois. A la fin du repas, la reine avoua
qu'elle avait en effet offert ses faveurs à Guillaume,
mais elle ne l'avait fait que pour l'éprouver. Après quoi
le roi et la reine jurèrent sur les évangiles de rendre
à Guillaume tous ses biens. Cette nouvelle connue, la

ville de la Barre entra en fête. Guillaume se rendit à la
Serre et fut reçu en grande pompe par le roi venu au-
devant de lui. La reine lui fit un gracieux accueil et
ne cessa, jusqu'à l'arrivée, de le tenir par la main.
De grandes réjouissances furent célébrées tant à la
Serre qu'à la Barre, et le roi, à cette occasion, affran-
chit la ville de Guillaume et en confirma les coutumes
(v. 5214).

Par la suite, le roi d'Angleterre laissa en mourant à
Guillaume une riche terre : le duché de Guyenne, dont
il fut le premier duc. Après un règne de vingt et un ans,
le duc mourut à son tour un vendredi saint. Que Jésus
lui soit miséricordieux !

IV. — EXAMEN DU ROMAN.

L'analyse qu'on vient de lire montre dans *Guil-
laume de la Barre* une œuvre qui ne s'élève pas
au-dessus de la moyenne des romans d'aventure.
On a pu y reconnaître bien des situations, bien des
traits que des récits plus anciens offraient déjà.
C'est dire que le poème d'Arnaut Vidal est formé
de lieux communs ; et, comme d'ailleurs le style en
est très faible, le roman que j'essaie de faire con-
naître n'est, à aucun égard, destiné à occuper un
rang élevé dans la littérature du moyen âge ni
même dans le genre auquel il appartient. Toute-
fois, par cela seul qu'il est écrit en langue d'oc, il
mérite une attention particulière. Le roman d'aven-
ture n'a pas, il est vrai, une grande importance

dans la littérature provençale : il n'y est pas d'origine ; il y a été importé de France. Mais enfin, il existe, et il ne faut négliger aucun des spécimens qu'on en possède. *Jaufré*, œuvre de valeur, où la personnalité du poète se joue à travers des événements heureusement renouvelés des contes de la Table ronde ; *Blandin de Cornouailles*, roman sans esprit et sans invention [1], et c'est tout ce que les pays de langue d'oc nous ont jusqu'à ce jour offert de romans d'aventures. *Guillaume de la Barre* vient à propos nous présenter une nouvelle variété du genre. On remarquera combien la décadence est grande depuis *Jaufré*, qui date de la première moitié du XIIIᵉ siècle, jusqu'à *Blandin de Cornouailles* et à *Guillaume de la Barre*, postérieurs d'un siècle environ. Dans le premier de ces poèmes, l'intérêt résulte assurément pour une notable part de l'étrangeté des événements, mais cette étrangeté ne semble point absurde : on se sait en pleine féerie ; on met de côté toute préoccupation de la vraisemblance pour s'abandonner à la fantaisie de l'auteur ; on s'amuse à des scènes d'un irrésistible comique, à des tableaux esquissés en quelques traits et de main de maître. On sent courir à travers les légers octosyllabes du poème quelque chose de la verve de l'Arioste, analogie de caractère qui se joint à l'analogie de la situation, puisque le rapport de *Jaufré* aux anciens romans de la Table ronde est

1. J'ai publié *Blandin de Cornouailles* en 1873 dans la *Romania*, II, 170-202. C'est un poème relativement court : il se compose de 2394 vers.

précisément celui qui unit l'*Orlando furioso* aux chansons de geste. Dans *Blandin de Cornouailles*, au contraire, et surtout dans *Guillaume de la Barre,* un style incolore, un ton uniforme nous laissent sans compensation en présence d'un récit où l'intérêt n'est cherché que dans l'imprévu des rencontres et la multiplicité des aventures. C'est qu'en cent ans les conditions de la vie littéraire avaient bien changé au midi de la France. Au commencement du xive siècle, il ne restait plus que des troubadours dégénérés, composant, sans émulation comme sans encouragement, pour un auditoire qui se désintéressait de plus en plus de la poésie. On était tombé si bas que chez Arnaut Vidal on n'entend même plus l'écho de ces regrets d'un temps meilleur, si vifs chez les troubadours du xiiie siècle. De son temps, on avait perdu jusqu'au souvenir de la splendeur passée.

Reprenons brièvement quelques-uns des récits dont Arnaut Vidal a composé son œuvre, et cherchons à quels lieux communs il faut les rapporter.

Il n'y a point à s'arrêter sur la rapide conversion du sire de Malléon et de ses sujets, non plus que sur la foi aveugle et brutale de Guillaume de la Barre et de Chabert : les mêmes traits et les mêmes types se retrouvent dans tous les romans du moyen âge où chrétiens et Sarrasins sont mis aux prises. Toute la différence est dans l'art avec lequel sont présentés les événements. Ici cet art n'existe pas, ou, du moins, il est grossier. Les procédés mis en œuvre pour décider le seigneur de Malléon à se convertir, en lui faisant croire à un miracle qui n'existe pas, sont particulièrement choquants.

On a remarqué le passage où les envoyés du seigneur de la Serre demandent à vérifier *de visu* si la beauté de la jeune princesse est de tout point accomplie. Cette exigence ne soulève aucune objection. La façon dont la scène est conduite donne à supposer que l'idée d'un tel examen ne semblait point extraordinaire à l'auteur du roman. Y voir une fantaisie excentrique de son crû serait, je crois, trop présumer de son imagination, outre que s'il avait en ce cas le mérite de l'invention il eût vraisemblablement développé autrement et plus longuement l'épisode. En réalité, il est à croire que les contemporains d'Arnaut Vidal ne furent pas autrement étonnés, et qu'ils virent dans le désir exprimé par les envoyés du roi de la Serre une preuve du scrupule qu'ils apportaient à l'accomplissement de leur mission. Je crois bien, à dire vrai, que cette prudente coutume n'était plus guère en vigueur de leur temps, et, même pour les temps plus anciens elle n'est attestée, à ma connaissance, par aucun témoignage historique; mais on rencontre dans la littérature romanesque, qui est bien souvent, pour tout ce qui concerne l'histoire des mœurs, notre source principale, plus d'une scène analogue à celle que nous offre *Guillaume de la Barre*. La plus ancienne se trouve dans une version de la légende de Berthe, épouse de Pépin le Bref, due à un compilateur vénitien qui paraît avoir vécu au com-

mencement du xive siècle [1]. Cette version serait
donc postérieure à la *Berthe au grand pied* d'Ade-
net, mais elle en est indépendante, et même, repo-
sant sur un original français plus ancien, elle nous
offre une forme moins altérée de la légende. On y
voit qu'un messager, ayant demandé pour Pépin la
fille du roi de Hongrie, pria qu'on la lui laissât voir
nue. Il s'exprime ainsi, s'adressant à la mère de la
jeune fille, qui vient de donner son consentement
au mariage :

« Noble reine, si vous voulez nous donner votre fille,
nous la prendrons de gré et volontiers, et, à la place du
roi (Pépin), nous l'épouserons, puis nous l'emmènerons.
Mais il est une chose que je ne dois pas vous cacher.
Lorsque le roi de France vient à prendre femme, avant
de consommer le mariage, il fait déshabiller toute nue
la dame et l'examine bien devant et derrière. Si elle
avait quelque défaut caché, le mariage n'aurait pas
lieu. » La reine dit : « N'ayez crainte, je vous déshabille-
rai ma fille ; vous pourrez l'examiner par le menu ».....
Aquilon dit : « Je n'exige pas cela, mais si vous vou-
lez me jurer sur votre foi que vous dites la vérité,
j'aurai confiance en vous. » La reine dit : « Entendez,
chevaliers, je ne veux pas en être blâmée. Vous viendrez
secrètement dans ma chambre ; je ferai déshabiller ma
fille et vous la verrez toute nue. » Elle prit parmi les
chevaliers le duc Aquilon et Morant de Rivier, entra

1. Cette compilation, conservée dans le manuscrit xiii de la
Bibliothèque Saint-Marc, à Venise, a été l'objet de plusieurs tra-
vaux. Voir notamment G. Paris, *Histoire poétique de Charlema-
gne,* pp. 165 et suiv.

avec eux dans sa chambre, fit déshabiller sa fille et la leur montra par devant et par derrière [1].

Un second exemple, celui-là moins décisif, parce que la scène se place dans des circonstances fort exceptionnelles, nous est fourni par le roman du comte de Poitiers. L'empereur Constantin, voulant prendre femme, convoque toutes les pucelles de son empire et les oblige, sous peine de mort, à se dépouiller de leurs vêtements afin de les examiner en état de complète nudité (édition Fr. Michel, p. 58 ; cf. *Histoire littéraire,* XXII, 787).

Voici un troisième exemple, beaucoup plus récent, qui nous est donné comme historique par un auteur qui, du reste, mérite peu de confiance. César de Nostredame raconte ainsi qu'il suit le mariage de la fille de Charles le Boîteux, comte de Provence, avec Charles de Valois, fils de Philippe le Hardi :

Charles de Valois, qui devoit succeder au sceptre de France, estoit destiné pour estre mary de Clemence [2] fille de Charles. Hymenée qui luy estoit assez agreable, mais, parce qu'il redoutoit quelque deffaict en ceste princesse, comme si d'un pere clochant devoit naistre un enfant voiteux, on dit qu'il la fit visiter. Cette princesse ayant une chemise de crespe tres fin et tres delié, à travers la tissure duquel on voyait fort clairement toutes les parties de son corps et la teinture de sa

---

1. *Berta de li gran pie,* vv. 610 et suiv., édition de M. Mussafia, dans *Romania,* III, 352-3.

2. En réalité, elle s'appelait Marguerite.

peau, se mit d'une si merveilleuse grace a la despouiller
et à se monstrer toute nue, en proferant ces paroles :
Il ne sera jamais dit que pour une simple chemise je
perde le sceptre de France, que cest acte fut estimé
louable, généreux, héroïque et vrayement digne du
courage d'une femme, qui ne tenant que du royal se
recognoissoit l'une des plus belles et mieux formées
princesses de son temps[1].

Bien que l'historien provençal ait placé en marge
de son récit le texte latin des paroles qu'il prête à
la fille du comte de Provence [2], ce qui semble
indiquer une tradition écrite, je ne saurais déter-
miner la source où il a puisé son récit. Reconnais-
sons en tout cas que la scène a, dans sa narration,
un tout autre air que dans le piteux récit d'Arnaut
Vidal. C'était, pour ainsi dire, une perle toute pré-
parée que Fr. Mistral n'a eu qu'à recueillir pour
l'enchâsser dans son poème de *Calendau* [3].

D'ailleurs, on trouvera peu de traits à noter
pour l'histoire des mœurs dans ce roman où tout
est conventionnel et invraisemblable. Voici toute-
fois quelques menues observations. Le pouvoir des
princes est une monarchie tempérée par l'auto-
rité de la cour des barons. Ni le roi de la Serre, ni
le sire de Malléon, ni le comte de Terramade ne
prennent une décision sans avoir consulté leur
conseil. La bataille convenue entre les cinquante

1. *Histoire et chronique de Provence*, 1614, p. 285.
2. *Non amittam regnum Franciæ pro ista interula!*
3. *Calendau*, chant xi, p. 450.

envoyés du roi de la Serre et les cent champions
du sire de Malléon a lieu en champ clos. La reine
y assiste comme à un tournoi, et, comme eût
fait la comtesse de Toulouse ou la dame de Mont-
pellier, elle invite les femmes des notables, c'est-à-
dire les femmes des bourgeois ou des riches mar-
chands, à prendre place avec elle sur l'estrade
(vv. 856 et suiv.). Çà et là on peut relever quelques
détails sur le costume ou sur les usages. Ainsi on
voit par un passage (vv. 1760-1) que les servantes
étaient habituellement vêtues de noir. Ailleurs,
celui qui fait office de sénéchal goûte les mets avant
de les placer devant le roi (v. 2122). Ce qui paraît
plus extraordinaire, c'est qu'il arrive à cheval pour
faire son service (v. 2119).

Le principal épisode du poème offre, pour l'his-
toire des lieux communs de la littérature du moyen
âge, une véritable importance. A un certain moment,
Guillaume de la Barre se trouve placé par la femme
de son seigneur dans la situation de Joseph en
face de l'épouse de Putiphar. Comme Joseph, il
résiste; comme lui, il paie cher sa vertu. C'est le
pendant d'un autre lieu commun bien plus fréquent
encore dans les traditions populaires, l'histoire de
l'épouse calomniée. Ce dernier cas est celui de la
reine Sibile, de Parise la duchesse, de Crescentia,
de Geneviève de Brabant, épouses innocentes qu'un
amant, rendu furieux par une résistance inatten-
due, fait persécuter misérablement. Le cas de Guil-
laume de la Barre, moins fréquent, n'est pas cepen-

dant sans exemple. C'est l'histoire qui forme le
cadre du roman des Sept Sages et des divers
recueils de la même famille. Mais ce n'est là qu'une
ressemblance générale. On peut établir un rappro-
chement plus précis. Le récit de notre poème con-
corde assez exactement avec la huitième nouvelle
de la deuxième journée du *Décaméron* [1].

Voici en bref le récit de Boccace :

Gautier, comte d'Anvers [2], veuf et père de deux enfants,
un garçon et une fille, avait été chargé, par le roi de
France, qui partait en guerre, emmenant son fils, de
lui garder son royaume. L'épouse du fils du roi devint
amoureuse de lui et tenta de le séduire. Mais le comte,
voulant rester fidèle à son seigneur, repoussa les avances
de la dame, qui, furieuse, déchire ses vêtements, crie
au secours et feint d'avoir été l'objet d'un attentat. Le

---

1. Cette nouvelle est passée du *Décaméron* dans le *Grand
Parangon des nouvelles* de Nicolas de Troyes; c'est la 137ᵉ nouvelle
de ce recueil, voy. l'édit. Mabille, dans la *Bibliothèque elzévi-
rienne* (1869), p. xxxix. Le texte en est publié dans l'édition donnée
antérieurement par Mabille d'un choix des nouvelles de Nicolas
de Troyes (Bruxelles, 1866), p. 194.

2. « Gualteri comte d'*Anguersa* ». Les traducteurs français,
depuis Laurent de Premierfait, dont l'œuvre est datée de 1414,
jusqu'au plus récent (qui n'est pas le meilleur), M. Fr. Reynard,
rendent *Anguersa* par Angers, mais littéralement *Anguersa* ne
peut être qu'Anvers, qui se dit actuellement en italien *Anversa*.
Notons en passant que Francesco da Barberino a inséré, dans
son *Reggimento delle donne*, partie VIII, un récit dont la scène
est placée au Puy-en-Velay, et où figure un « comte d'Anguersa »
qui n'est pas autrement spécifié (édit. Manzi, p. 192; édit. Baudi
di Vesme, p. 257). Au point de vue historique, Gautier d'Angers
et Gautier d'Anvers sont aussi fictifs l'un que l'autre.

comte, persuadé qu'on accorderait plus de créance aux paroles de la dame qu'aux siennes propres, se hâta de sortir du palais, et, ayant pris ses deux enfants sur son cheval, il s'enfuit à Calais, d'où il passa en Angleterre. Pauvrement vêtu, il se rendit à Londres, ayant recommandé sur toute chose à ses enfants de ne pas révéler leur naissance. Il prit même la précaution de changer leurs noms : son fils Louis, âgé de neuf ans, dut s'appeler Perrot, et sa fille Yolant, un peu plus jeune, reçut le nom de Jeannette. Il eut la chance de rencontrer une grande dame, femme d'un maréchal du roi d'Angleterre, qui voulut bien se charger de sa fille. De Londres il passa en Galles, où un autre maréchal du roi[1] se prit d'affection pour son fils et l'adopta. Ses deux enfants étant ainsi casés, le comte d'Anvers passa en Irlande, et arriva à Samford[2], où il se mit au service d'un chevalier du pays.

Cependant les deux enfants grandissaient. Yolant (Jeannette) inspira de l'amour au fils de la dame qui l'avait recueillie. Ce jeune homme, n'osant demander à ses parents la jeune fille, qu'il croyait de basse naissance, finit par tomber malade. Les médecins désespéraient de le sauver, ne sachant à quoi attribuer son état, lorsque l'un d'eux remarqua que le pouls du jeune homme battait plus fort lorsqu'il se trouvait en présence de la jeune fille. Il déclara aux parents que la vie de leur fils était entre les mains de Jeannette. « Et maintenant,

---

1. Boccace n'était pas tenu de savoir qu'il n'y avait en Angleterre qu'un seul maréchal, dont l'office était héréditaire. Le plus célèbre de ceux qui furent revêtus de cette dignité fut Guillaume le Maréchal, comte de Pembroke († 1219).

2. Il y a plusieurs Sampford et Sandford en Angleterre, mais il n'y en a point en Irlande.

leur dit-il, vous savez ce que vous avez à faire. » La dame, s'étant assurée que le médecin disait vrai, et ne désirant pas voir son fils se mésallier, crut bien faire en engageant la jeune fille à devenir la maîtresse de son fils. Celle-ci refusa honnêtement, déclarant qu'elle ne se donnerait qu'à un époux. Le fils cependant allait du mal en pis, et les parents se virent obligés de le marier à celle qu'il aimait.

Le fils du comte ne fut pas moins heureux : il épousa la fille du maréchal qui l'avait pris à son service, et, le maréchal mort, lui succéda dans son office.

Finalement, après dix-huit ans passés en Irlande, le comte d'Anvers, vieilli, revint en Angleterre, où il apprit d'abord que son fils était devenu un grand seigneur. Il ne jugea pas à propos de se faire reconnaître, se rendit à Londres et se présenta comme un pauvre homme chez sa fille, qui avait plusieurs enfants. Elle lui fit servir à manger. Ses enfants, mus par un sentiment secret, lui témoignent une vive affection et ne veulent plus se séparer de lui. Le père cède à leur désir, d'assez mauvaise grâce toutefois, et voilà le comte installé dans la maison comme palefrenier.

Pendant ce temps, le roi de France était mort et son fils lui avait succédé. Sa femme devint gravement malade, et, à son lit de mort, confessa le péché qu'elle avait commis en accusant faussement le comte d'Anvers. Aussitôt la sentence de bannissement qui avait été prononcée contre lui fut levée; le comte se fit reconnaître, d'abord de ses enfants, puis du roi, qui le rétablit dans tous ses honneurs.

On ne peut nier qu'il y ait une ressemblance, allant presque jusqu'à l'identité, entre ce récit et l'histoire des aventures de Guillaume de la Barre à partir du moment où le roi de la Serre le charge de gouverner à sa place.

Qu'on substitue le comte d'Anvers à Guillaume de la Barre, le roi de France au roi de la Serre, la bru du roi de France à la reine de la Serre, un gentilhomme irlandais au comte de Terramade; qu'on fasse la part de la différence du style, différence qui n'est pas à l'avantage du rimeur languedocien, et on aura à peu près l'histoire que raconte Boccace. Assurément, il y a des variantes entre les deux récits, mais ces variantes sont de celles que devaient amener les exigences d'un public devenu plus délicat et le besoin de motiver les événements ou d'en pallier les invraisemblances.

La question qui se pose maintenant est de savoir si la fiction que reproduisent ces deux récits a été imaginée par Arnaut Vidal, ou si elle est l'œuvre d'un « trouveur » plus ancien. Dans la seconde hypothèse, on aurait à examiner si Boccace s'est inspiré, comme Arnaut Vidal, de cette œuvre plus ancienne, ou s'il a simplement pris l'idée et en partie les détails de son conte dans le poème du troubadour languedocien.

Sur le premier point, je suis porté à croire que la part d'invention d'Arnaut Vidal a été très limitée. Il a dû, comme beaucoup d'auteurs de fableaux et de nouvelles, s'approprier un conte inventé, en pleine féodalité, au XIIe siècle ou au XIIIe. Que ce conte eût reçu une forme définie, soit en vers soit en prose, ou qu'il circulât par voie orale, c'est ce que je ne saurais dire. Je ne serais pas étonné qu'il eût été mis en écrit dans quelque roman d'aventure probablement français ; mais, sous une forme ou sous une autre, je le crois antérieur au temps où vivait Arnaut Vidal. C'est, chez moi, un sentiment plutôt qu'une opinion fondée sur des faits. Je ne puis m'empêcher de penser que les idées sur lesquelles repose ce conte ne sont pas du temps et du milieu où vivait Arnaut Vidal, et de douter des facultés imaginatives de ce dernier.

Reste la question de savoir comment l'histoire du chevalier persécuté pour avoir été fidèle à son seigneur est parvenue à Boccace. Rien ne s'oppose absolument à ce que le conteur italien ait connu le poème d'Arnaut Vidal et en ait tiré la matière de sa nouvelle. Mais il est plus probable que son récit dérive, directement ou indirectement, de la même source que le poème provençal. Il ne paraît pas que Bocccace, sauf en des cas fort rares, ait pris le sujet de ses contes dans ses lectures. Il rédigeait, en les arrangeant à sa façon, des contes qui pouvaient bien provenir originairement de quelque composition écrite, soit en vers, soit en prose, mais qui circulaient oralement dans la société de son temps, et qu'on se racontait, par manière de passe-temps, lorsqu'on se réunissait le soir pour prendre le frais et converser entre voisins.

Quoi qu'il en soit de ces hypothèses, il ne sera pas superflu d'indiquer brièvement en quoi consistent les différences des deux récits.

Boccace place l'action dans un milieu en appa-

rence plus réel que celui où se meuvent les per-
sonnages d'Arnaut Vidal, mais cette trompeuse
exactitude n'aboutit qu'à faire ressortir davantage
l'invraisemblance du récit. Les noms de France,
d'Angleterre, de Paris, de Calais, de Londres, de
Samford, semblent nous maintenir dans la réalité ;
avec le royaume de la Serre, le château de Malléon,
le comté de Terramade, on s'aperçoit aussitôt qu'on
erre dans le domaine de la fantaisie. Ici se pose
une question que nous ne pouvons guère résoudre
mais qui doit être au moins indiquée.

Si on admet l'hypothèse d'un conte dont se se-
raient inspirés Arnaut Vidal et Boccace, on peut
se demander qui des deux est resté le plus fidèle à
l'original. J'avoue que je serais bien en peine de le
dire. Des trouvères français, par exemple Philippe
de Remi, dans *Blonde d'Oxford*, ont placé en An-
gleterre la scène de récits purement imaginaires.
Mais, d'autre part, si les noms adoptés par Boccace
s'étaient trouvés dans l'original commun, pourquoi
Arnaut Vidal les aurait-il changés ? d'autant plus
qu'on ne peut pas dire qu'il ait inventé tous les noms
qu'il a introduits dans son poème. Le fantastique
royaume de la Serre est déjà mentionné par Girart
d'Amiens [1], qui sans doute l'avait pris de quelque
roman antérieur. Je ne sais d'où peut venir le nom
de Terramade (*terra amada ?*). Quant à Chabert,
Guillaume de la Barre [2], ce sont des noms du Midi,

1. Voir *Histoire littéraire*, XXXI, 174, 184.
2. Un « Chatbertus » (sans surnom) figure dans une liste de che-
valiers de la vicomté de Carcassonne qui prêtent serment à Rai-

et Arnaut Vidal ne les a sans doute empruntés à personne.

La façon dont le fils du comte de Terramade obtient la jeune inconnue dont il est devenu amoureux est fort simple. Aussitôt que la violence de son amour s'est manifestée, on n'hésite pas à lui donner celle qu'il aime. Cela paraît assez primitif. Il en va tout autrement dans Boccace. Le récit traditionnel qu'Arnaut Vidal accepte bonnement courait grand risque de choquer l'élégante société au milieu de laquelle est éclos le Décaméron. C'est après avoir échoué dans ses tentatives contre la vertu de Jeannette, c'est en voyant son fils sur le point de mourir de son amour, que la dame anglaise de Boccace consent à un mariage qu'elle croit être une mésalliance.

Les circonstances dans lesquelles le père retrouve ses enfants ne sont pas moins différentes dans les deux récits. Chez Arnaut Vidal, fidèle sans doute à la tradition, la rencontre est amenée par le hasard ou plutôt par une invincible fatalité, qui dirige toutes choses vers un but certain. Dans le Déca-

mon Roger, fils de Raimon Roger, vicomte de Béziers, en 1191 (Vaissète, III [nouv. éd., VIII], pr. n° LII). C'est peut-être le même qui paraît dans le poème de la croisade albigeoise parmi les partisans du comte de Toulouse (vv. 9182, 9473). Quant à La Barre, c'est un nom de lieu qui se rencontre un peu partout. Il y a même un Guillaume de la Barre dans le poème de la croisade (v. 3053), mais je ne pense pas qu'Arnaut Vidal ait pris là le nom du héros de son roman, car la leçon correcte doit être *de las Barras* (et non *de la Barra*); il s'agit, en effet, à cet endroit du célèbre Guillaume des Barres.

méron, le comte d'Anvers a reconnu ses enfants
longtemps avant le moment où il juge à propos de
se faire connaître lui-même. Il attend l'instant
favorable, et jusque-là il se renferme dans un
silence dont les mauvais traitements même ne
peuvent le faire sortir. La scène de la reconnais-
sance est amenée dans Boccace d'une façon beau-
coup plus ingénieuse que dans le poème.

Dans le Décaméron, enfin, la reine coupable
confesse son crime en mourant, ce qui est à la fois
plus conforme à la morale et d'un effet plus dra-
matique que le dénouement adopté par Arnaut
Vidal. Est-ce à dire que Boccace soit resté plus
fidèle au récit original, à supposer qu'il y ait eu une
source commune? J'en doute. C'est toujours une
tentative délicate et incertaine que celle de resti-
tuer un récit ancien d'après deux rédactions diver-
gentes, et les chances de succès sont d'autant
moindres qu'on s'écarte davantage des textes sur
lesquels on opère. Toutefois, j'incline à croire
qu'ici Arnaut Vidal et Boccace se sont considéra-
blement éloignés l'un et l'autre de leur source. En
pareil cas, la tradition fait invariablement monter
la coupable au gibet ou sur le bûcher. Telle était
peut-être aussi la fin de l'histoire dans le récit
primitif.

Encore un mot sur un lieu commun qu'Ar-
naut Vidal a introduit dans son œuvre : je veux
parler du combat de Guillaume de la Barre contre
son fils. C'est là une situation dramatique entre
toutes et dont les poètes de tous les temps ont tiré

de grands effets. Il suffit de rappeler le combat de Hiltibrant et de Hadubrant, celui de Rustem et de Sohrab dans le *Schah-Nameh,* celui de Bernier et de Julien dans *Raoul de Cambrai* [1]. Mais dans notre poème cette scène est, comme le reste, d'une grande faiblesse.

V. — STYLE. — VERSIFICATION. — LANGUE.

I. STYLE. — *Style* est écrit en tête de ce chapitre pour mémoire, Arnaut Vidal n'a pas de style. Il conte lourdement et sans esprit. Il n'y a pas dans tout son roman une fine observation, un sentiment exprimé avec délicatesse, une image vraiment poétique. On peut lire des pages entières sans rencontrer un vers à mettre en relief. Tout ce qui découle de sa plume est uniformément banal et plat. Il faut descendre jusqu'à *Blandin de Cornouailles* pour trouver un aussi médiocre écrivain. Cependant, même les plus mauvais auteurs ont des expressions, des tournures qu'ils affectionnent et qui caractérisent leur manière d'écrire. Ce sont ces particularités que je veux relever ici.

Arnaut Vidal ne se prive pas du secours de ces formules vaines que les *Leys d'amors* appellent *pedas* ou *quaysh pedas* [2], et qui ne servent qu'à

1. Voy. *Raoul de Cambrai,* édit. de la Société des anciens textes, p. XIII, note.
2. I, 386 et suiv.

remplir le vers ou à fournir une rime. Il use largement de *per ver, per cert, per ma fe, tantost,
tost et espert, tot ad estros, mantenent, aqui* [1], et
autres locutions banales et généralement peu utiles
au sens. Évidemment il est moins délicat dans
le choix de ses mots que les romanciers de la belle
époque, que l'auteur de *Flamenca*, par exemple,
ou celui (ou ceux) de *Jaufre*. Il faut cependant
reconnaître que d'autres ont poussé plus loin
qu'Arnaut Vidal l'abus des chevilles. Elles sont
certainement moins fréquentes dans son poème
que dans *Blandin de Cornouailles*, par exemple,
ou dans le *Breviari d'amor*.

Mais il y a chez lui un genre de négligences que
je n'ai jamais remarqué ailleurs au même degré.
Les auteurs des *Leys d'amors*, qui ont de l'indulgence pour les *pedas*, lorsqu'ils se rencontrent dans
les nouvelles rimées (*novas rimadas*), auraient
trouvé excessives les répétitions de vers qui abondent dans *Guillaume de la Barre*. Voici toute une
série de vers dont chacun se représente au moins
deux fois au cours du poème :

> Al senhor rey e prepausar (58, 210).
> En ayssi cum poyretz ausir (59, 4851).
> Si cum avïan costumat (483, 2179).
> Et am joy et am alegrier (496, 1412)
> El senhor vic de Malleo (670, 706).
> Ple de musquet per hodorar (731, 1321).

1. Par exemple des vers comme celui-ci : *Tantost anet montar
dese* (964), où *tantost* et *dese* font à peu près double emploi.

E va l' .j. tan gran colp donar (1087, 1099).
Que luns hom nol poc estimar (1505, 1973).
Le matremoni van lassar (2382, 3818, 3855).
E ses garsso e ses vassalh (2830, 2950).
E fe captienh de cavalier (4083, 4102).

Les *Leys d'amors* [1], qu'on n'accusera pas d'une trop grande sévérité, tolèrent, dans les nouvelles rimées, ces répétitions, à condition qu'il y ait un intervalle d'au moins cent vers entre les deux vers répétés. Mais on voit qu'Arnaut Vidal ne se soumettait pas toujours à cette modeste exigence.

Arnaut Vidal semble se plaire à introduire, soit dans sa narration, soit dans les discours qu'il prête à ses personnages, des incidences dont le moindre défaut est d'être inutiles, et qui souvent troublent le sens. L'exemple le plus remarquable de cette singularité nous est fourni par les vers 1102 et suivants :

Le Sarrazis en dos cartiers
Del cavalh cazec el sabblo, —
1104 *Lo senhor diss de Malleo :*
« Trop fier duramens G. Barra
« Ab son bran qu'en ayssi los sarra. » —
L'u de travers l'autre de lonc.

Il est évident que la phrase est complète avec les vers 1102, 1103 et 1107. Les trois vers que j'ai imprimés en italiques interrompent le sens de la façon la plus maladroite. D'autres fois, c'est un

1. III, 104.

d

diss el, ou l'équivalent, qui vient s'intercaler bien inutilement au milieu d'un discours. Ainsi, le latinier s'adresse aux chrétiens,

876   E vay lor dir gent en ploran :
       « Huey parra tot lo vostre fait
       « Ni qui popet de bona lait »,
       Diss lo latiniers als crestias,
       « Quar veiretz armatz c. payas....

Le vers que j'ai souligné n'a sûrement pas d'autre utilité que de fournir une rime à *payas.* De même plus loin :

       E vay dir tost al latinier
       La dona, quan lo vic intrar :
919   « D'aquestz crestias que poirem far? »
       Diss la dona, « ni cum sera? »

Et quelques vers plus bas, dans le même discours, apparaît de nouveau ce *diss la dona.*

Notre auteur affecte les redoublements d'expressions. Il dira : *E vay dir autet e parlar* (1038), *...devesir E l'aventura declarar* (1348-9), *pueys en apres* (1500), *far e bastir* (1529), *senes carta e ses escrit* (1560). Les auteurs des *Leys* lui reprocheraient justement de tomber dans le pléonasme, la périssologie et la verbosité.

Peut-être était-ce là un vice professionnel, si, comme nous l'avons supposé, Arnaut Vidal était homme de loi. On peut, à ce propos, remarquer qu'il use et abuse d'une expression familière aux légistes, du verbe *prepausar.* Les personnages qu'il

met en scène ne se contentent pas de dire leur avis,
ils le « proposent » (vv. 210, 324, 781, 4104, etc.).
C'est un terme qui revient fréquemment dans la
rédaction en prose du poème de la croisade albi-
geoise, rédaction où l'on s'accorde à voir l'œuvre
d'un légiste toulousain.

2. VERSIFICATION. — Arnaut Vidal manie le vers
avec une assez grande dextérité. Si l'expression est
peu poétique, le vers est ordinairement bien cons-
truit. Cette qualité mérite d'autant plus d'être
relevée que notre auteur ne fait pas le vers comme
tout le monde. J'ai montré, dans un mémoire spé-
cial [1], que dans les plus anciens poèmes en vers
octosyllabiques le sens est ordinairement arrêté à
la fin du second vers d'une paire. Une phrase peut
se composer de deux, de quatre, de six vers, elle
est rarement complète en trois, cinq ou sept vers.
En d'autres termes, la phrase commence avec le
premier vers d'un couplet (par *couplet* j'entends
les deux vers qui riment ensemble) et se termine
avec le second vers du même couplet ou d'un des
couplets suivants. Puis cet usage ancien est aban-
donné, et peu à peu les poètes commencent et
finissent leur phrase indifféremment avec le pre-
mier ou avec le second vers du couplet. Chrétien
de Troies est, dans la poésie française, probable-
ment le premier qui pratique cette innovation.
Mais Arnaut Vidal va bien plus loin : son système,

1. *Romania,* XXIII, 1 et suiv.

qui jusqu'ici paraît lui être propre, consiste à commencer chaque phrase (excepté, naturellement, celle du début) au second vers d'un couplet, et à la terminer au premier vers d'un des couplets suivants. Que l'on examine, par exemple, les dialogues dont le poème est parsemé, et l'on remarquera que la partie de chaque interlocuteur s'arrête à la première rime d'une paire de vers [1]. C'est le renversement complet de l'usage ancien. Il y a bien quelques exceptions, mais elles sont rares.

Arnaut Vidal ne cherche point les rimes rares *(rimas caras)*. La proportion de rimes en *ent, ar, ir, ut,* qui sont les plus communes, est considérable. Il ne se donne non plus aucune peine, comme on le faisait dans la poésie française à la même époque, pour assembler des rimes riches, celles qu'on appelait *leonimes*. Du reste, cette affectation est rare dans la poésie provençale, quoique les *Leys d'amors* aient un paragraphe sur la « leonismetat [2] ». Il a même de temps en temps des rimes qui nous paraissent insuffisantes, mais qui sans doute étaient justifiées par la prononciation du temps où il vivait ; par exemple : *em-verm,* 1743-4 ; *essems-ferms,* 1749-50 ; *onze-dotze* [3], 3139-40.

Les rimes *draps-gabs* 865-6, 1521-2, *cap-gab,* 1649-50, 2865-6, *sab-cap,* 3763-4, etc., sont en

---

1. Ce système est poussé si loin que les diverses parties du poème, marquées par des rubriques, commencent toujours avec le second vers de la paire ; voir pp. 18, 30, 38, 46, 68, etc.

2. I, 160.

3. Ces deux mots sont écrits en chiffres.

réalité parfaitement exactes, seulement le copiste
aurait du écrire *gaps, gap, sap*.

Certains écrivains, plus anciens qu'Arnaut Vidal,
ont associé en rime des finales féminines et des
finales masculines. Les exemples de cette licence
sont assez fréquents dans la chanson de la Croisade
albigeoise [1], dans le poème sur la guerre de Navarre,
de Guillem Anelier, dans le *Breviari d'amor*.
Arnaut Vidal s'est permis cette licence, aux vers
1051-2, où *remazeron* (prétérit, troisième per-
sonne du pluriel) rime avec *redon*, et 3823-4,
où *mon* rime avec *aneron*.

En somme, les rimes de *Guillaume de la Barre*
sont régulières et conformes à l'usage traditionnel.
Certaines irrégularités apparentes seront examinées
plus loin, dans le paragraphe consacré à la langue.

Pour terminer ce qui concerne la versification, je
ferai remarquer que, sauf en quelques cas douteux,
Arnaut Vidal, n'élide pas la finale atone suivie d'un
mot commençant par une voyelle [2]. Voici des exem-
ples recueillis dans les premières pages du poème :

      8 E, segon qu'el er*a* effans,
     26 E cug qu'er*a* el mes d'abril,
     94 La donzel*a* e per saber.
    133 E non avi*a* autra renda.
    237 E fey la terr*a* e la mar.
    296 E d'aisso, si*a* o no sia.

1. Voir mon édition, pp. cix-cx.

2. Cette circonstance rend bien douteuse l'addition d'*e* dans ce
vers :

    Vengro per forssa [e] per vigor (v. 167).

310 E la nostr*a* es de Dieu viu.
338 E nos amen*e* a salut.
355 La .j. l'autr*e* e nom de fe.
375 El vay trair*e* .j. crozific.
534 Que lay fon pausad*a* e mesa.

3. Langue. — Arnaut Vidal écrit, ou du moins s'efforce d'écrire, la langue classique telle qu'il pouvait la connaître. Il n'emploie guère ces formes locales qu'on rencontre, même à une époque plus ancienne, en certains poèmes, dans la *Guerre de Navarre* de Guillem Anelier, par exemple. Il se conforme par avance à la règle que les *Leys d'amors* devaient formuler plus tard en disant que lorsqu'on est en doute au sujet d'un mot il faut recourir aux poèmes des anciens (*als dictatz dels anticz*), ou, à défaut de ce moyen de vérification, adopter l'usage le plus général (II, 210).

Cependant les *Leys* admettent (II, 208) qu'il est des mots qu'on peut dire en deux manières (*ques podon dire en doas manieras*); ainsi *conques* (participe passé) et *conquis*; de même *ysshample* et *ysshemple*, *tener* et *tenir*, *solas* et *solatz*, *senher* et *senhors* (ces deux formes représentant le cas sujet), *majers* et *majors*, *greu* et *grieu*. C'était aussi l'avis de notre auteur qui emploie, surtout à la rime, tantôt une forme, tantôt une autre pour le même mot. Beaucoup de poètes, avant lui, avaient usé de la même liberté. Il est, par suite, impossible, en bien des cas, de se fonder sur les rimes pour restituer la langue du poète, en éliminant les altérations dues au copiste. Il faut avouer, du reste que, dans le cas présent, il y a peu d'intérêt à chercher les différences qui peuvent exister entre la langue de l'auteur et celle du copiste ; ces différences ne peuvent être que minimes, le manuscrit étant, on l'a vu plus haut, de très peu postérieur à la composition du poème et en outre fort correct.

Mais voyons quelles sont les formes divergentes que notre auteur emploie selon la rime.

La troisième personne du singulier de l'indicatif présent de *plaer* se rencontre sous trois formes, toutes trois attestées par la rime : 1° *plat*, la forme la plus usitée, en rime avec *prendat* (subjonctif), 77, *adobat*, 324, *coffessat*, 898, *apelat*, 1901, *batejat*, 1958, etc. ; 2° *plas*, simple altération de *plat*, en rime avec *cas*, 3620 ; 3°, *play*, en rime avec *veray*, 1791, *tendray*, 2813, *say*, 2906, 3804, *veiray* 3496.

Les prétérits de la conjugaison en -*ar*, et ceux de beaucoup de verbes en -*er* et -*re*, font -*ec* à la troisième personne du singulier. *Estec* prétérit d'*estar* est très fréquent (voir le vocab., sous ESTAR). Mais on trouve aussi *este*, en rime avec *pe* (pedem), 3156 [1]. De plus, en outre des prétérits en -*ec* qui dominent, on trouve quelques prétérits en *at* ou *a* : *aorat* (adora) rime avec le participe passé *fermat*, 386 ; *crida* (cria) rime avec le futur *batejara*, 1737 ;

---

[1]. Des rimes de ce genre se trouvent ailleurs, par exemple dans la Vie de sainte Marguerite éditée par le Dr Noulet, où *comensec* rime avec *pe* (vv. 332-3).

leva (leva) avec le futur *voldra*, 4228. Bien que cette forme en *a* ne soit pas absolument inconnue dans le Midi (on en trouve quelques exemples en béarnais), je suppose qu'Arnaut Vidal l'aura plutôt empruntée au français.

Le prétérit de *vezer* est régulièrement *vic* à la 3ᵉ personne du singulier. C'est la forme qu'on trouve dans l'intérieur du vers, et on la trouve aussi en rime avec *algaravic*, 247, *crozific*, 376, 697, *enemic*, 619. Cependant l'auteur emploie aussi *vi* en rime avec *jarzi*, 40, *ayci*, 2030, *aqui*, 2184, *vi* (vin), 2994, etc. Il en est de même pour *auzic*, 3ᵉ personne du prétérit singulier, qui rime avec *vic*, 2350, et qui se réduit à *auzi* pour rimer avec *ayci*, 1894, *aqui*, 2738 [1].

Jos et *dejos* sont les formes régulières et se rencontrent souvent en rime, par exemple avec *dos*, 3987, mais l'auteur emploie *dejus* (emprunté au français?) pour rimer avec *sus*, 3344, ou avec *pus* (plus), 3946.

Brut (bruit) rime avec *vertut* ou avec des participes en -*ut*, 552, 1696, 3409 ; *brutz*, au cas sujet, 178, avec *estendutz*. Mais, d'autre part, nous avons *bruy*, qui rime avec *luy*, 54, 2420, etc.

L'auteur adopte *lieu* (lat. l e v e) pour rimer avec *Dieu*, 1810, 3056, 3414, mais *leu* en toute autre occasion ; voir le vocabulaire. Il écrit *mazanh*

2. L'emploi de ces doubles formes n'a rien d'exceptionnel. On en pourrait citer bien des exemples en des poésies de l'époque classique, ainsi chez P. Vidal, voy. Bartsch. *Peire Vidal's Lieder*, p. LXXVIII, LXXIX.

pour rimer avec *companh,* 1222, et *maʒan* pour rimer avec *gaban* (gérondif), 2430, *gran,* 3858, *Johan,* 4072.

Il y aurait peu de profit à multiplier ces exemples. On en pourra recueillir quelques autres en parcourant le vocabulaire joint à cette édition. Il est donc établi qu'Arnaut Vidal ne se faisait point scrupule d'employer des formes variables, empruntées parfois au français [1], lorsqu'il y trouvait quelque commodité pour faire sa rime. Il se souciait peu de la bigarrure qu'il introduisait dans son langage. D'ailleurs, je le répète, ces variations ne sont pas propres à l'auteur de *Guillaume de la Barre :* tout au plus pourrait-on dire qu'il en use avec moins de discrétion que la plupart de ses devanciers. L'admission dans un texte littéraire de formes divergentes d'un même mot s'explique en provençal par les conditions dans lesquelles la poésie s'est développée au midi de la France. Comme aucune des variétés de la langue d'oc n'avait obtenu sur les autres une suprématie bien marquée, les poètes pouvaient être amenés à considérer comme également légitimes les diverses formes que telle ou telle finale revêtait selon les lieux.

J'ai à signaler un autre genre d'irrégularité causé non plus par la rime, mais par la mesure. Dans *Guillaume de la Barre* le groupe *ia,* qui, chez les

---

1. Aux formes vraisemblablement françaises que j'ai citées plus haut il est légitime, si je ne me trompe, d'ajouter *avey* (en rime avec *rey*), 2422, qui doit être emprunté au français de l'ouest (*aveit*).

anciens troubadours, forme toujours deux syllabes, est compté *ad libitum* tantôt pour une syllabe, tantôt pour deux. *Crestias, crestia*, ont trois syllabes aux vers 259, 811, 871, 973, 1013, 1198, 1709, et seulement deux aux vers 171, 274, 344, 387, 453, 557, 673, 721, 821, 843, 879, 916, 995, 1004, 1027, 1170, 1203, 1278, 1300, 1429, 1873.

Ces deux listes, pour l'établissement desquelles j'ai relevé tous les exemples que fournissent les 1900 premiers vers du poème [1], montrent avec évidence la prédominance de la forme où la synérèse a lieu. C'était la prononciation récente. On peut faire la même comparaison au sujet de *lial* et ses composés, *deslial, lialmens, lialtat*. L'auteur compte toujours *lial* pour deux syllabes (de même pour *destial* et *lialmens*), 498, 1258, 2654, 3090, 3275, 3801 ; il traite parfois de même *lialtat*, 2520, 2812, 2945, mais le plus ordinairement il opère la synérèse dans ce dernier mot, 2549, 2851, 3260, 3371. La synérèse a également lieu dans *castiar*, 4352, ce dont on a d'autres exemples [2], et dans *dyabli*, 556 ; *dyablas*, 1342.

Voyons maintenant comment sont traitées les formes verbales en *ia* (imparfaits de l'indicatif, présents du subjonctif) : la prononciation ancienne (*ïa*) est conservée dans *avïa, avïan*, 133, 483, 1127, 1406, 1420, 2094, 2289, 2683 ; dans *caᴣïan* 1215 ;

1. Dans le reste du poème le mot *crestia* n'apparaît que rarement.

2. Notamment dans le *Libre de Senequa*, Bartsch, *Denkmœler*, 207, 16 ; 208, 26.

diℨia 867, 1522; *faℨia* 1909, 2857; *moriatℨ* 2947;
perdïan, 1769; *querïan,* 2494; *sïa, sïatℨ, sïan,* 288,
296, 460, 659, 2519, 2802, 2880; *valïa,* 2468;
volïa, volïam, 1287, 1347, 1944, 2187-8. C'est, de
beaucoup, l'usage le plus fréquent chez notre
auteur. Toutefois, il y a de nombreux cas de syné-
rèse : *avia, avian,* 844, 1111, 1174, 1679, 2071,
2275, 2555, 3191; *calia,* 2342; *devia, devian,* 2089,
2211; *sabian,* 1680; *sia, siatℨ, sian,* 290, 1795, 1890;
volia, 2775.

La synérèse n'a pas lieu dans les conditionnels
présents : *aurïa,* 1995 ; *farïa,* 2810 ; *semblarïa,* 866;
voldrïa, volrïa, 1110, 2815. La résistance que ces
mots opposent à la synérèse s'explique par leur
formation : ce sont des mots composés où *ia* est
une sorte de suffixe non encore absolument soudé
au premier terme composant, et par conséquent
capable de résister à l'usure produite par la pro-
nonciation [1].

Passio, mot d'origine lettrée, se rencontre sous
deux formes : *passïo,* de trois syllabes, rimant, par

---

1. Raimon Féraut, au contraire, fait la synérèse d'*ia* aussi bien
dans les conditionnels que dans *sia* et dans les imparfaits en *ia*. Je
citerai quelques exemples tirés de l'édition (par A.-L. Sardou,
Nice, s. d. [1875]) où malheureusement les vers ne sont pas
numérotés; et d'abord *sia* et les imparfaits :

> Em *sia* payres e guida (p. 2).
> Aquist *cresian* la ley de la malvaysa gesta (p. 4).
> La guerra de Budac c'*avia* lonc temps aguda (p. 4).
> *Vencia* et encauzava e gitava d'onor (p. 5).
> Li bella Helenborcs *avia* mot gran paor (p. 6),
> Qu'*avian* tant esperat l'enfant (p, 9).

On pourrait citer quelques rares exemples du contraire, ainsi :

exemple, avec *razo*, 336, et *passiu* (ou *paciu*), de deux
syllabes, 365, 799, qui était assurément la forme
vulgaire du temps. *Proceciu* ne se rencontre que
sous la forme vulgaire, 3824, 3832; de même *cor-
rectiu*, 5310. Les autres mots de la même classe
gardent leur prononciation latine : *benedictïo* 2389,
3285 [1]; *compacïo*, 1726; [e]*ccequcïo*, 2236; *oracïo*,
1782; *tracïo*, 2211, 2793 [2].

Il est intéressant de comparer l'usage d'Arnaut
Vidal avec les règles que devaient formuler plus
tard les *Leys d'amors*. Selon les grammairiens tou-
lousains « *sia, siam, sian,* sont de deux syllabes, et
peuvent aussi être d'une syllabe, excepté à la fin du
vers ». Mais on voit qu'ils préfèrent l'usage ancien,
car ils ajoutent : « Nous admettons cela (la réduc-
tion à une syllabe) par figure [3] parce que c'est l'usage,

Tro que sias am luy le santz non passara (p. 33). Mais peut-être
est-ce la faute de l'édition.

Conditionnels :

> *Volria* far son ostal (p. 21).
> Non si *trobarian* mays (p. 25).
> En nos *seria* ben messa tota desaventura (p. 30).
> De tot cant li querria *faria* sas volontatz (p. 37).
> Ou lur *plaseria* mays e tornar en lur terra (p. 39).

R. Feraut est à peu près contemporain d'Arnaut
Vidal, ou du moins il n'est pas beaucoup plus ancien, mais il écrit d'un tout
autre style, et sa langue aussi est assez différente.

1. *Benecïo*, 3360.

2. *Redempsso*, 130, 2202, est employé au sens de *rançon*. Dans
le sens de redemption on employait *redempcïo* (*Breviari*,
2429, etc.).

3. Les *Leys* entendent par figures, selon la tradition des gram-
mairiens latins, des vices du langage, barbarismes ou solécismes,
qui sont excusés par l'usage ; voy. III, 6 et suiv.

mais il vaut [1] mieux quand rien de ces mots ne se
perd » (I, 46). Ici les *Leys* sont d'accord avec Arnaut
Vidal. Mais il n'en est plus de même pour les impar-
faits en *ia* où notre auteur se permet souvent la
synérèse. On lit, en effet, un peu plus loin (I, 48) :
« Les mots comme *fazia, tenia, vezia,* sont de trois
syllabes, et ainsi de leurs semblables. De même
dans les autres personnes et dans les autres temps.
au singulier et au pluriel. » Et ailleurs (III, 146) :
« La synérèse fait de deux syllabes une seule,
comme *sia,* d'une syllabe, pour *sïa,* de deux... Nous
ne tolérons cette façon d'abréger que là où elle est
dans l'usage, comme *sia, sias, siatz, sian* d'une
syllabe. Toutefois, il est mieux que ces formes soient
de deux syllabes. » Notons encore que, selon les
Leys, le féminin *doas* ne doit former deux syllabes
qu'à la fin du vers. Dans l'intérieur du vers ce mot
est d'une syllabe. Tel est aussi l'usage que suit
Arnaut Vidal, 469, 2413. Ce n'est pas l'usage an-
cien. Les troubadours font toujours *doas* de deux
syllabes [2].

Il y a dans *Guillaume de la Barre* des cas d'aphé-
rèse que les *Leys d'amors* (II, 142; III, 198, 200)
n'ont pas indiqués. La voyelle initiale d'*avian,*
d'*enanssavan,* est supprimée après *no,* dans ces
vers :

1. L'édition porte *vol;* il faut lire *val.*
2. J'entends les troubadours de l'époque classique. Guillem de
l'Olivier, d'Arles, fait *doas* d'une syllabe (Bartsch, *Denkmæler,*
p. 48, ligne 1, et voir la note de Bartsch sur ce passage).

1679 E no 'vian pus filha ni filh.
1797 Quan viro que re no y 'nanssavan.

Dans le premier cas on pourrait, à la rigueur, supposer une synérèse de *no* et de l'*a* initial *avian*, et par suite la suppression de l'*a* devrait être attribuée au copiste ; mais cette supposition ne peut s'appliquer au second exemple où *no y* forment déjà une seule syllabe. Autre cas d'aphérèse après l'article *la* :

2236 La 'ccqutio d'escapssar.

Je ne range pas ici *stec* (= *estec*), 3572 ; *scapssatz* 258 ; *spaʒa,* 930 ; *stola,* 2384 ; là *e* est prothétique, et il arrivait fréquemment qu'on ne l'écrivait pas lorsque le mot précédent finissait par une voyelle [1].

Entre les particularités linguistiques qu'on peut relever dans *Guillaume de la Barre,* il en est dont on ne saurait dire si elles appartiennent à l'auteur ou si le copiste seul doit en être tenu responsable. De ce nombre sont celles qui caractérisent la phonétique et la graphie. Je les réserverai pour la fin de ce chapitre. Présentement je vais exposer certains faits de flexion ou de construction, qui sont indubitablement propres à l'auteur du poème.

Au temps ou écrivait Arnaut Vidal la déclinaison

---

1. On trouvera de ce fait des exemples plus récents même que ceux de *Guillaume de la Barre* dans le *Bulletin de la Société des anciens textes,* 1890, p. 107. Les plus anciens exemples se trouvent dans *Boëce.*

à deux cas était à peu près abolie dans l'usage cou-
rant. Le parler populaire de certains pays du Midi,
le Limousin, par exemple, et le Dauphiné, en con-
servaient encore quelques traces, mais, en somme,
on peut dire qu'elle ne subsistait plus que dans
l'idiome littéraire. Et encore la connaissait-on mal.
Les *Leys d'amors*, qui en exposent minutieusement
les règles, se trompent souvent, notamment lors-
qu'elles considèrent *senher* et *senhors* comme deux
formes équivalentes du cas sujet (II, 166).

Arnaut Vidal paraît avoir fait effort pour obser-
ver la déclinaison, ou du moins ce qu'il en connais-
sait ; mais ses efforts ne sont pas très soutenus et
on voit par ses rimes qu'il ne se faisait guère scru-
pule de mettre, à l'occasion, le cas régime à la
place du cas sujet. Voici d'abord une série d'exem-
ples, attestés par les rimes, de noms ou d'adjectifs
employés comme sujets singuliers : *reyal* 596 ;
creator, 656 ; *benaseit,* 700 ; *lo latinier,* 874, 930,
947 ; *Chabert,* 896 ; *escudier,* 913 ; *espert,* 923 ;
messagier 941, 1436 ; *vassalh,* 966 ; *sarrazi,* 1040,
1055 ; *rossinier* (vocatif), 1205 ; *jorn,* 1378 ; *pascut*
1390 ; *solelh* 1632 ; *gran* 2217 [1].

Les mots qui suivent, également en rime, sont
employés comme sujets pluriels : *senhors,* 146 ;
crestias 1270 ; *cas (chiens),* 1710 ; *serrutz,* 1746 ;
abrassatz, 1812 ; *nutz* 1817 ; *amdos* 1837, 2056.
La proportion des infractions à la règle n'est pas

---

1. Je ne cite pas *fait,* 877, parce qu'on pourrait à la rigueur
expliquer l'absence du ɀ par l'étymologie (f a c t u m).

très forte ; elle est cependant assez considérable
pour interdire toute correction ayant pour but uni-
que de rétablir là où il est facile de le faire, dans
l'intérieur des vers, les formes régulières.

La conjugaison ne présente aucun trait parti-
culièrement notable. On s'en convaincra en par-
courant le vocabulaire qui enregistre, sous chaque
infinitif, les formes principales. Les prétérits formés
sur les types *dedit, stetit,* sont, à la 3e personne du
singulier, en -*ec* et quelquefois simplement en -*e,* je
l'ai dit plus haut (p. LV). Il y a aussi quelques
terminaison en -*et,* qui ne sont peut-être pas abso-
lument sûres, le *c* et le *t* étant souvent difficiles à
distinguer dans le manuscrit. Mais ce mélange n'a,
en soi, rien d'insolite. Voir à ce sujet la préface de
Daurel et Béton, où j'ai donné quelques indications
sur le vaste territoire (comprenant l'Aude, l'Ariège,
la Haute-Garonne, le Tarn, le Tarn-et-Garonne)
où ces prétérits en -*ec* sont usités [1].

Arnaut Vidal emploie à satiété le verbe *anar,*
comme auxiliaire, soit avec le gérondif, soit surtout
avec l'infinitif. Voici des exemples du premier cas :

```
    28 Trastug s'aneron ajustan.
   468 Et apres elh van despleguan.
   940 Ambeduy s'en van gent amblan.
  1255 S'en vay pel camp gent deportan
        En Chabert, so senhor, gardan.
  1501 .... s'en van parlan
        Entro la cuba e gaban.
```

1. *Daurel et Béton,* pp. lxiij, lxív ; voir aussi *Romania,* XVIII, 425.

En voici du second :

43 L'anec saludar.
48 E pueyss anec sezer cascus.
52 E van lor razo comenssar.
108 Comjat van pendre.
109 E van montar.
116 Tantost s'aneron enaguar.
160 En G. Barra van cridar.
195 E van lors senhas despleguar.
204 E tug lo van gardar fortmens.

Construit avec le gérondif le verbe *anar* n'est pas simplement un auxiliaire : il conserve ordinairement sa valeur propre. Au v. 468 on pourrait soutenir que *van despleguan* équivaut au présent *despleguan,* « ils déploient » ; cependant il y a une nuance : le mouvement que comporte l'action décrite est plus fortement marqué par la périphrase « ils vont déployant ». Aussi cette locution, qui a sa raison d'être, se rencontre-t-elle chez les plus anciens troubadours et même dans le plus ancien monument de la littérature provençale, le poème de Boèce[1]. Au contraire, le présent *vai, van,* joint à un infinitif, est le plus souvent l'équivalent du présent de narration, ou, ce qui n'en diffère guère, du préterit. Sans doute cette périphrase avait à l'origine une valeur emphatique, mais elle est bientôt devenue banale et les poètes y ont eu recours pour

[1].   De sapiencia anava eu ditan (v. 78).
        Quan ve a l'ora quel corps li vai franen (v. 104).
        Cum el es velz vai s'onors descaptan (v. 114).
        Trastota dia vai la mort reclaman (v. 118).

obtenir une syllabe de plus et surtout pour amener
en fin de vers un infinitif, c'est-à-dire une rime
dont la correspondante était facile à trouver. Les
écrivains qui ont le souci du style, l'auteur de
Flamenca par exemple, et, à plus forte raison, les
troubadours, ignorent ou dédaignent ce procédé.
C'est vers le commencement du xiiie siècle que
l'infinitif construit avec *anar* apparaît avec quelque
fréquence. Il y en a des exemples dans la chanson
de la croisade albigeoise [1] et plus encore dans *Dau-
rel et Béton* [2]. A la fin du siècle, Matfre Ermengau
fait grand usage de la même périphrase dans les
parties narratives du *Breviari*[3]. Mais c'est surtout
au siècle suivant que l'abus se produit. L'auteur
inconnu de *Blandin de Cornouailles*, qui devait
être à peu près contemporain d'Arnaut Vidal, et
qui écrivait plus mal encore, dit à chaque instant
va penre, va entrar, va annar, etc. Les auteurs des
Leys d'amors (III, 392 [4]) considèrent avec raison
cette façon de parler comme une cheville (*pedas*).
Ils la tolèrent cependant parce qu'elle est très
répandue (*car es trop acostumatz*) dans les nou-
velles rimées, « surtout quand elles sont longues »;
encore vaut il mieux l'éviter; mais ils l'interdisent
absolument dans les compositions lyriques. Ce qui
prouve, en effet, combien cette lourde périphrase

1. Voir au vocabulaire, *anar*.
2. Vers 70, 116, 145, 159, 167, 205, 229, 230, 248, 250, etc.
3. Vers 21974, 21990, 22000, 22021, 22115, 22189, etc., de
l'édition de Béziers.
4. Cf. II, 392, où la même idée est exprimée plus brièvement.

était usuelle, c'est qu'on la rencontre même en des ouvrages en prose, par exemple dans la version provençale du Nouveau Testament que renferme le ms. Bibl. nat. fr. 2425, de la première moitié du xivᵉ siècle [1]. Dans ce texte *va* (ou *van*) *dire, van respondre* traduisent le latin « dixit, dixerunt », *va se fugir* correspond au préterit « fugit » (Jo. vi, 15), *va escrieure, van s'en issir,* aux imparfaits « scribebat » (viii, 6), « exibant » (viii, 9), *van lo menar* au présent « adducunt » (ix, 13), etc. On voit ici se manifester la tendance à donner à cette périphrase le sens du parfait défini. En catalan, cette tendance s'est accusée de plus en plus depuis le xvᵉ siècle et a fini par amener la perte du prétérit normal [2]. Il n'en a pas été de même dans le midi de la France, où l'emploi d'*anar* avec l'infinitif, après avoir été poussé jusqu'à l'excès au xvᵉ siècle dans certains textes, tant en vers qu'en prose [3], a fini par tomber en désuétude.

Arnaut Vidal emploie souvent les conditionnels passés qui, de son temps et même dès la fin du xiiiᵉ siècle, commençaient à se faire rares. On sait qu'ils ont à peu près disparu de la langue actuelle.

1. L'*Évangile selon saint Jean*, en vieux provençal, p. p. le Dʳ J. Wollenberg (Programme du Collège royal français. Berlin, 1868). Cf. *Romania*, XVIII, 426.

2. Voy. Alart, dans la *Revue des langues romanes,* V, 295.

3. Ainsi dans un sermon en prose du xvᵉ siècle, *Bulletin de la Société des anciens textes,* 1883, p. 63; dans quelques cantiques populaires composés en Provence, *Romania*, XX, 142; Damase Arbaud, *Chants pop. de la Provence,* II, 216; dans les mystères du Briançonais, *Romania*, XIII, 139, etc.

Mais il ne les emploie pas avec propriété. Ces formes, sorties du plus-que-parfait de l'indicatif, ont à l'origine le sens du conditionnel passé : *auzira, agra, fora, pogra,* signifient « j'aurais ouï, j'aurais eu, j'aurais été, j'aurais pu ». Chez Arnaut Vidal elles ont le sens du conditionnel présent, « j'ouïrais, j'aurais, je serais, je pourrais ». Ce sens est visible dans les exemples suivants :

> 92 Ab tant se volgron acordar
> Qual duy *pogran* anar veser
> La donzela.

« Quels deux *pourraient...* », et non pas « auraient pu ».

> Quar so pessec, quan *foran* prop
> 568 Del crozific, que pauc ni trop
> Nol *prezeran* encontrals sieus.

« Il pensa que, quand ils *seraient* près du crucifix, ils ne le *priseraient...* »

> 620 E val dir que tug l'enemic
> De la fe *foran* coffondut.

« ... que tous les ennemis de la foi *seraient* confondus. »

> ..... volgro vezer........
> 678 Qual dieu d'aquels *pogra* mais far
> Ni quals *fora* pus poderos.

« Ils voulurent voir quel dieu *pourrait* faire le plus, et *serait...* »

En certains cas toutefois, le sens du conditionnel passé persiste; ainsi :

> 100 Que, per dar denier Dieu ni arra,
>   Non *troberan* miels d'un acort.

Où *troberan* peut se traduire par « ils n'auraient pas trouvé... ». De même :

> E van lors senhas despleguar,
> 176 Qu'om s'i *pogra,* per cert, mirar.

Si on admet, et cela est légitime, que *van despleguar* équivaut à un prétérit, on pourra traduire « qu'on aurait pu s'y mirer ».

> Que, si no fos l'asseguriers,
> 378 Que nos *foram* tug en cartiers.

« N'eût été la parole donnée, nous eussions été tous mis en pièces. »

Si maintenant nous comparons l'usage d'Arnaut Vidal à l'usage antérieur ou à celui de son temps, nous trouverons que, même avant lui, le conditionnel passé tendait à se confondre, pour le sens, avec le conditionnel présent. Le grammairien Hugues Faidit (xiiie siècle) n'indique aucune différence entre ces deux conditionnels [1]. La même observa-

---

1. « En l'optatiu finissen tuit li verb de la prima conjugazon del temps prezent el singular la prima persona in -*era* o in -*ria* »... Stengel, *Die beiden ældtesten Grammatiken*, p. 13, l. 39 et suiv. Et dans les exemples que cite le grammairien aucune différence n'est faite entre *amaria, diria, dormiria,* etc., et *amera, dissera, dormira.*

tion s'applique aux *Leys d'amors*, qui sont postérieures à *Guillaume de la Barre*, mais qui, étant
l'œuvre de grammairiens très conservateurs, auraient pu garder quelque souvenir de l'usage
propre du conditionnel passé. Pour les *Leys* le conditionnel passé (appelé « prétérit parfait et plus-
que-parfait de l'optatif ») est un temps composé :
agues amat ou *auria amat* (II, 244) et non plus
amera, ce dernier étant devenu l'équivalent d'*amaria*. C'est la création d'une forme périphrastique,
lourde et prolixe, mais portant visiblement en soi sa
signification, qui a peu à peu amené la confusion
des deux temps simples : *auria amat* a chassé
amera, qui, pendant les derniers temps de son
existence, s'est confondu avec *amaria*. Mais les
auteurs qui savent écrire ne commettent pas cette
confusion. L'élégant et subtil écrivain à qui nous
devons *Flamenca* distingue admirablement le conditionnel présent du passé [1].

Quelques autres particularités méritent d'attirer
l'attention.

Arnaut Vidal forme une sorte de superlatif en préposant *sobre* à un adjectif ou à un adverbe ; voir au
vocabulaire *sobrebe, sobrebel, sobrebo, sobrecorrent,
sobregran*. Cette formation, qui n'est pas habituelle

---

1. Il serait trop long de suivre, à travers la littérature provençale,
les fluctuations de l'usage. Je me borne à noter que, dans *Blandin
de Cornouailles*, le conditionnel passé est employé au sens du
présent; *vigra*, pour *veiria*, v. 236; *volgra*, 298, 876; *vigras*,
416, etc.

en ancien provençal, est indiquée dans les *Leys d'amors* : « Le superlatif est exprimé à l'aide du mot *sobre*, comme *sobrebos*, *sobrebels*, *sobresavis* » (II, 58).

Arnaut Vidal offre quelques exemples de la combinaison de deux gérondifs associés l'un à l'autre sans être réunis par la conjection *e* et exprimant à peu près la même idée, *gaban riȝent* [1], 1122 ; *jogan gaban*, 1376. Les *Leys d'amors* auraient pu mentionner cette construction là où elles traitent de la figure appelée *dyaliton* ou *assintheton* (lire *asyndeton*); mais elles ne donnent pas d'exemples de gérondifs ainsi associés (III, 182). Ces exemples ne sont cependant pas rares : on en a fait récemment un recueil fort étendu et cependant bien incomplet [2].

Voici deux cas où notre auteur se plaît à répéter un mot, peut-être pour donner plus de force à l'expression. Il conte qu'au port du sire de Malléon on exigeait un droit de cent besants pour une personne noble, de trente pour un écuyer, *e beȝan beȝan per garsso* (v. 129). Il semble que le sens soit « un seul besant ». *Endreit endreit*, v. 699, paraît signifier « droit en face l'un de l'autre ». C'est un cas

1. Il faudrait *riȝen,* au gérondif.
2. O. Schultz, dans la *Zeitschrift für romanische Philologie,* XVI (1892, 513-517). L'auteur a pris les gérondifs pour des participes. M. Tobler, qui a cité quelques exemples français de cette construction (*Vermischte Beitræge,* II, 146) a bien vu qu'il s'agissait de gérondifs.

analogue peut-être à celui où le mot, substantif ou
adjectif, qui est répété, est accompagné de la con-
jonction *e*, comme dans ces exemples cités par
Raynouard (*Lex. rom.* III, 92) : *cara e cara, pluma
e pluma, duy e duy, pauc e pauc, un et un*. Nous
avons remplacé, dans l'usage moderne, la conjonc-
tion *et* par la préposition *à*, et nous dirions, pour
traduire les exemples de Raynouard, « face *à* face,
plume *à* plume, deux *à* deux, peu *à* peu, un *à* un »,
ou « un *par* un », la copulative marquant le sens
qu'on exprimait aussi en provençal par la prépo-
sition *cada*, dans *un cada un, pauc cada pauc*, etc. ;
ainsi *beʒan beʒan*, dans l'exemple cité plus haut,
serait « besant par besant », et *endreit endreit* signi-
fierait à peu près la même chose que *cara e cara*
dans l'un des exemples de Raynouard. Dans *Guil-
laume de la Barre* aussi nous rencontrons le mot
répété, substantif ou adjectif, construit avec la
copulative : *bras e bras*, 1693 ; *ma e ma*, 2010, etc. ;
dreit e dreit, 2109, 4291 ; *dur e dur* 1026. Dans les
deux premiers exemples le sens est « le bras joint
au bras, la main jointe à la main » ; il s'agit de deux
personnes qui se tiennent par le bras ou par la
main ; dans les deux autres les adjectifs semblent
être portés au sens maximum de leur valeur : *dreit
e dreit* paraît être l'équivalent d'*endreit endreit*
cité plus haut : « droit en face [l'un de l'autre] »,
dur e dur « tout à fait dur ». La même nuance
apparaît dans *si e si* 3708, 4065, « ainsi et ainsi »,
absolument, positivement.

A propos de la conjonction *e*, je présenterai une

dernière remarque qui se rapporte à la prononcia-
tion de cette particule dans notre poème. Cet *e*
devient parfois *y*, lorsqu'il est suivi d'un mot com-
mençant par *a*, 2385, 2849, 4454. Cette mutation a
été fréquente en Limousin, en Périgord [1], en
Quercy [2]. Elle est signalée comme vicieuse par les
Leys d'amors. Les auteurs de ce livre ne spécifient
pas qu'elle a lieu devant *a*, mais ils le donnent à
entendre par les exemples mêmes qu'ils citent :

E devetz saber qu'om se pecca soen en esta conjunctio *e*,
quar alqun dizo *i* per *e*, coma : « Yeu fuy a Sant Jacme *hy*
a Nostra Dona del Puey, *hy* a Rocamador ; e deu hom dire
e. E can vocals se sec, deu hom dire *et*, am *t* o am *z*
(II, 422).

Mais voici qui est plus particulier.

Dans *Guillaume de la Barre*, lorsque cette muta-
tion d'*e* en *y* a lieu, on remarque que la copulative
se prononce avec la voyelle qui suit et ne compte
pas dans la mesure. D'autre part la forme ordinaire
et se rencontre plusieurs fois avant un mot com-
mençant par *a* [3], et conserve sa valeur syllabique.
Je n'ai pas rencontré ailleurs cette combinaison de
la copulative figurée par *i* ou *y* avec la voyelle ini-
tiale d'un mot suivant. Mais il ne faut pas perdre
de vue que ce fait ne peut, naturellement, être

1. Chabaneau, *Grammaire limousine*, p. 338.
2. Coutume de Thegra (Lot), dans la *Revue historique de droit
français et étranger*, 1870.
3. Ainsi *et ac*, 495 ; *et a*, 662 ; *et havia*, 2092 ; *et al, et als*,
586, 590, 602-3, *et apparegutz*, 1362, etc.

constaté que dans les textes en vers, et que les
poèmes où la copulative devient *i* devant les voyelles
sont rares. Ce n'est guère que dans le *Girart de
Roussillon* du manuscrit de Paris que cet emploi
d'*i* a été remarqué, et là il est bien sûr que la con-
jonction garde sa valeur syllabique. Mais il y a un
poème où la conjonction *e*, tout en gardant sa
forme, s'élide sur *a*, ou se combine d'une façon
quelconque avec cet *a*, de façon à ne plus compter
dans la mesure. C'est le poème de *la Guerre de
Navarre*.

   29 Que fo moltz santz e justz *et* (*lis.* e) avia nom Rodrigo.
114 Es intrat en Navarra ab gladi *e* ab foc ardent.
163 Qu'al borc donet la peyra *e* a tot lo comunal.
241 *E* a una boz pel regne ven los aital talan.
347 La crozada fom granda, *e* aneron s'aprestar.

   Le fait n'est pas constant, mais il est très
fréquent.

   Je me borne, en ce qui touche la langue de l'au-
teur, à ces observations. D'autres remarques sur
le même sujet ont pris place dans le vocabulaire.

   4. LANGUE DU MANUSCRIT. — Il me reste à grouper
un petit nombre d'observations sur les particula-
rités de la langue et de la graphie du copiste. Il
est possible, probable même en certains cas, que
plusieurs de ces faits appartiennent aussi à la langue
de l'auteur, mais les conditions dans lesquelles ils
se présentent ne permettent pas de l'affirmer.

   Les formes *paciu*, *processiu*, *correctiu*, citées p. LX,

nous montrent l'*o* latin, long et tonique, passant à *u* sous l'influence de l'*i* qui précède. Il est assez difficile de décider si *u* a ici le son de l'*u* français ou celui de notre voyelle composée *ou*. La comparaison avec certains patois est plutôt en faveur du son *ou*. Quoi qu'il en soit, la terminaison *-iu*, pour *-io*, est constante dans une copie de la coutume de Montcuq (Lot), exécutée en 1606 [1]. Elle apparaît, altérée en triphtongue, dans des actes du Carcassais, au xve siècle et au xvie [2]. En Languedoc, en certaines parties du Limousin et de l'Auvergne, on observe actuellement la mutation de l'ancien *-io* en *-iéu* [3].

L'*i* postonique du nominatif pluriel latin se maintient dans *autri*, 989, 2110, 2947 ; *nostri*, 500, 752, 1542 ; *dyabli*, 556. On a des exemples analogues en assez grand nombre dans des textes anciens de l'Aude, du Tarn, de la Haute-Garonne, de la Corrèze [4].

G palatal (ou *j*), prononcé *dj*, s'est réduit à *d*,

---

1. Texte publié en 1861, dans la *Revue historique de droit français et étranger*. Voir mes observations à ce sujet dans la *Bibliothèque de l'École des chartes*, 5e série, V (1864), 49. Dans ce document, le son de l'o fermé est généralement noté par *ou*.

2. *Transactieu, condicieu, juridictieu, decepcieu*, acte de 1431 (Mahul, *Cartulaires et archives des communes de l'ancien diocèse de Carcassonne*, I, 20 et suiv.). *Incarnatiou, possessious, transactiou*, en 1549 (*Ibid.*, II, 170-1). La finale *-ieu* est bien une triphtongue, mais *-iou* ?

3. Voir dans le *Dictionnaire des idiomes languedociens* de G. Azais, *abdicacieu, admiracieu, adouracieu*. — La même finale est devenue *éu* en certaines parties du Limousin (Chabaneau, *Grammaire limousine*, p. 47).

4. Voy. *Romania*, XIV, 291-2 ; XVII, 632 ; XVIII, 425.

dans *denolhs, denolhos, adenolhar, ditar* [1] (au lieu de *genolhs,* etc.). Ce phénomène est rarement attesté en ancien provençal (il pouvait exister sans être noté par l'écriture) : toutefois, il y en a des exemples. *Adenolhar* se rencontre dans le poème de la Croisade albigeoise, v. 5865, dans la *Vie de sainte Marguerite,* publiée par le Dr Noulet, v. 293, dans une version de la légende du bois de la croix que renferme le manuscrit du Musée britannique royal, 19 c. 1 [2]; *de adenolhos* dans une relation écrite à Pamiers en 1478 [3]; *ditar* dans la *Vie de saint Honorat,* édit. Sardou, p. 45, l. 3, et 127, l. 1 (où il y a *dictan*), dans un statut d'Agen daté de 1197 (n. st.) [4], dans une charte de Montpellier de 1336 [5].

On pourrait assurément augmenter cette liste. Toutefois, les exemples ici rassemblés suffisent à montrer que la réduction du son *dj* à *d,* devant *ę* et *i,* s'opérait sur un territoire très vaste. L'examen des patois conduit à la même conclusion. *Adenoulha* et *denoulha* sont restés dans le patois de

1. Voir le vocabulaire pour les renvois. Il y a *gietar* (jeter), 4368.

2. Suchier, *Denkmæler prov. Liter u. Sprache,* I, 197, § 117.

3. J. Ourgaud, *Notice sur la ville et le pays de Pamiers* (1865), p. 200.

4. Magen et Tholin, *Archives municipales d'Agen,* p. 3, l. 24. Le texte, qui est très incorrectement publié, doit être lu ainsi : « Si negus d'aquestz qu'en aquesta carta so escriut encontra so anavo ... per falz e prejuri e *per ditat* de testimoni autrejero que remagues per totz temps. » Les éditeurs ont lu *perditat* en un mot.

5. Germain, *Hist. du comm. de Montpellier,* I, 516.

Toulouse [1]. On trouve dans le dictionnaire toulou-
sain de Jean Doujat [2] « *adenoulhadou*, accoudoir,
agenouilloir », et plus loin, *denouil, de denouillous*,
mais toutefois *gita* (jeter). Plus au sud, dans
l'Ariège, on dit aussi *denouil* [3], ce que du reste
donnait à supposer le document de Pamiers cité
plus haut. Des faits analogues s'observent en Bas-
Limousin [4] et jusqu'en Italie [5].

Le *d* entre voyelles se modifie en χ, selon l'usage
du centre et de l'est de la langue d'oc, voir *aχem-
priu, caχer, seχer, veχer*, au vocabulaire; mais on
trouve *dχ* dans *adχesmar, adχorar*. Cette notation
est assez fréquente dans le chansonnier d'Urfé et
dans le manuscrit du Musée britannique 19. c. I,
cité plus haut [6]. D'autre part *ad*, préposition, ne
devient jamais *aχ*, et le *d* persiste dans *adum-
plir*, 1611.

Ŕ double se rencontre à la fin du mot dans *carr,
carrs*, 464, 1975, 1977, 1980, 1989, etc.; *ferr*,
593, *torr, torrs*, 4283, 4309. Ce doublement de l'*r*
n'empêche pas les mots qui en sont affectés de
rimer avec des mots terminés par une seule *r*,

---

1. Noulet, glossaire de la *Vie de sainte Marguerite*.

2. Imprimé à la suite de la plupart des éditions des poésies de
Goudelin.

3. Voir l'*Almanac patoues de l'Ariejo*, par exemple, année
1892, p. 44, ligne 3, à partir du bas.

4. Chabaneau, *Rev. des langues rom.*, VI, 293.

5. Mussafia, *Beitrag χur Kunde d. Norditalienischen Mundar-
ten* (*Mém. de l'Académie de Vienne*, XXII, 1873), sous DENZIVA,
p. 49 du tiré à part. Cf. Ascoli, *Arch. glottol.*, I, 383 (n° 189).

6. Suchier, *Denkmæler prov. Lit.*, I, 528.

ainsi *torr*, 4283, rime avec *dolor*. Actuellement ces mots se terminent, en une grande partie des pays de langue d'oc, par une voyelle d'appui (Mistral, CARRE et CARRI, FERRE, TORRE); du reste, ces formes avec *e* final se rencontrent dès le XIIIᵉ siècle (*Lexique roman*, II, 337; III, 307; V, 374). L's peut aussi se doubler à la fin des mots, voir au vocabulaire *cayss*, *diss* (sous DIRE), *meteyss*, *pueyss*, *tayss* (prét. de *tanher*), *ateyss* (prét. d'*atenher*), *trayss* (prét. de *traire*).

Le *c* devant *e*, *i* et l's sont absolument équivalents. J'ai relevé, au vocabulaire, *ceda*, *cela*, *cerp*, pour *seda*, *sela*, *serp*, et *serquec*, *sers*, pour *cerquec*, *cers* (cerfs).

Le groupe latin *t'c*, suffixe a t i c u s, est toujours rendu par *g*, comme en français, et non par *tg*, ainsi : *message*, 199; *parage*, 85, 104; *viage*, 103; *traütage*, 125, 136; devant *a*, *o* l'écrivain ajoute *i*, *salvagia* 1716; *coragios*, 394, 883 (cependant *coragos*, 4261, 4332). La même addition a lieu quelquefois aussi devant *e*, ainsi *gagie*, 86 [1].

Les troisièmes personnes du pluriel qui, en latin, ont la terminaison -a n t maintiennent leur forme étymologique. Présent de l'indicatif : *cujan*, 1023 ;

---

[1]. Ces formes en *-gie* apparaissent, dès la fin du XIIᵉ siècle en Tarn-et-Garonne : *lhinagies* dans la pièce 58 de mon *Recueil d'anciens textes*, partie prov. (ligne 35). Elles sont assez fréquentes dans la même région au XIIIᵉ siècle. Je citerai seulement *linhagies*, *linagies*, dans une enquête faite en 1246 près de Moissac (Arch. nat. J 1030, nᵒ 17); *forestagies* dans un acte de 1243 rédigé dans l'arrondissement de Toulouse, au nord de cette ville (*ibid.*, J 325, nᵒ 37).

semblan, 664 ; *tiran*, 498 ; imparfait : *avian*, 683 ;
eran, 38, 407, 653, 1031 ; *manjavan*, 390 ; *marca-
van*, 1424 ; *portavan*, 389 ; présent du subjontif :
puescan, 804 ; *sian, tenguan*, 725 ; *valhan*, 725 ;
conditionnel passé : *feran*, 1025, *foran*, 567 ;
intreran, 1545 ; *preʒeran*, 569. Cette conservation
de la finale latine est un des caractères du langage
de l'Aude, de l'Ariège, de la Haute-Garonne, du
moins à l'époque ancienne, car peu à peu, dès la
fin du moyen âge, -*on* se substitue à -*an* [1].

Plusieurs des observations qui précèdent sont
d'un caractère très spécial et portent sur des détails
d'un intérêt fort limité. C'est que le roman de
Guillaume de la Barre prête peu à des considéra-
tions littéraires d'un ordre élevé. Mais, d'autre
part, par cela seul qu'il est daté, il fournit, sur l'état
de la langue en une région et à une époque déter-
minées, un certain nombre de données précises
qu'il était utile de recueillir et de formuler.

1. Voy. *Romania*, IX, 206-7.

GUILLAUME DE LA BARRE

Aquest libre fe Ar. Vidal del Castel nou d'Ari de las aventuras de Mosenher G. de la Barra.

En una terra lay d'Ungria
Ac .j. rey qu'era de Suria
Ques ac nom lo rey de la Serra,
4   Le quals estec lonc temps ses guerra,
E layssec so filh heretier,
Adreit e franc e plasentier,
Jove d'etat entro .xx. ans;
8   E, segon qu'el era effans,
El fo de totz bos aibs complitz.
Tant fo de natural razitz
Que lunha re no saub mal far,
12   Qu'el fon astrucs d'armas portar
E de far plasers a sas gens.
En ayssi saub esser plasens
E menar vida de senhor

---

9 aibs *n'est plus lisible, le ms. étant taché d'humidité à cet* endroit.

1

16 Si que ab totz pres gran amor,
    Qu'el sieu gent cors no caub emenda.
    L'effant estec senes fazenda
    .I. an, .ij. ans, .iij. ans e .iiij.,
20 E quant ac dels ans .xxiiij.
    Tug li noble de la siutat
    De la Serra son acordat
    Qu'ab luy aguesson lor cosselh;
24 E ja negus nos meravelh,
    Quel noble foron pus de .M.;
    E cug qu'era el mes d'abril,
    Segon quem sove per semblan.
28 Trastug s'aneron ajustan
    Dins lo palaitz del senhor rey,
    E, per l'amistat qu'ieu vos dey,
    Crezi quels fes trop bel vezer.
32 El reys joves am bel saber   (*f 1 b*)
    Estec aut entre dos donzels;
    E si era .j. petit fels,
    Mas quan los vic tot li passec.
36 Tantost del castel davalec
    Jos el palaitz en .j. vert prat;
    El baro qu'eran ajustat
    Vengron vas luy en cel jarzi;
40 El reys joves, tantost cols vi,
    Venc vas lor tot dreg, de gran pas,
    E cascus d'els, c'us no y remas,
    L'anec saludar qui mais poc.
44 El reys estec dreg, que nos moc
    Entro quels ac gent saludatz;
    Et apres fo s' assetïatz
    .I. petit pus aut que negus,
48 E pueyss anec sezer cascus,
    Si cum tayss, segon sa valor.

26 eran. — 46 fos a.

Et am tant dos de gran honor
Dels nobles van en pes levar,
52   E van lor razo comenssar
Per qu'eran vengut davant luy,
E lay non ausiratz lunh bruy
Dels cavaliers ni dels baros,
56   Mas tant solamens d'aquels dos
Que volgro lor razo mostrar
Al senhor rey e prepausar
En ayssi cum poyretz ausir :
60   « Senher, lo reys, quan dec morir,
  « Vostre paire, cuy Dieus perdo
  « S . . . . e bo,   (f. 1 c)
  « Nos mandec e nos fe jurar
64   « Que nos vos anessem mostrar
  « Tot defalhiment qu'en vos fos;
  « E per so quar etz bels e bos,
  « Luns falhimens no y deu caber,
68   « Ni nos nol devem sostener,
  « Mas que retraire lous devem.
  « E donx, senher, sibeus dizem,
  « A nos no deu saber lunh mal
72   « El falhiment que vesem tal
  « Que nos pot sostenir per re,
  « Quar, segon Dieu e segon fe,
  « Vos mostrarem que s'en deu far.
76   « La vertatz es que tug preguar
  « Vos volem, senher, s'a vos platz,
  « Que vos ades molher prendatz
  « La filha del rey d'Englaterra;
80   « Et auretz honor e gran terra
  « Contra totz vostres enemics,
  « E montan de terra, d'amics

---

62 *Ce vers est à peu près effacé par une tache d'humidité, et le suivant n'est guère lisible.* — 72 *Corr.* [D]el ?

« E de bela dona ses par.
84   « Negus hom no y deu contrastar,
      « E majormens hom de parage ;
      « Per qu'ades nos datz vostre gagie,
      « Que cascus en sia pagatz. »
88   El reys estec meravilhatz
      E pres .j. petit a somrire,
      Et en apres el lor vay dire :
      « Vejam, senhors, qu'en saubrez far. »
92   Ab tant se volgron acordar   (f. 1 d)
      Qual duy pogran anar veser
      La donzela, e per saber
      Si sa beutatz era tant grans.
96   Le causirs no lor fon affans,
      Qu'ades triero dos baros :
      Laüs fon en Chabertz lo ros
      E l'autre G. de la Barra,
100   Que per dar denier Dieu ni arra
      Non troberan miels d'un acort.
      Le reys e li baro per fort
      Volgro quel duy fessol viage
104   Ab .l. de bon parage,
      Estiérs vayletz e despe[n]ciers,
      E que menesso .xx. saumiers
      Cargatz d'aur e [de] fin argent.
108   Comjat van pendre ben e gent
      E van montar vezent de totz.
      E Dieus que volc venir en †
      E que volc les .iij. reys guisar,
112   Los fey venir els volc menar
      En .j. port de mar tan suau
      Hon lunh temps no periro nau
      Ni vens no li poc contrastar.
116   Tantost s'aneron enaguar
      E passeron en .xxx. jorns.
      Le solas fon bels el sojorns

Tant cant le passages durec.
120 Anc hom ni cavals nos perdec
Aytant cant foron en la mar.
Als .xxx. jorns van arribar   (f. 2 a)
En .j. port d'un noble baro,
124 Senhors era de Malleo,
Hont hom paguava traütage
.C. bezans d'aur hom de parage
Solamens, si fos cavaliers,
128 E .xxx, si fos escudiers,
E bezan bezan per garsso.
No laysseran la redempsso
D'aquel port quar era tant sis;
132 El senhor era sarrazis
E non avia autra renda;
Et establic qu'om ques defenda
Ses merce la testa perdes
136 Sil traütage no pagues,
O no volgues Dieu renegar.
E quan foro fors de la mar
E foron yssit el gravier,
140 Tantost montan ab alegrier
E tug armat sus lors cavals.
Ab tant vec vos .xxx. vassals
Ab .lx. sirvens garnitz,
144 Que cascus fon leu assalhitz
Per davant los cavalguadors :
« A pas ! a pas ! Quals etz, senhors,
« Quel ric port cujatz envasir
148 « Ses paguar ? Res nous pot gandir,
« Quar ja los decs avetz passatz. »
Ab tant los saumiers an restatz
El thezaur pres tot a lor ma.

124 Mal leo, *toujours en deux mots.* — 131 sis, *corr.* fis? — 144
Il manque peut-être ici une paire de vers, car le sens se suit mal.

152   Aras foron en .j. bel pla
          Que durec be una jornada,
          El castels fo d'obra talhada,   (*f. 2 b*)
          Espes de torrs e ben dechatz,
156   Malleos, e fo be gardatz
          E de vïandas be complitz.
          En Chabert se tenc per marritz

          . . . .

160   En G. Barra van cridar,
          Quar no so tengro pas a joc.
          Ab tant cascus son caval moc
          Dreit als saumiers et als sirvens,
164   E de venguda, soptamens,
          Los saumiers cobran ab l'aver;
          Els .xxx. vassalh per poder
          Vengro per forssa [e] per vigor,
168   Astas bayssadas, dreit a lor,
          Brocan los cavals per la prada.
          Adonx la batalha's mesclada
          Dels crestias e dels Sarrazis.
172   G. Barra, crey, .xx. n'aucis
          Ans quel bran cesses de talhar.
          D'en Chabert ja nom cal parlar,
          Que cavaliers tant be no fe.
176   Los .lx. cayss a non re
          Tornec, qui mortz, qui estendutz.
          Adonx fo levatz lo grans brutz
          Sus al castel de Malleo,
180   E despleguat mant gomphayno
          Viratz yssir cridan lor senha.
          Er fara mestiers que mantenha
          Jhesu Crist los sieus aquel jorn,
184   Quar no so tengron a sojorn   (*f. 2 c*)
          Quan los viro venir tant fort.

    159 *Vers omis.* — 174 nom *ou* non, *ms.* nõ.

E quan foro presset del port,
Le noble bar de Malleo,
188 Qu'ab si menec mant ric baro,
.V^c. e pus sus lors cavals,
E detras qu'en vengro de tals
Que no foro soffanador,
192 .IIII^c. eran corredor
Ab arssagayas atilhat,
Sus .i. pueg foron arrestat,
E van lors senhas despleguar,
196 Qu'om s'i pogra, per sert, mirar,
Tant foro de noblas colors.
Ab tant vec vos .ij. corredors
E manieyra de far message :
200 Escudier foron de parage
D'en G. Barra, d'en Chabert,
E ve[n]gron ardit et espert,
Ses armas e ses garnimens,
204 E tug los van gardar fortmens
Aquelh qu'eran de Malleo,
Tant volgron ausir la razo
Qu'a lor senhor volgueran dir.
208 E diray vos cum gent venir
Saubon e lor razo mostrar
Al senhor rey e prepausar
Ardidamens, ausen de totz :
212 « Aquel ver Dieus que venc en ✝
« E de sancta verge nasquec,   (f. 2 d)
« Senher, en est port nos menec,
« E no sabem en cal loc em.
216 « El thesaur, senher, que portem,
« Vostras gens nos volgro raubar,
« Per que nons vuelhatz destrigar,
« E faretz ne vostre gran pro. »
220 El bar senher de Malleo
Non entendec las lors paraulas,

Mas que cujec que fossan faulas ;
E tantost us bels cavaliers
224 Qu'era sarrazis latiniers
Se levec mantenent en pes
E vay comenssar tot ades
Iradamens als escudiers :
228 « Baro, cascus etz fols parliers,
« Que parletz ayssi folamens,
« Quar res de mort nous er guirens
« Si no renegatz Jhesu Crist. »
232 Ab tant li scudier foron trist
Del nom renegar de Jhesu,
E veus lo respost de cascu :
« Fols yest, e trop pus fo[l]s quit te,
236 « Quar cel Dieu que tot cant es fe
« E fey la terra e la mar,
« E tu nos mandas renegar!
« Parla tost si cot semblara
240 « Ab to senhor, so quet dira
« Qu'en fassas respost mantenent,
« Quar ni tu ni el ni sa gent
« No presam en re ni temem,   *(f. 3 a)*
244 « Per que tantost saber volem
« De ta resposta quals sera. »
Ab tant lo latiniers s'en va
Vas so senhor lay hon lo vic,
248 E parlan son algaravic
Tot lo negoci li mostrec.
E quan lo senhor entendec
D'aquels escudiers lor orguelh,
252 Aytal li van tornar siey uelh
Vermelh e rog cum .j. sendat,
E mantenent el ha jurat
Desus lo cors de Tarvaguan

235 te, *corr.* cre ?

256   Son dieu e de Bafom lo gran,
        Que concordia, treva ni patz
        No pendra tro c'aya scapssatz
        Totz los crestïas o raustitz.
260   « E veirem quals er fementitz
        « Dels nostres dieus o d'aquel lor,
        « Ni si poyran aver vigor
        « Contra nos qu'avem lo poder.
264   « Anatz lor dir, ses pus lezer,
        « Que si nos volo renegar,
        « Qu'al maiti pesso de l'armar
        « Per aver batalha campal.
268   « E vuelh mais que digatz aytal
        « Qu'ieu lor doni temps del causir,
        « Tota nueg e de pro dormir,
        « Que non aian paor de nos. »
272   E[l] latiniers, de denolhos
        Qu'era davant luy, vas levar,   (f. 3 b)
        Dreit als crestias s'en vay tornar
        Per far lo respost del senhor ;
276   E quan fo vengutz davant lor
        El lor vay dir en pla lingage :
        « Senhors, quar etz de bon parage,
        « Hom vos deu parlar ab razo.
280   « Quan mo senhor de Malleo
        « Ac ausit vostre gran no sen,
        « Que davant luy publicamen,
        « Ausen de totz, li prepauses,
284   « Solamens qu'el vos entendes,
        « Res de mort nous pogra gandir.
        « Pero el no vol tant falhir,
        « Depus que fos assegurat,
288   « Que res en sia ennovat ;
        « Pero el vos manda per mi

274 D. al senhor.

« C'aparelhat siatz al maiti
« Per far batalha defenida,
292   « Que res alongar nous pot vida
« Si donx renegar no voletz
« Jhesu Crist qu'azorat avetz
« E la sua maire Maria;
296   « E d' aisso, sia o no sia,
« De respieg vos da tota nueg,
« Que luns hom nous fara enueg,
« Ni nous cal armar ni rescondre,
300   « Per que d'aysso sapchatz respondre
« Ayssi com bona gens deu far.   (*f. 3 c*)
— D'aquo nons cal acosselhar »,
So responderon li scudier,
304   « Quar en tu ha fals latinier,
« Que not creiram d'aquo ni d'als,
« Quar lo tieu cosselh es trop fals,
« E fals quil dec e fals quil porta,
308   « Quar tota vostra leys es morta
« E de dieu mort e d'azempriu,
« E la nostra es de Dieu viu
« Qu'a fait tot cant es sus e jos.
312   « A Dieu siam, de cuy em nos,
« Et a la Verge comandat! »
E mantenent foron montat
E van ss'en li duy escudier,
316   E trobero jos lo laurier
Lors senhors, e disso breument :
« Senhors, nos trobem verament
« Lo ric senhor de Malleo,
320   « Et am luy mant noble baro,
« Mant escudier, mant cavalier,
« E demest lor .j. latinier
« Qu'era cavaliers adobatz,
324   « E prepausem, si a vos platz,
« Lo negoci ardidamens,

« En ayssi queus dizem breumens,
« Que, si no fos l'asseguriers,
328   « Que nos foram tug en cartiers
« Quar tant ardit ausem parlar ;
« E manda nos Dieu renegar,
« E quel respondam al maiti. »

332   En G. Bara s'en somri ;   *(f. 3 d)*
El maiti el lor prediquet,
El solels fon clars e raget,
E comenssec esta razo :
336   « Senhors, la sancta passïo
« De Jhesu Crist huey nos ajut
« E nos amene a salut
« Lassus al gaug de paradis,
340   « Quar venguda n'es nostra fis,
« Que tug cove qu'ades rendam
« Las armas a Dieu e muram
« Per so quar el muric per nos.
344   « Mas, si cum dèu far crestias bos,
« Yeu vuelh qu'ades tug cumengem
« D'aquest laurier e qu'en manjem
« En loc del cors de Jhesu Crist. »
348   Ar ploreron tug ab cor trist,
En Chabertz vay ades culhir
Las fuelhas e vay las partir
Dessus us bels mandils hobratz.
352   Ara fon cascus cofessatz
De totz sos pecatz a son par.
Aqui viratz cascu baysar,
La .j. l'autre e nom de fe.
356   G. de la Barra dese
Vay benasir e vay senhar
Davant lor, et adenolhar

358 Davant lor *s'est probablement introduit ici par anticipation ;*
corr. : Los baros?

Davant lor se vay doussamens,
360 Et en loc de Dieu dignamens
A cascu vay sa part donar ;
Et apres fey apparelhar
Del vi, ayssi cum far se deu,
364 E cascus de denolhos beu,   *(f. 4 a)*
Remenbran la passiu de Dieu.
E quan fo fait, cascus lo sieu
Cavalh se fey gent amenar,
368 E pueyss van dir autet e clar :
« Ara podem anar segur,
« Que per lunh Sarrazi taffur
« Nons cal aver paor hueymay. »
372 Ab tant ubrir .j. coffre vay
.I. cavalier qu'era mest lor,
Et ab sanglot et am gran plor
El vay traire .j. crozific,
376 Que luns hom miels format non vic,
Ni fait, a la forma de Dieu,
E van lo conjurar quel sieu
Poder, s'il platz, que demostres
380 E que victoria lor dones
Contrals enemics de la fe ;
E van lo clavelar trop be
En una branca d'un vert laur,
384 E dessus ac, ab letras d'aur,
Jhesus Naȝarenus Rex Judeorum.
Et apres, quan l'agron fermat
Sus lo laur, cascus l'azorat,
Ayssi cum bos crestias deu far.
388 Apparelhat fo de manjar
De perditz frejas que portavan.
De dos en dos una'n manjavan
Ab .j. fogasset e del vi ;

364 beu, *ms.* leu. — 390 unam.

392 Ni dols ni plors no fon aqui,
Mas arditz cors coma leos.
Tant foron trastug coragios   *(f. 4 b)*
Cum si l'autri no fossan tres.

396 Tant los ac Dieus e bona fes
Totz lors corages refermatz,
De pus cascus fon coffessatz,
Que res el mon nol[s] fey duptar.

400 E mantenent se van ronssar
Trastug .L. ad .j. front.
Et aqui ac trop bela font
Hon li cavalh agron begut,

404 Et .j. prat hont agron pascut
E li saumier e li cavalh.
Ab aytant vengro duy vassalh
Qu'eran del don de Malleo,

408 E cascus menec son garsso
Ses pus companha, mas premiers
Venc davant lor lo latiniers
Que dec lo message fromir.

412 Vec les vos ab aytant venir
Tug .iij., senes totz garnimens.
El latiniers vay dir breumens
A'n G. Barra, a'n Chabert :

416 « Senhors, respondetz nos espert,
« Si vostra ley renegaretz
« E que nostres dieus adzoretz
« E Bafomet e Tarvagan ? »

420 G. Barra diss : « Dieu truan
« No volem lunh temps adzorar.
« Vostres dieus no podo re far,
« Ni Tarvagan ni Bafomet,

424 « Mas per sert vos dic eus promet,
« E per totz cels que son ab mi,   *(f. 4 c.)*

415 Chambert.

« Que vostres dieus portetz ayci,
« E veyrem si poyran re far
428 « Contra cel que vesetz estar
« En semblansa fermat al laur;
« El sieus noms, qu'es ab letras d'aur,
« Fon escritz per Pilat desus :
432 « De Nazaret ha nom Jhesus,
« Reys que fo et es dels Juzieus;
« Aquel crezem qu'es verays Dieus.
« E sils tieus voles aportar
436 « E so pus bel per regardar
« Quel nostre que tu vezes la,
« Ades renegarem de pla
« Nostra ley e creyrem la vostra.
440 « E vay t' en tost e fay no'n mostra,
« Mentre quel cor nos o ditz tant. »
Lo latiniers vay ab aytant
Autet sus lo laurier gardar,
444 E vic lo crozific estar
Simplamens, de bela penchura,
E diss : « Mal nayss qui no melhura.
« Senhors, bon acort avetz pres. »
448 Lo latiniers vay demanes
Dreit al senhor de Malleo,
E vay comenssar sa razo,
Ausent de totz los Sarrazis :
452 « Senher », diss' el, « aycels mesquis
« Crestias se volo renegar
« E volo Baphom adzorar,
« Solamens qu'ades lo y portem
456 « E quan seram lay nos veirem
« Lor dieu qu'an mes sus .j. laurier
« Qu'es pens en .j. pauc de papier. »   (f. 4 d)

455 lo y, ms. lay.

Eras ausiretz la gran vertut quel crozific fe
contra los dieus del Sarrazis

Ab tant lo senhor a mandat
460 Que sïa fait de voluntat
Tot so quel latiniers voldra.
Tantost lo senescalc s'en va
Per mandamen dreit al thezaur,
464 E vay far yssir .j. carr d'aur,
E las rodas foron d'argent,
Hon degro portar ricament
Lors dieus Bafom et Tervagan,
468 Et apres elh van despleguan
Doas cadieyras meravilhosas;
D'aur fi, de peiras precïosas
Foron totas revironadas,
472 E mantenent an las pausadas
Laïns el carr sus .j. samit;
E tantost mant jotglar polit
Vengron ab divers esturmens.
476 ·Le solas fo mot avinens
Segon de gens que ley non an.
Lors dieus van portar ab aytan
Sus las cadieyras gent sezer.
480 Apres cascus, ses lonc lezer,
En la terra s'adenolhec
E cascus son dieu adzorec
Si cum avïan costumat.
484 Li cavalh foron amenat,
.LX., los pus bels qu'om vis :
Laüs fo blancs e l'autres gris
E l'autri bag e l'autri saur,
488 E foron tug ab celas d'aur   (*f. 5 a*)
Esselat, ab cropas d'argent,
El fre d'evori tant luzent

Meravilhas fo per vezer.

492   Las cadeiras vos dic per ver,
Ab que tirec cascus son par,
Fe trop bel vezer e mirar,
Et a[c] cascu son escudier;

496   Et am joy et ab alegrier
Cascus montec sus son caval.
Ab tant tiran li deslial
Aquels dieus d'aur per lo gravier,

500   E li duy nostri cavalier
Estero segur ab lor gent,
Que non agro lunh espavent,
Tant agro lor ferm cor en Dieu.

504   El latiniers venc ab lo sieu
Cavalh que menec mot corrent;
A'n G. Barra mantenent
Et a'n Chabert fon dissendutz,

508   Et a lor dichas sas salutz
Aytals cum cavaliers deu far;
E pueyss a los faitz arrengar.
Per tal quel carr pogues venir.

512   E lay ausiratz retendir
Tota la mar per sanaphils
El gravier per homes gentils
Que foro mans ses adzesmar.

516   G. Barra, que vic tirar
Lo noble carr a gran honor,
En re nol mudec la color,
Tant hac en Dieu ferma speransa.

520   El don de Malleo s'enansa: (f. 5 a)
Son caval demest totz broquet
E mantenent el dissendet
E fey hostar totz los cavals

524   Ses paraulas e ses dir als.
Aytantost lo carr descubri
Que fo cubertz d'un vert pali

Obrat de ceda ric e bel;
528 Pueyss vay ubrir .j. portanel
Que fo a l'intrada del carr,
Apres fey las portas pleguar
Si que los dieus vay descubrir;
532 E no cug ques hom pogues dir
Ni perpessar la gran riquesa
Que lay fon pausada e mesa,
Quar aqui terra no paria :
536 De draps d'aur e de draps d'Ungria
Fon la terra tota cuberta.
Apres vec vos ab car' aperta
Lo latinier que totz los gara,
540 E diss a'n G. de la Barra
Ques aportes, vesent de totz,
Aquel que volc venir en †
E volc de mort ressucitar.
544 G. Barra vas corrossar
E respondec al latinier :
« A fuer de neci cavalier
« Aug que parlatz trop folament,
548 « Quel senhor mandetz al sirvent
« Venir, mas qu'el vengua a luy ;
« E quan seran gent ambeduy
« Veyrem quals ha major vertut,   (f. 5 c)
552 « Quar no temem els ni lor brut,
« Que fort petit lor durara. »
Ab tant lo latiniers s'en va
Dreit al senhor de Malleo,
556 Et al dig : « Senher, dyabli so
« Aquelh crestia en lor parlar :
« No volo moure ni menar
« Lor dieu per venir davant vos,
560 « Mas que dizo tot ad estros
« Quels nostres dieus lor amenem,
« E dizo mais qu'adonx veirem

2

« Quals er d'obra pus poderos. »

564   Adonx lo senhor fon joyos
De Malleo, quant ac ausit
Aquo quel latiniers l'ac dit,
Quar so pessec, quan foran prop

568   Del crozific, que pauc ni trop
Nol prezeran encontrals sieus,
Quar Baphoms semblava miels dieus,
En tant ques era d'aur formatz,

572   Quel nostre, s'i fos la vertatz;
Per quel senhor fon deceubutz.
Per davant lo laur es vengutz
Ab sos dieus d'aur ques aportec,

576   E Jhesu Crist sul laur estec
Depens ayssi cum venc en †.
G. Barra en auta votz,
Mas juntas, e mieg la carrieyra,

580   Ab sos companhos totz a tieyra,
Vay sa preguieyra comenssar.

La bela preguieyra del senher de la Barra.

« Jhesu Crist que volguist formar
« Home d'un petit de limo,   *(f. 5 d)*

584   « E pueyss volguist per nostre pro
« Esser de sancta verge natz
« Et als .xxxij. ans passatz
« Fust per ton appostol vendutz

588   « .XXX. deniers, e pueyss batutz
« Fust al pilar et estacatz,
« Et al vendre sant clavelatz
« En la crotz de mas e de pes;

592   « E quan fust mortz, senher, apres
« Ton cor partit ab ferr de lansa,
« E ta boca, de malenansa,

« Plena de beurage trop mal,
596 « El tieu gentil cap e reyal
« D'espinas que fo coronatz
« Tant fort, senher, que vas totz latz
« Eras de sanc trastotz vermels ;
600 « Ayssi cum tu yest vers solels,
« Quels yferns volguist espoljar
« Et al ters jorn ressucitar,
« Et al bon jous pujar el cel ;
604 « E pueyss volguist ab foc novel
« Los tieus appostols coffortar,
« A l'onzen jorn, e tu mostrar
« Al mon [per] predicar la fe ;
608 « Atressi, senher, cum ieu cre
« Tot aysso ab mos companhos,
« Mostra huey cum yest poderos
« Als nofezaycs que son ayci,
612 « E l'error de lor dieu mesqui
« Que fassas tornar e nïent,
« Sitot l'an fait macissament,
« Qu'el conoscan la veritat. »
616 G. Barra, quant ac pregat   (f. 6 a)
En ayssi Dieu a lor poder,
Una colomba vay parer,
Que luns hom, sal d'el, no la vic,
620 E val dir que tug l'enemic
De la fe foran coffondut.
G. Barra n'ac resseubut
Lo respost del Sant Esperit ;
624 Levet en pes ab cor ardit,
Vay tost sus lo laurier montar,
E pres e vay gent abrassar
Lo crozific entre sas mas :
628 « Senher, » diss el, « qu'iest verays pas

617 lor, *corr.* son ?

« E veray Dieus quant yest sagratz,
« Fay, senher, aquels dieus malvatz
« Tornar ayssi cos tanh de lor. »
632   E dissendec, ab mot gran plor,
Ab lo crozific abrassat;
Et adoncas tug an cessat
Totz lors bals e lors esturmens,
636   Quar lay foron cominalmens,
Tant volgro vezer esproar
Qual dieu d'aquels pogra mais far
Ni quals fora pus poderos.
640   Li Sarrazi foron joyos,
E ieu contaray vos be cum.
Quant agron descubert Bafom
Que fon cubertz d'un drap de ceda,
644   E l'aura fo clara e queda,
Que no fe vent ni pauc ni gran,
Elh van descubrir Tarvagan,
Qu'eran de fin aur e de ros,
648   El solels les feric amdos,
Que tot entorn fey resplandir   (*f 6 b*)
Tant fort ques anc no poc causir
Negu son par per la clartat;
652   El senhor G. ha gardat
Vas sos compans qu'eran aqui :
« Senhors, » diss el, « yeu vos afi
« Que tot vendra en gran pudor
656   « Quan le nostre ver Creator
« Sa semblansa lor mostrara,
« Per que negus no duptetz ja
« Ni non sïatz escomogut. »
660   Vec vos lo latinier vengut
Davant totz e davant Chabert,
Et a lor dig tost et espert :

637 *corr.* e proar?

« Senhors, e preguaretz tot jorn?
664 « Aysso semblan novas de forn !
« Mostratz nos leu aquel dieu vostre,
« E veirem si val mais quel nostre,
« O si poyra mais per vertut,
668 « E si val mais quel crezam tut,
« Quar a mo senhor sab trop bo. »
El senhor vic de Malleo
Quel pros Chabert ades plorec,
672 Et a dig rizen e gabec :
« Li crestia an paor de nos. »
Vesent de totz, de denolhos,
G. Barra, pron cavalier,
676 Estec dejos lo vert laurier,
Ab lo crozific en sas mas,
Et al mostrat tost als payas,
Luenh de Baffom, e presentat ;
680 E tantost li Turc an cridat,   (*f. 6 c*)
Quar demest tans n'a trops de vas :
« Aquel dieu no sembla pas sas,
« O sembla quel col ha trencat. »
684 Mas tug aquel Turc qu'an parlat
Encontra Jhesu Crist tan fol
Ades se van rompre lo col,
E la boca lor venc detras :
688 Qui trencal cap, qui romp lo bras ;
Anc mais son par mazel no vitz.
El latiniers fon esbaïtz
Et am luy mant noble baro ;
692 El senhor venc de Malleo
Am Bafom trop escomogutz
Per sos homes ques ac perdutz,
Que cujec fos encantamens,
696 E presentec iradamens
Bafom davant lo crozific ;
E qui veser o volc o vic,

[Qu]e quan foron endreit endreit,
700   Le sant crozific benaseit,
Cum si fos vius, los vay gardar
El sieu cap reyal va dressar,
E tantost cum son cap dressec
704   Bafons e Tarvagan tornec
Cascus negres cum .j. carbo;
El senher vic de Malleo
Quel sieu dieu son aytal tornat:
708   Al latinier el ha sonat
Et al dig iratz que mandes
A'n G. Barra que negues
Lo crozific ses pus tarzar
712   E ques tolguesso d'encantar   *(f. 6 d)*
Si que no y haia pus de lor.
Lo latiniers hac gran valor
E crezec ja en Jhesu Crist,
716   E vay dir, si col fon a vist,
Sas paraulas a'n G. Barra.
Lo latiniers pus non agara;
Al senhor venc de Malleo
720   Et al dig : « Senher, pauc ni pro
« No puesc los crestias covertir,
« Mas que gent vos fan escarnir
« Vostres dieus, qui veser o vol.
724   « Malditz es homs c'aytals dieus col
« Que no valhan ni tenguan pro ! »
El senher trayss son esponto,
Que cujec dar al latinier,
728   E vay lo lanssar al gravier,
E vas sezer costa Baphom.
El senhor portava .j. pom
Ple de musquet per hodorar,
732   E pueyss vay Bafom regardar

713 no y haia, *ms.* no noy ha. — 717 *Lacune?*

Si cobrava sa resplandor,
E vay sentir una pudor
Que, sil pom no fos, fora mortz.
736 E mantenent el diss cum tortz
Son col Bafoms e Tarvaguans;
El senhor levec en estans
E tantost el vic departir
740 Lo cors Baffom, e'n vic yssir
.IIII. gatz pudens en volan,
Que preso lo dieu Tarvagan
E van lo ditar en la mar,
744 E Bafomet elh van layssar,
E non ges per autre plaser   (f. 7 a)
Mas per demostrar tot poder,
E quar fo volontatz de Dieu,
748 E per tal quel Sarrazi sieu
Conoguesso lor malvestat.
Tantost l'an mes en .j. valat,
Per mandament del latinier.
752 E li nostri duy cavalier,
Preguan Dieu ab lors companhos,
Foron alegre e joyos
Pel miracle ques agron vist,
756 E van lausar Dieu Jhesu Crist
E van lo tornar sul laurier.
Ab tant vec vos lo latinier
Que venc tot dreit a so senhor
760 Et al dig : « Senher, grant error
« Avem tenguda longamen,
« Que tant sïam fora de sen
« Qu'aiam cresutz dieus de metalh.
764 « Crezam en cel en cuy no falh
« Lunh poder ni lunha vertut.
« E quar lor avetz covengut,
« En re no y devetz contrastar,
768 « E qui als vo'n vol cosselhar

« En re non es vostres amics. »
Lo senhor fo fels et enics
Del latinier, quan l'au parlar,

772   E vay .ij. baros regardar
Que li respozesso per luy ;
E cug que foron aquelh duy
Les pus poderos de la cort ;

776   Non o diss pas ad home sort
Lo latiniers, si cùm cujec :
Cascus d'aquels baros levec   (f. 7 b)
Per mandament de lor senhor,

780   E van dir de la gran folor
Quel latiniers lor prepausava,
Que mal era quil sufertava,
Quar el semblava renegatz ;

784   Mas qu'om mande tost e vïatz
Que tost s'armo li cavalier,
E qu'anon tug dreg al laurier
Per destrusir lo crozific,

788   « Depus qu'el ayssi escarnic
« Nostres dieus per encantament. »
Lo senhor vay dir mantanent
Al latinier que tost anes

792   An G. Barra el mandes
Qu'al maiti fossan tut armat,
Quar anc res tant no fo comprat
Cum fora Baffoms al maiti.

796   Lo latiniers tenc son cami
Dreit als crestias e vay lor dir :
« Al maiti pessatz del garnir,
« La paciu de Dieu remenbran. »

800   G. Barra e'n Chabertz an
Gran gaug quant auso las novelas,
Quar mot lor so plazens e belas
Et amorosas per ausir,

804   Ab sol ques elh puescan morir

Per Jhesu Crist e pendre mort.
Lo latiniers s'en venc per fort
Dreit al senhor de Malleo,
808   E val dir aquesta razo :   (*f. 7 c*)
« Senher, per vostra gran valor,
« Gardatz de perir vostr'onor,
« Quel crestïa son trop petit :
812   « .L. so, qu'ieu ay escrit;
« E faretz mot gran avinent
« Si als .L. ne datz .c.,
« E pueyss nous poyran acusar. »
816   Lo senhor anec coffermar
La sentencia del latinier,
E vay dir quel duy cavalier
Qu'eran aqui trop voluntos
820   Per combatre tot ad estros
Ab los crestias primieyrament,
Qu'ajustesso les milhors .c.
Que trobesso jos lor banieyra,
824   E qu'om fes far una barrieyra
Qu'autr'ome no y pogues intrar,
Et en senhal vay lor lanssar
Son gant per dar lo poderage.
828   Ara s'en van ab alegrage
Aquels .ij. baros en lor trap,
E no so tengro pas a gab
D'aquo quel senhor lor ac dit.
832   Encontenent foron causit
Aquels .c. que saubo triar ;
Sul punt del jorn se van armar,
E la barrieyra que fo facha,
836   E pueyss van mandar a la gacha
Cominal que fero venir
Que vay cridar et establir,
De part del don de Malleo,
840   Que luns hom, per lunha razo,

   Dins lo camp non auses intrar   *(f. 7 d)*
   Ni als campïos ajudar,
   Fos crestias o fos Sarrazis,
844 Quar lo senhor avia promis
   Segurtat a cascuna part;
   E que tug, en pena de l'art,
   Venguesso vezer la batalha,
848 Que luns hom per lunha nualha
   Ne remases dins son hostal;
   E qu'estiers no fes be ni mal
   Als vencedors ni als vencutz.
852 Lo latiniers es tost mogutz;
   Dos cadafalcs fey establir;
   Laüs fon hon pogues venir
   La dona am de sas donzelas
856 E totas las donas ab elas
   De la vila qu'eran de pes,
   Ayssi cum molhers de borzes
   O molhers de rics mercadiers;
860 E vas pessar lo latiniers
   Quel cadafalc feses fermar
   Costal val hon volgron ditar
   Lo cors de lor dieu Bafomet.
864 El cadafalc estec autet,
   Que fo cubertz de mans rics draps;
   E, sertas, semblarïa gabs
   S'ieu vos dizïa cum fon bels;
868 L'autre semblec us bels castels,
   Que fo faitz ad obs del senhor.
   E quan venc maiti sus l'albor,
   Los crestïas se van armar
872 El crocific van adzorar
   De denols, tug sotz lo laurier;
   E tantost venc lo latinier
   Quels trobet de denols horan;   *(f. 8 a)*
876 E vay lor dir gent, en ploran:

« Huey parra tot lo vostre fait
« Ni qui popet de bona lait, »
Diss lo latiniers als crestias,
880   « Quar veiretz armatz .c. payas
« Totz los pejors d'aquesta terra,
« Que no temon home de guerra,
« Tant so sobrier e coragios.
884   « Pero mo senhor ad estros
« Ha fait cridar cominalment
« Que luns hom nous do espavent
« Ni no vos fassa be ni mal,
888   « Per que d'autres duptar nous cal,
« Mas tant solament d'aquels .c. »
Ab estas paraulas corrent
Vec vos venir .j. messagier
892   Que dire vay al latinier
Qu'anes ab la dona parlar,
E que vengues ses pus trigar
A Malleo tost et espert.
896   « Anatz lay, » so diss en Chabert,
« E nos serem nos coffessatz,
« E pregatz la dona, sil platz,
« Qu'ela se vuelha batejar,
900   « Quar autramens nos pot salvar,
« E pueyss, sius platz, tornatz a nos. »
Lo latiniers s'en vay cochos
El messagiers trotan tras luy.
904   Amagadament ambeduy
So vengut entrol gran portal
De Malleo ; de son caval
Vay dissendre lo latiniers.
908   Lo cavalh tenc lo messagiers   (f. 8 b)
Et el sul castel s'en montec,
E la dona tantost trobec
Soleta, ses tota donzela,
912   Que negus hom no fon ab ela,

Ni cavalier ni escudier ;
E vay dir tost al latinier
La dona, quan lo vic intrar :
916   « D'aquestz crestias que poirem far ? »
Diss la dona, « ni cum sera?
« Ja mos cors mais be non aura
« Si huey el camp prendo lunh mal.
920   « Ieu vos liuraray lo caval
« De mo senhor de Malleo,
« Que, per dedins una reyo,
« Non viu aytal ni tant espert,
924   « E livrar lo m'etz a'n Chabert, »
Diss la dona, « de part de mi,
« E digay lor qu'ieu ab cor fi
« Crezi Dieu el verges Maria,
928   « E preguaray Dieu tot lo dia
« Que Dieus los garde d'encombrier. »
La spasa pres lo latinier
Del senhor el capel sul cap,
932   Et al cubert ab .j. vert drap,
Ques hom nol vis de luenh luzir ;
E la dona l'a fait venir
Lo ric caval et amenar,
936   El latiniers vay sus montar,
El messagiers montet sul sieu.
La dona vay dir : « Ja, per Dieu,
« Las armas no sa remandran. »
940   Ambeduy s'en van gent amblan   (f. 8 c)
Lo latinier el messagier,
E quan foro jos lo laurier
Elh van lo cavalh gent armar
944   E van lo cavalh presentar,
De part la dona, a'n Chabert.
G. Barra hac descubert
L'elm que portec lo latinier,
948   E, mas juntas, ab alegrier,

Desus son cap l'a gent pausat,
El bran d'acier ha receptat ;
E pueyss ha demandat apres
952 Al latinier que li mostres
La vertut del bran e de tot,
E'n Chabert li vay dir .j. mot,
Quel disses l'esser del caval.
956 El latiniers diss : « Ja nous cal
« Del cavalh aver lunh cossir :
« Ab sol que beus sapchatz tenir,
« E cavalguetz ferm e segur,
960 « Lunh cavalier qu'ab vos s'atur
« Ni cavalh no gandra de mort.
— Per.Dieu ! » diss Chabert, « bon conort
« Podem aver, la Dieu merce. »
964 Tantost anec montar dese,
El nom de Dieu, sus son cavalh ;
E mantenent venc .j. vassalh,
Et an hostatz totz los senhals
968 De las armas, per tal quel fals
Senher qu'era de Malleo
No conogues ni pauc ni pro
Las armaduras nil cavalh.
972 Coffessat foron li vassalh
L'us ab l'autre dels crestïas ;   (f. 8 d)
El camps fo bels e grans e plas
Hon se dec far la vencezo,
976 E la dona de Malleo
Venc en son carr trop ricamens
Dreit al cadafalc, am grans gens
Et am grans donas que menec ;
980 E, quan fo sus, ela gardec,
Ayssi cum fay a no m'en cal,
Bafomet qu'era jos el val,
Ques ac trop malvada pudor,
984 E comandec qu'a dezonor

Fos tantost ditatz en la mar.
A dos ribautz lo fey tirar
Rosseguan per mieg de la ost,
988   Vesent de totz, aqui tantost.
La dona n'ac gaug, l'autri dol.

*Eras ausiretz la batalha de .L. crestias en camp
claus contra .c. Sarraȝis.*

Apres, ayssi cum far se sol,
Les .c. cavaliers fey armar
992   Lo senhor, e pueyss fey cridar
Qu'el tenguera lo camp segur
Aytant cant la batalha dur
Dels crestias e dels Sarrazis.
996   La dona fon en loc quels vis,
E veus venir les .c. primiers,
E pueyss nostres dos cavaliers
Ab lors .L. atertal.
1000   Senhalat foro de senhal
De samit blanc per la sentura,
E l'autra gent cana, escura,
Portero senturas vermelhas.   (f. 9 a)
1004   Li crestia feiro meravelhas,
Tant vengron ardit pel corral,
E vengron espert li vassal
Ben encavalgat ricament,
1008   Que serrar se van mantenent,
C'us auzels no'n pogra passar.
A .x. a .x. se van triar
Les .c. per traucar la batalha.
1012   Er fara mestiers que Dieus valha
Als crestïas en aquel jorn.

990 *Corr.* Apres aysso?

Li Sarrazi foron entorn :
Qui volc lor be, qui volc lor mal.
1016   Lo ric senhor del cadafal
De Malleo que vay lanssar
Son gant el camp per demostrar
Ques combates qui mais pogues ;
1020   E tantost vec vos demanes
La una dezena de lor
Dels Sarrazis, que per vigor
Cujan la batalha traucar,
1024   Mas anc sol no y pogron intrar
Mens que no feran per .j. mur,
Tant fort estavan dur e dur
Li crestia tro visso lor loc.
1028   Ab tant autra dezena moc
Delz Sarrazis, e van passar,
Que no lor pogron contrastar,
Tant eran armat e garnit.
1032   La dona vay ditar .j. crit,
Tal paor ac d'en G. Barra ;
D'en Chabert no li calc encara,
Tant se cofizec el cavalh.
1036   G. Barra, ses pus vassalh,
Vas los .x. se vay regirar,
E vay dir autet e parlar   (f. 9 b)
Ad .j. baro que fon aqui :
1040   « Tracher, descresent Sarrazi,
« Girat vas aquest cavalier ! »
El Sarrazis .j. colp le fier
Sul cap, quel foc ne fey yssir
1044   Del capel e l'escut partir,
Aytant cant la spaza n'ateyss.
G. Barra la spaza seyss
Del senhor qu'era sobrebona,

1025 Mens, *corr.* Mais ?

1048   E trayss lo bran, e pueyss li dona
.I. colp en travers tant sobrier,
Quel mieg cors cazec el gravier,
Els brasses el cap en redon,

1052   E las ancas remazeron
Encavalguans, ses estruep perdre,
Mas lo cavalh no volc esperdre
Que cavalguaval Sarrazi,

1056   Quar anc sos pes no moc d'aqui,
Tant fe costum de bon cavalh;
Mas lo cors semblec espantalh
O semblec soc de carpentier.

1060   G. Barra vay pel gravier,
E l'autri quel viro venir
Tantost se prendon al fugir :
Qui fug de sa, qui fug de la.

1064   Quan viro del baro co sta,
Al cap del camp se van ronssar.
Autre baro se vay triar
Qu'era governayre d'aquels,

1068   E fo corrossatz e trop fels
De son companh qu'el hac perdut;
E vengron per aytal vertut
L'us vas l'autre ses companho,   (f. 9 c)

1072   Astas bayssadas pel sabblo,
Qu'abdos s'aneron encontrar ;
El Sarrazis vay assertar
Sul mieg del pieitz d'en G. Barra

1076   Que platinas ni res nol gara
Que sus la cela l'everssec.
El senh'en G. se dressec,
Ques en res no fon desperdutz,

1080   E vec les vos amdos vengutz
Astas bayssadas autra vetz

1076 Que, *ms.* Qua.

« Cavalier, vos o compraretz,
« Le colp que m'avetz volgut dar.
1084 « Encuey vos faray ressemblar
« Vostre companh que vesetz la. »
Lo Sarrazis fo vengutz ja
E va l' .j. tant gran colp donar
1088 Que l'astal vay otra passar
Entre las armas e la carn.
« Hueymais no faretz vostr'escarn
« De mi ni d'autre cavalier. »
1092 G. Barra tenc son cartier
De l'escut que portec al col,
E venc a manieyra de fol
Contra cel que l'ac envasit
1096 Et a l' .j. tant gran colp ferit
Ab lo bran en ques cofizec
Que sul mieg del cap l'asertec,
E va l' .j. tant gran colp donar
1100 Que .ij. partz engals ne vay far
Ayssi cum si fos mazeliers.
Le Sarrazis en dos cartiers
Del cavalh cazec el sabblo, —
1104. Lo senhor diss de Malleo :
« Trop fier duramens G. Barra   (f. 9 d)
« Ab son bran qu'en ayssi los sarra. » —
L'u de travers l'autre de lonc.
1108 El cavalh d'en Chabert adonc
Se pres fortment ad enilhar,
Quar hom nol volrïa brocar
Per far so c'avia costumat.
1112 Mosenhen G. ha girat
Son bon cavalh dreit als payas
Et als trobatz totz flacs e vas,
Exceptat .j. quel volc ferir.
1116 G. Barra val reculhir ;
Ambeduy se van ajustar,

El Turcs anec son bran levar,
E vay dar tal a'n G. Barra
1120 Quel capel fey volar a l' ara
Per mieg lo camp encontenent,
El Turcs val dir, gaban, risent,
Quan vic que l'elms li fon casutz,
1124 Que semblava que fos tondutz
Pel bacinet ques ac sus cap.
La dona qu'era sus el trap,
Quel capel l'avia trames,
1128 Anc no fo pus dolenta res
Cum la dona fo quant o vi.
Autra vetz venc lo Sarrazi
Vas G. Barra durament.
1132 G. Barra n'ac espavent
Quan sentic son cap desarmat,
El Turcs ha tant gran colp donat
A'n G. Barra de venguda
1136 Que tota sa color li muda,
Mas anc son cors no li nafrec.
G. Barra se regirec   (*f. 10*)
Dreit al paya e vas senhar
1140 Sus son destrier e refermar
E vay recobrar sa vertut;
Vas lo Turc venc ab son bran nut
Aytant cant poc, e val ferir
1144 Sus al cap, et anc envasir
No poc en re lo fals paya.
« Aylas ! ara say de serta
« Qu'ab est paya suy encantatz,
1148 « Quar ieu veg qu'el es tant armatz
« Qu'en loc nol puesc entamenar. »
Autra vetz vay son bran levar
G. Barra, et en ayssi
1152 E[n] vay ferir lo Sarrazi
Sul cap, ayssi cum Dieus o volc,

Que la una gauta li tolc
El bras dreit e l'escut essems.
1156   G. Barra diss : « Per tostemps
« Em be de vos quitis hueymais. »
Las dens li paregron el cayss ;
En G. Barra diss aytal :
1160   « Sembla quel foc de san Marssal
« Vos aia pres d'aquela part. »
Aras vengro ses tot regart,
Tug li Turc per mieg lo gravier,
1164   Quan viro le pron cavalier
Ses tot capel e ses escut,
E no portet mas son bran nut,
Ni tenc als ab ques defendes.
1168   En roda lo mezon ades
.C., mens tres, qu'eran li paya.
Ab tant vengueron li crestia,
En Chabertz que venc totz primiers.
1172   El cavals fon grans e sobriers,   *(f. 10 b)*
E trop de granda voluntat
De far so qu'avia costumat,
En Chabertz pessec del tenir
1176   El cavals pessec d'escremir :
Quan fo demest los Sarrazis,
Tantost la .j. per lo bras pris,
Quel bras li vay traire del cors,
1180   E l'autre vay gaffar a mors
Al costat dreit dejos l'ayssela,
E val levar de sus la cela
Leugieyrament cum .j. effant,
1184   E pueyss val lanssar en volant
El camp demest les derrocatz.
El senhor s'es meravilhatz
De Malleo d'aquel cavalh,
1188   E vay mandar ad .j. vassalh
Que de cors tost anes veser

A Malleo e per saber
Si trobera lo cavalh sieu ;
1192   E l'escudiers, a la fe Dieu,
S'en vay tantost vas Malleo,
E vas pausar en .j. boysso,
Et una serp grifa l' al bras,
1196   Per quel vassals aqui remas,
Tro fo fenida la batalha.
Dels crestïas la gran mesclalha
E del cavalh vos ausiretz :
1200   Ayssi los gafec totas vetz,
Los derriers cum fey les primiers.
Ab tant vengron les cavaliers   (*f. 10 c*)
Crestias qu'eran d'aquels .L.,
1204   Que cridan : « Er venjarem l'anta
« C'avetz facha, fals rossinier ! »
Qui trauca, qui trenca, qui fier.
Les Turcs se tengro per vencutz.
1208   Ayssi fon cascus desperdutz
Que no pessero del defendre,
Mas qu'a merce se volgro rendre
Si fos qui sol lor o preses.
1212   En Chabertz, tantost demanes,
Es dissendutz de son cavalh,
Quan vic que senes son trebalh
Cazïan mort siey enemic,
1216   E pres autre cavalh que vic
D'aquel que fon emaysselatz;
Ses tot estruep es sus montatz
E vay ditar sa lanssa porr,
1220   E tray son bran ; son cavalh corr
Dreit al capel de son companh,
E pueyss tornec tost al mazanh
Can lo capelh li ac rendut.
1224   E pueyss ha son cavalh mogut,
Et encontrec .j. Sarrazi

Que defenden son cors fugi
Ab una massa que portava,
1228　Que res a son colp no durava.
Tant era fortz cum us jagans.
En Chabertz no semblec effans
Quan l'anec davant aparer :
1232　Al Sarrazi, ses pus lezer,
De son bran nut li cujec dar,
Mas .j. petit se volc trigar,
Quan lo Turcs sa massa levec,
1236　A'n Chabert .j. tal colp donec　　*(f. 10 d)*
Quel cavalh venc de denolhos.
En Chabert fon meravilhos
Del colp ques hac pres tan sobrier,
1240　E regardec lo cavalier,
E fon iratz, nous o cal dir ;
E venc vas luy ab tal aïr
Ab son bran qu'en saub be talhar.
1244　Per tal vertut lo vay tocar
Qu'en davalec lo bras senestre.
El cavals qu'estec lay en destre
Conoc Chabert per so senhor,
1248　E venc s'en tot dreg al trachor
Ques fo combatutz ab Chabert,
E val gaffar ades espert
Per l'autre bras sus son cavalh,
1252　E rosseguan dita l' el valh,
El mes les .iiij. pes el ventre,
E pueyss lo cavalh de seguentre
S'en vay pel camp gent deportan,
1256　En Chabert so senhor gardan,
Que negus hom nol feses mal.
Ab tan tug li Turc deslïal
Foron a mens de .x. tornat
1260　E foron tug espaventat,
Qui per grans colps, qui per paor.

En Chabertz, per la gran calor,
E son companh son dissendut.
1264 Li Turc estavan estendut
El camp ab vida, ses morir.
Le cavals les vay totz peutrir,
Issi cum si fos ensolada.   (*f. 11 a*)
1268 La batalha fon acabada
Sus lo mieg jor d'aquels payas,
Pueyss se van ronssar los crestias,
Que volgro veser qui'n fo mens,
1272 E van reconoysser lors gens
Le pros Chabertz e'n G. Barra,
E non trobero mens encara
Ni cavalier ni lunh donzelh,
1276 Exceptat que n' ac .j. parelh
Que trop greument foron nafrat.
Lo camp han li crestia levat,
E fo fait tot a l'ora nona.

Eras ausiretz en qual guiza la dona de Malleo fe cre-
sent belas messonjas al senher so marit per tal ques
batejes.

1280 Apres, en sa propia persona
La dona venc vas so senhor
Ab gran joy et am gran baudor,
Mas que non o fey a parvent.
1284 Lo ric senhor, ab cor dolent,
De son cadafalc davalec,
Dreit a la dona s'en anec
Per veser quel volia dir.
1288 La dona vay far .j. sospir,
Cum si la mortz li saubes mal,

1276 n', *ms.* ni.

E foron amduy per cabal,
Que luns hom nols ausis parlar,
1292 E vay sa razo comenssar
En ayssi cum poyretz ausir :
« Senher, tug em nat per morir   (f. 11 b)
« Quant lo Creators o voldra ;
1296 « Et aquel que nos salvara
« Mala viu e mala fo natz.
« Lo mieu senhor, e remiratz
« Aquesta mort d'aquestz payas
1300 « Qu'an presa huey per los crestias,
« Quar, si per miracle nos fes
« O no valgues mens nostra fes
« Que la lor, ja nos pogra far.
1304 « E donx, senher, si batejar
« Vos voletz, non estiatz per me,
« Quar ieu vuelh faire tota re,
« Senher, que vos mi comandetz.
1308 « E mais, senher, que trobaretz,
« Segon qu'ieu ay huey conogut,
« Que, cossi que l'aion avut,
« Qu'en Chabertz ha lo cavalh vostre ;
1312 « E mandatz per luy que lous mostre,
« E veiretz si dis veritat,
« Quar yeu lo laysse[i] emancat,
« E que porti, senher, la clau
1316 « De l'estable en que l'enclau
« Quan n'a pessat vostr' escudier. »
Ab tant sonet al latinier
Lo senhor, el latinier venc,
1320 El senhor le ric pom d'aur tenc
Ple de musquet per hodorar,
E mantenent el vay contar
Lo ric senhor de Malleo

1295 vodlra. — 1298 e, corr. e[r]? — 1299 D'aquesta.

1324   Al latinier la gran razo
         Ques aqui la dona dizïa.
         Le latiniers diss : « Bona via,   (*f. 11 c*)
         « Senher, es que nos batejem. »

1328   Lo senhor diss : « Enans veirem
         « Si'n Chabertz ha lo mieu cavalh. »
         Ab tant veus venir lo vassalh
         Que fon arrestatz al boysso,

1332   Rosseguan la cerp pel sablo,
         E venc tot dreit a so senhor
         Et al mostrada la dolor
         Ques ac suferta tot lo jorn.

1336   El senhor estec ab cor morn,
         Quan vic aquela cerp tan gran.
         E la cerps leva s'en volan
         E dezamparec l'escudier

1340   Ses tot mal e senes dangier,
         Que l'escudier non hac el bras,
         E quan volava lo dyablas
         Per la gola ditava foc;

1344   E vay s'en tornar en son loc
         Lay hon l'escudier la trobec.
         Ab tant lo senher regardec
         La dona quel volïa dir,

1348   E la dona val devesir
         E l'aventura declarar :
         « Senher, sim voletz escoutar,
         « Yeu vos contaray mo semblan.

1352   « Depus que pel vostre coman
         « L'escudiers anava saber
         « Del cavalh si era per ver,
         « E la cerps lo vay arrestar;

1356   « Per que no poguessetz forssar   (*f. 11 d*)
         « Chabert de rendre son cavalh,

1359 fenina.

« Arrestec la cerp le vassalh
« Tro la batalha fos fenida;
1360 « Per queus dic, senher, per ma vida;
« Que tal cavals es huey vengutz
« A'n Chabert et apparegutz
« Que no y a mas del batejar,
1364 « Per que pe'n Chabert faitz mandar,
« E saubretz, senher, la vertat. »
Ab tant lo senhor ha mandat
Al latinier que tost anes
1368 A'n Chabert quel caval menes,
E que vengues asseguratz.
Lo latiniers es tost montatz
Ab gran joy e de gran talent
1372 Desus son destrier leu corrent,
E venc tot dreg jos lo laurier,
E vay veser ab alegrier
Mosenher G. gens aqui,
1376 Jogan, gaban sus .j. tapi
Ab sos compans qu'eran entorn;
E ja declinava lo jorn;
E vay los tantost saludar
1380 Lo latiniers e vay preguar
Chabert que vengues ses temor
Parlar tantost ab so senhor,
E quel cavalh ab si menes.
1384 « Quar ieu no cug ques anc nasques
« Cavalh que ta bona fos natz,
« Quar per luy sera batejatz   (f. 21 a)
« Mo senhor e tota sa gent,
1388 « Sol que digatz ardidament
« Quel cavalh vos venc per vertut
« Gent esselat e gent pascut,
« E no sabetz cossi ni quo.
1392 « Ma dona dira la razo,
« Que sol vos no caldra parlar. »

Aras s'en van ses pus trigar
Ab lo cavalh de gran valor ;
1396   E la dona diss al senhor,
Enans quel latiniers parles :
« Lo mieu senhor, prec vos qu'ades
« Quem digatz si dic veritat. »
1400   Lo senhor al caval gardat,
E pueyss a la dona vay dir :
« La mia dona, ses mentir,
« Tot ades m'en vuelh batejar. »
1404   Lo latiniers vay tost tornar
A'n G. Barra que vengues,
Quel senhor avïa promes
Ques vol batejar ab sas gens.
1408   Aras s'en van alegramens
E vengron dreg a Malleo.
La dona de gaya faysso
Ab son carr vénc jos lo laurier,
1412   Et am joy et ab alegrier
Preso lo crozific del laur
E portero l'en .j. drap d'aur
Entrol castel de Malleo,
1416   Et anc sa par joya no fo   (f. 12 b)
Menada en degun castel.
La nueg esteron ben e bel
A gran solas, ses trop manjar,
1420   Quar trop avïan que parlar
E gran talent de pro dormir.
De dos en dos feiro venir
.I. capo ab una perditz ;
1424   No marcavan mas en samitz,
O sobre paziment obrat.
Li lieyt foron apparelhat
Per lo castel e pels hostals.

1403 Tot, *ms.* Tost.

1428 Le solas fon rics e cabals
   Dels crestias e dels Sarrazis.
   Cascus hac talent que dormis,
   E volgueron anar jazer.
1432 E la dona, de gran plazer,
   En lor camb[r]a los vay menar,
   Qu'om si pogra per sert mirar,
   Tant fon bela e resplandens.
1436 E la dona qu'era plasens
   Apres beure s'acomjadec,
   Et a cascu se batejec
   Ayssi cum si fos batejada;
1440 Ayssi saub far sa † formada
   Cum si fos avesques o papa;
   E pueyss, ses mantel e ses capa,
   La dona s'en vay gent tornar,
1444 En sa cambra s'en vay intrar,
   E tug li baro van jazer;   (*f. 12 c*)
   E la dona vay remaner
   Ab so senhor cum far solia;
1448 E quan venc sus lo punt del dia,
   E la dona se vay levar,
   A sas donzelas vay sonar,
   E quan foron gent arnescadas
1452 E gent vestidas e paradas,
   A la dona vengro tantost.
   La dona mandec : « Quan que cost,
   « Faitz me venir lo latinier. »
1456 Tantost lay vay .j. messagier
   Quel latinier li vay menar,
   E la dona val comandar
   Que fos be complida la festa,
1460 E la rica cuba fos presta
   Hon cascus hom se batejes.

1438 se batejec (ou latejec), *corr.* son cors senhec?

E ieu contaray vos ades
Quinha fo la cuba ni qual.

1464   Anc non cug qu'om ne vis aytal :
De marmet fon grans et entieyra,
E fon ampla per sa manieyra,
Que per fons ac .L. brassas,

1468   E no foron martels ni massas
Qu'en loc li poguesson trencar.
E luzic en ayssi tant clar
Cum si fossa faita d'argent.

1472   Lo latiniers, de mantenent,
L'a facha tota refrescar,
E pueyss fo y de l'aygua portat,
Clara e fresca e temprada.

1476   E pueyss ha la gent emancada   *(f. 12 d)*
E cuberta d'un bel samit,
E tot entorn mant bel tapit
Ha fait pausar e qu'om marques.

1480   .XX. gardas cug que y assignes
Per la rica cuba gardar,
Per qu'om no y pogues re mesclar
Entro que l'aygua fos senhada.

1484   Una sentura d'aur obrada
Ha pausada per tot entorn,
Per tal que, vent si fes lo jorn,
No pogues l'aygua enlaizar.

1488   A la dona s'en vay tornar
Lo latiniers e vay li dir :
« Dona, volgut ay hobezir
« Tot quant, dona, mandat m'avetz.

1492   — Ara, per l'amor quem tenetz, »
Diss la dona, « vejatz si'ncara
« Se mou lo senher de la Barra,
« E que vengua de contenent. »

1463 quala.

1496   E mentre fan cest parlament,
       G. Barra viro venir
       E'n Chabert, e van sse culhir
       Ab gran gaug trop ysnelament,
1500   E pueys en apres, mantenent,
       De dos en dos, s'en van parlan
       Entro la cuba e gaban
       Del fait de Dieu e non re d'als;
1504   El pobles fon aqui aytals
       Que luns hom nol poc estimar,
       Quar yeu say, quils pogues contar,   (f. 13 a)
       Qu'om n'i trobera .c. vetz mil.
1508   Le segon dimenge d'abril
       Girat l'an fon aquel, som par.
       E quan vos n'iratz regardar,
       La dona venc ab sas donzelas,
1512   Et anc no foro pars d'aquelas,
       E vengron ab gaug tro la cuba.
       El senhor fey cridar ab tuba,
       En pena de cors e d'aver,
1516   Que cascus vengues am plazer
       Al sant babtisme dignamens,
       E que vengues honestamens
       Cascus, e ses tot enbregar.
1520   Le crozific van aportar
       Envolopat en nobles draps ;
       E s'ieu vos dizia los gabs
       Cum lo portero ricamens,
1524   No cug que negus hom vivens
       O pogues dir ni albirar,
       C'una taula feiro portar
       Tota d'aur macis, ses argent,
1528   Que pausero sul paziment
       Qu'el agro fait far e bastir ;
       En apres elh feiro venir
       .I. minhot en que res no falh.

1532 En cascun cap hac .j. cristalh
      Aytant gros cum un cap d'efant,
      E totz detras fon e davant
      De peiras de vertut garnitz;   *(f. 13 b)*
1536 Pausar lo van, e fon servitz
      Per tot lo poble que lay fo.

Eras ausiretz le pus novel el pus devot babtisme
*   ques fos faitz negun temps.*

      Lo ric senhor de Malleo
      Se vay aytantost despulhar;
1540 La cuba van dezabricar
      Per mandament del latinier,
      E li duy nostri cavalier
      Van dir al ric senhor ades
1544 Qu'en la cuba primiers intres,
      Et elh intreran apres luy,
      E van tantost intrar amduy.
      Quan lo senhor lay fon intratz,
1548 Lo bacis fon apparelhatz,
      El pros Chabertz lo pres ades;
      En .j. banquet estec de pes,
      Qu'era d'aur els pecols d'argent;
1552 Lo baci tenc tot simplament
      E vay en la cuba pozar
      De l'aygua, el baci pausar
      Sul cap del don de Malleo,
1556 E comenssec esta razo :
      « E nom del Paire e del Filh
      « Qu'eis tot .j., don nom meravilh,
      « E del veray sant Esperit,
1560 « Senes carta e ses escrit,
      « Te bategi el nom de Dieu

« E de l'autisme poder sieu,
« Et aias nom per nom Leo   (*f. 13 c*)
1564 « El sobrenom de Malleo. »
Le baçi li vay abocar
Cabval lo cap e tot mulhar ;
.III. vetz o fey ad una ma ;
1568 E quan fo fait, lo bar de pla
Vay fors de la cuba sautar.
La dona lo vay abricar
.I. samit de ceda tot blanc,
1572 El cavalier gentil e franc,
Le pres en loc de tapital,
E pueyss fey venir atertal
.III. pars de raubas, totz d'un for,
1576 E la dona, ses lonc demor,
La .j. par li vay tost vestir,
El segon [par] vay tost ufrir
Al senh'en G. de la Barra ;
1580 E, qu'entre lor fos l'amors cara,
Lo tertz par donec a'n Chabert.
E pueyss la dona, mot espert,
Se volc en .j. trap desgarnir,
1584 E fo gaugz qui la vic venir,
E no portec rauba dessus,
Ans remas en brizaut ses pus
De ceda vert de sisclato,
1588 Et ac son gay cors de faysso
Larc e dreit e gras e delgat.
Mosenh'en G. l'a sonat :
« Dona, intratz, el nom de Dieu ! »
1592 Sas cambas foron pus que nieu
Blancas e claras cum cristalh.
So diss Chabertz : « A vos no falh
« Neguna beutatz qu'el mon sia.   (*f. 13 d*)
1596 « El nom de la verges Maria
« Fassam huey tot so que farem. »

Diss G. Barra : « Pueyss parlem,
« Dona, cum voldretz aver nom.
1600 — Senher, » diss la dona, « tal cum
« Vos e'n Chabert mi voldretz dar. »
Ab tant vay de l'aygua pozar
G. Barra ab lo baci,
1604 E la dona .j. pauc s'en ri,
Que cujec qu'ades la mulhes.
G. Barra vay dir ades,
Ans que la volgues batejar :
1608 « Aysso, » diss el, « se puesca far
« El nom de cel que det la ley,
« Et el nom del dreiturier rey
« Que tant gent la saub adumplir,
1612 « Et el nom del Dieu que venir
. « Volc en le[n]guas de foc ardent
« E nos senhar primierament. »
E val l'aygua sul cap verssar ;
1616 E tantost el la vay nomnar
La pros madona na Costansa ;
E dos baros de gran hondransa
La van tost de la cuba traire,
1620 Et a la forma del Salvaire
Tantost s'anec adenolhar
Et [a]qui val merce clamar,
Humelian son cors e son cap,
1624 E pueyss s'en intrec en son trap,
Els dos baros s'en van yssir.
Las donzelas la van garnir
De novels e rics vestimens   (*f. 14 a*)
1628 Ayssi deguizat[z], veramens,
Que d'una part semblava blau
E d'autra part semblava jau,
Et d'autra part eran vermelh.

1614 *Vers ajouté en interligne.*

1632 E quan la toquec lo solelh,
   Semblec vengues de paradis;
   La gensser dona fo qu'om vis;
   E pueyss trames per sos effans;
1636 Mas lo latinier tot enans
   Vay sautar dins, ses tot vestir,
   E vay en Chabert requerir
   Que so senhor fos sos pairis;
1640 El senhor vay levar .j. ris
   De Malleo, e vay intrar
   En la cuba, e vas pausar
   Sus lo banquet; trastotz vestitz
1644 Fol cavaliers e gent aybitz,
   E fey lo sobrebel veser.
   E no y volc far pus lonc lezer
   Lo franc senhor de Malleo,
1648 E vay dir aquesta razo;
   La ma li vay pausar sul cap,
   E pueyss vay dir, senes tot gab :
   « El nom de sancta Trinitat
1652 « Te bategi per veritat
   « En aquesta cuba hont em,
   « E vuelh ques aias nom Guillem. »
   E vay li far la trescambada
1656 En la cuba qu' era lizada,
   En G. cazec totz evers;
   El senhor, cum si fos us sers,
   De Malleo vay fors salhir,
1660 E'n G. lo pres asseguir,
   Que fo del tot be cabussatz,
   E sec lo tot nut per los pratz   (f. 14 b)
   Cum si fos fols o vius auras.
1664 La trufa fon grans dels payas
   De l'esquern quel senhor l'ac fag.
   En G. se tolc de son plag,
   Vas lo crozific s'en tornec,

1668   De denolhos el l'azorec;
Et apres se vay gent vestir.
Ab tant veus les effans venir
Del noble bar de Malleo;

1672   Duy foro, que .iiij. baro
Les menero tot simplamen,
E l'infant venguero rizen,
Tant agron gaug del batejar.

1676   Le majer ac, segon quem par,
.X. ans, el menoret n'ac set,
E foron gay e bel e let,
E no 'vian pus filha ni filh;

1680   Mas no sabian ges le perilh
Qu'enqueras lor endevendra;
Pero nous espaventetz ja
D'u miracle que s'endevenc,

1684   Per so qu'en son cor cascus tenc
Dels Sarrazis sa gran error,
Per so Dieus dec ris apres plor
Al senhor de sos effans ja.

1688   La dona despulhar los va
Ela meteyssa, ab gran gay.
Amdos en las fons metrels vay,
E las fons foro lenegans;

1692   Gran fertat fon ab los effans:
Amdos van negar bras e bras.
En Chabert cridec : « Caytiu, las !
« Ara veg que tut em perdut. »

1696   Le critz se levec am gran brut   (f. 14 c)
Dels Sarrazis ab gran dolor.
G. Barra, ab dol, am plor,
Los effans vay ditar el prat,

1700   Et eran tant ferm abrassat
Que negus hom nols poc partir.
G. Barra romp so vestir,
E'n Chabert sa cara desrom,

1704   El senhor portava .j. pom
        D'aur fi, e val tot mastegar;
        Sus los effans anec plorar,
        E pueyss se levec tot en pes,
1708   El senhor diss qu'om no toques
        Ni fes lunh mal als cre[s]tïas.
        L'iffant pudiro pus que cas;
        E la dona remas trassida,
1712   Mas qu'en Chabert l'a resperida,
        Que l'entendec a son parlar.
        Tug vengron les effans mirar,
        Mas no s'apropjavan de lor :
1716   Tant agro salvagia pudor
        Qu'entorn lor no poc hom durar.
        « Hueymais nons volem batejar, »
        Disson li paya al senhor,
1720   « Quar lor fe ni lor dieu ni lor
        « No nos pot mais gaserdonar.
        « Nostres effans ha faitz negar
        « Qu'eran bel e douss e plazent.
1724   — Senhors, et yeu vos dic breument, »
        Diss lo senhor de Malleo,
        « Que mot ay gran compacïo
        « Dels mieus effans qu'ar ay perdutz;
1728   « Pero mos sens es e mos cutz
        « Qu'enquer n'auray quem faran be. (f. 14 d)
        « E dic vos o per autra re :
        « Que, sius voletz, queus batejetz,
1732   « O, sius voletz, que lo layssetz,
        « C'ueymais non forssaray negu,
        « Enans dic, siu[s] platz a cascu,
        « Que tornetz en vostres hostals. »
1736   Et ac n'i .j. avol e fals
        Que davan lo senhor crida :

1732 lo, *ms.* non.

« Mal aia quis batejara,
« Ni qui nos ha toutz les effans ! »
1740   Aytantost vay cazer a pans
Le Sarrazis totz pessejatz ;
E cascus s'es meravilhatz,
E van tug dir : « Encantat em. »
1744   En cada pessa n'ac mant verm,
Tant fo lo canas corromputz.
Dos maustinasses totz serrutz,
Van la carnassa rossegar
1748   E pueys ditar dedins la mar,
Ab aquela carn totz essems.
El ric senher fon ara ferms
En la fe de Dieu e pausatz,
1752   Quan vic que cel era dampnatz,
Per fol parlar ad avol trag ;
Et ha .j. bel sermo retrag,
E diss que tug preguesson Dieu,
1756   Qu'enqueras li dúy effant sieu
Li pogra Dieus ressucitar.
A la dona trames sonar
Que marrida venc e dolenta,
1760   E semblec cayss una sirventa,
Quar negre foron siey vestir.
« Dona, nous vulhatz esmarrir, »   *(f. 15 a)*
Diss lo senhor, « per lunha re,
1764   « Quar, sol que y aiatz bona fe,
« Jhesu Crist nos fara vertutz,
« C'ayssi cum los nos ha tolgutz
« Les nos pot redre atressi. »
1768   E l'ifant esteron aqui,
Que cayss perdian lor pudor.
Ar s'adenolhet lo senhor
E la dona decosta luy,

1741 pessajatz.

1772 E pregan Jhesu Crist amduy
En ayssi cum saub far cascus;
La dona no saub dire pus
Mas solamens : *Ave Maria,*
1776 *Ave Maria, ave Maria;*
El senhor diss de l'autr' estrem :
« Jhesu Crist, hont ay mon cor ferm,
« Vos me restauratz mos effans ! »
1780 En Chabertz estec totz plorans,
En G. Barra sul sablo,
Ambeduy·en oracïo,
De denols, senes tot tapit.
1784 G. Barra diss en aut crit :
« Jhesu Crist que venguist del cel,
« Que volguist gardar Danïel
« Del lac del leo, ses mal far,
1788 « Els .iij. effans volguist gardar,
« Que foron ditat el caut forn,
« Restaura, senher, aquest jorn,
« Aquetz dos efantetz, sit play,
1792 « E pel restaurament veray,
« Senher, que del Lazer fezist,
« A tu plassa huey, Jhesu Crist   (*f. 15 b*)
« Que l'infantet sian restaurat ! »
1796 E li Turc an lo cap croslat
Quan viro que re no y 'nanssavan,
E viro que l'infant estavan
Mort freg davant lo crozific.
1800 En G. lo latinier vic
La gran dolor d'aquels effans,
E venc costa lor en estans,
E vas tantost adenolhar.
1804 E Dieus anec li revelar

1778-9 *Ces deux vers sont écrits deux fois dans le ms.* — 1796
crossat.

Quels effans ab los mas toques,
E primieyramens los senhes.
En G. los anec tocar,

1808   E tot primier los vay senhar
Pel mandament ques ac de Dieu,
Et aytantost et aytant lieu
Cum en G. los ac tocatz,

1812   Les effantetz totz abrassatz
Se van levar vezent de totz,
E tantost van baysar la crotz
El sant crozific adzorar,

1816   E pueyss, ses tot dezabrassar,
Vas la cuba s'en van totz nutz.
En Chabertz los ha tost segutz,
E totz vestitz e totz caussatz

1820   En la cuba s'en es intratz,
Que vol les efans batejar.
Quan los efans volgron intrar
En l'aygua, cascus se senhec,

1824   Que luns hom no lor o mostrec;
E quan foro laïns totz tres,
Chabert vay pendre demanes
De l'aygua, et al premier fraire

1828   Vay metre nom le nom del paire,   (f. 15 c)
El menoret el vay nomnar
Chabertet, e vals batejar,
E pueyss van s'en yssir essems;

1832   E si anc vic hom negun temps
Menar joya, aqui fon grans,
Que tug meneran dels effans,
E tantost hom los vay vestir;

1836   E mantenent volgro venir
Davant lor paire gent amdos,
El paires fon de denolhos,
Que mais no s' en volgra partir.

1840   Pueyss les effans van a totz dir

Cum la maire de Dieu los pres
En l'aygua, e cum uña fes
Era per pecadors salvar.

1844 E li Turc quels auzo parlar
Vas l'aygua s'en van qui mais poc,
Que no y gardan ni temps ni loc,
Tant agron tug gran voluntat.

1848 En la cuba s'en son intrat.
En Chabert va'h motz batejar,
E pueyss vay als autres mostrar
Cum las paraulas fan a dir.

1852 E pueyss cascus vas perregir
Del batejar al miels que poc;
Pueyss, ans que moguesso del loc,
Letras lor va gent sagelar,

1856 Que lor volgues clers enviar
Les pus soficiens de la terra
Le noble rey cel de la Serra.
Des so qu'endevengut lor fo

1860 Le noble bar de Malleo,
Fey tost venir .c. cavaliers
Que menesso .e. escudiers,   (f. 15 d)
Et aquelh qu'anessen al rey,

1864 Que dels capelas de la ley
Lor volgues tantost enviar.
G. Barra se volc dressar
E refrescar de nou arnes,

1868 Quar dreit lay hon lor fo comes
Volo lor message complir.
Del thesaur lor feiro venir
Aquel que saubo demandar,

1872 El senhor los vay gens baysar,

1844 auzo, ms. aur; l'r est plutôt un signe d'abréviation. — 1845 van ms. vay. — 1847 valuntat. — 1849 motz, ms. metz. — 1855 va, ms. van.

Los crestias, per amor coral,
E la dona fey atertal,
Els effantetz apres de lor,
1876   Et apres trastug li melhor
De la cort que foron aqui.
Per abreujar lo dreg cami,
Ab lor s'en van dos messagiers
1880   E quan foro lay, part Niviers,
En .j. castel ques ac nom Tric,
Elh vengro dreit, ses tot destric.
Aqui van lo rey encontrar.
1884   Tantost se van adenolhar,
E pueyss li van dir en ayssi :
« Senher, nos em vengut ayci,
« E non aiatz ges meravilha :
1888   « La plasent gaya vostra filha
« Vol le nostre rey de la Serra
« Que sia regina de sa terra,
« S'a vos, senher, ven en plaser ;
1892   « E digatz nos vostre voler,
« Vos e ma dona qu' eis ayci. »
La regina, quant o ausi,
Vay ss'en tost al rey so senhor   (*f. 16 a*)
1896   « Senher, nos prendam gran honor, »
Diss la regina, « si o fam;
« Per que, senher, lor respondam
« Quel fait volem e que nos platz. »
1900   Sos cavaliers hac apelatz
Lo reys, et intrec en cosselh.
« Senhors, » diss el, « bem meravelh
« D'aquel rey quar ma filha vol,
1904   « E de sa maire quar m'o col
« Que la fassa tan luenh anar,
« E digay me so que vos par,
« Quar ieu faray so quem diretz. »
1908   El cossels li respos la vetz

C'a far fazia, e ques fes.
Lo reys respondec demanes :
« Senhors, nos farem vostre grat. »
1912 A la regina han preguat
Que vengues sola ab sa filha,
Per so que volo veser s' ilha
Era tals dedins cum defors.
1916 Breumens, veser volo son cors,
Tot nut cum de maire cazec.
La regina la despulhec
En una cambra tota nuda.
1920 La ifanta fo cum causa muda,
De vergonha no poc parlar.
G. de la Barra intrar
Vay en la cambra totz soletz,
1924 E vic son cors c'ayssi fo netz
E clars e nous cum .j. cristalh.
G. Barra diss : « Ges nous falh,
« Per ma fe, deguna beutat. »
1928 El sopar fon apparelhat   (f. 16 b)
A lor talent, per abreujar;
Las taulas van tantost levar
E van gent deportar pels pratz.
1932 El reys, ayssi cos fo levatz,
G. de la Barra sonec,
E mantenent si demandec
De qual part pogro miels venir,
1936 E que li'n volgues vertat dir
Ni si foron a Malleo.
G. Barra diss : « Bem sab bo
« Senher, queus diga la vertat.
1940 « Ayssi cum nos fom arribat
« Al segur port de Malleo,
« Nos vim venir mant companho
« Quens van tot nostr' aver raubar,
1944 « Quar no lor voliam paguar

« Lo traütage costumat ;
« E nos, que fom ayssi raubat,
« Et aguem perdut nostr' aver,
1948 « Aguem tug tant de mal saber
« Quels .LXXX. qu'eran e pus,
« Anc no cug qu'en remases us
« Que no fos mortz o pessejatz.
1952 « Adonx le pobles fon iratz,
« E vengron tug desobre nos.
« Senher, longuas son las razos
« Per recontar e per ausir,
1956 « Pero faitz los avem venir,
« Quel senhor s'es gent batejatz,
« E la dona, si a vos platz,
« Am dos effans, que non ac pus,
1960 « Les quals foro mort e cofus,   (f. 16 c)
« E Dieus que los ressucitec ;
« Breumens, cascus se batejec
« E crezeron en Jhesu Crist.
1964 — Per ma fe, tro qu'ieu aia vist. »
Diss lo reys, « ieu non o creiray,
« Perqu'ieu ab vos tro lay iray,
« E donx veiray si n'es vertatz. »
1968 Ara parlan d'autre solatz
E del vïage qu'an a ffar.
.Vc. cavals fey esselar
Lo reys e .vc. palafres ;
1972 No cal parlar de l'autr'arnes,
Quar luns hom nol poc estimar.
La dona fay apparelhar
.XL. carrs trop be garnitz,
1976 Ab .vj. palafres trop politz
Que tiravan ca[s]cu dels carrs.
La dona vay far sos afars,
Ayssi cum Dieus l'aparelhec :
1980 Les .iiij. carrs d'aur si carquec,

Els .xiiij. carguec d'argent,
El[s] .xxij. tant solament
Ad obs de si e de sa filha ;

1984 E luns hom nos do meravilha
De l'arnes quar era tan grans,
Quar tant rics era le bobans
Meravilhas e[s] per ausir.

1988 La filha volc primier venir :
El carr se mes ab sas donzelas,
Que res nos dec mesclar ab elas,
Mas tant solamens .ij. brachetz ;

1992 El carrs fon bels e rics e netz
E cubertz d'aur ab sos senhals ;   (f. 16 d)
Nom demandetz cum fo ni d'als,
Quar trop auria que contar.

1996 Lo reys pessec del caminar,
E las donas ab cor joyos.
E quan foron els pratz la jos
A .iij. leguas de Malleo,

2000 Viro venir mant ric baro
Qu'estimero cayss entorn mil.
Tug vengron ab lo bar gentil
De Malleo per aculhir

2004 Lo bo rei que los vic venir,
De dos en dos ayssi vestit
D'un drap de grana mieg partit,
Ab drap de ceda d'autra part.

2008 Le noble reys, ses tot regart,
Gentilmens los vay amparar,
E ma e ma ab lo ric bar
De Malleo el cavalguec ;

2012 E tantost el li demandec
S'era be en la fe fermatz ;
Et el, cum cavaliers senatz,

2004 bos reis.

Respondec en aquesta guia :

2016 « Yeu crezi la verges Maria, »
Diss lo senhor de Malleo,
« E crey mais ab ferma razo
« Tota la sancta Trinitat ;

2020 « E Bafomet ay renegat
« E Tarvaguan per tostemps mais. »
El reys fon alegres e gays,
E van ss'en ayssi cavalguan.

2024 Per .j. boscage van intran,
E van trobar .j. ermita,
E fero l'yssir en .j. pla,
El reys val dire : « Don est tu ?

2028 — Senher, » diss el, « de loc autru
« No son ieu pas, ans suy d'ayci. »   (f. 17 a)
G. Barra, tantost col vi,
Li vay sonar, per nom, Guillem,

2032 E vay li dire : « Cum solem
« Anem essems faire la festa.
— Senher, » diss el, « ja per ma testa
« Per negus temps nous falhiray. »

2036 Desus .j. caval montar vay,
E vengro dreit a Malleo.
L'aculhita el mant baro
Que foron aqui nous cal dir.

2040 La pros Costansa vay venir
Ab sas donzelas ricament.
Lo reyss dissendec mantenent,
E l'autri tug per honor d'el.

2044 .M. eran vestit li donzel,
Tug essems e d'una color.
Al palaitz vengron del senhor,
E la regina venc apres,

2048 Ques anc nol toquero sos pes,
Ni pauc ni trop, en lunha terra,
Per honor del rey de la Serra,

E per honor de sa beutat.
2052   El reys, per sa nobla bontat,
Mandec lo latinier vestir,
E tantost el li fey venir
.I. rics vestirs meravilhos.
2056   D'una color foron amdos,
Lo reys et el, quan fo vestitz,
El cavaliers fon gent bastitz
E de bel gran e de bon talh.
2060   Lo reys li diss : « A vos no falh
« Lunha beutat de cavalier,
« E vejatz quens sara mestier,
« Quar senes vos no valem re. »   (f. 17 b)
2064   Lo latiniers, si cos cove,
Pessec la cort a menistrar
E dels hostals aparelhar,
Per que fos complida la cortz.
2068   Pres .j. bastonet que fon cortz
E desus sa rauba senhssatz.
Per lo castel vay abrivatz
Say e lay, si avia ren obs.
2072   En re no semblec pecs ni bobs,
Qu'encontenent l'ac tot sercat.
E quan tot hac gent endressat
El tornec vas lo senhor rey
2076   E diss : « Senher, l'amor queus dey,
« Vos manjaretz en aquest prat
« Hon mant Turc foron escapssat
« Per miracle de Jhesu Crist. »
2080   Lo reys vic lo prat, et ha vist
Quel pratz fon cubertz de rics draps
E taulas messas ab enaps
D'aur e d'argent mesclatz am pe,
2084   E la taula del rey este
Autet, part totas, .j. coudat ;
E per davant hac hom pausat

.I. castel per encantament

2088   En que las donas solament
Per lor privat devian manjar.
Lo reys vay las taulas senhar
E vas sezer encontenent.

2092   Lo senhor de Malleo prent
La nobla dona e regina,
Et avia nom N'Englentina,
Segon quem sove, per vertat;

2096   Ayssi la menec entrol prat,
E vas sezer davant son paire;   (f. 17 c)
La pros Costansa de bon ayre
Se vay assezer costa ela;

2100   E non i ac cesta ni cela
Qu'en lor taula s'auzes sezer:
En las autras taulas, per ver,
Cascuna s'asec que mais poc;

2104   El rey ac estujat son loc
Costa si, ses pus companho,
Al noble bar de Malleo,
E va l'assezer costa si.

2108   En la taula foron aqui,
Davant las donas, dreit e dreit,
E l'autri, qui ample, qui streit,
Qui mais poc, vay sezer premiers;

2112   El pratz fon bels, grans e sobriers,
Et hac de cubert .iiij. leguas;
Et, entre savias gens e pegas,
Totas las taulas foron plenas.

2116   Vïandas hac de mantas menas,
Que no y calc aver cossirier.
Ab tant vec vos [lo] latinier
A cavalh cantan e rizen,

2120   Ab .iiij. grasalas d'argen
Plenas de vïandas que dec
Al rey, e premier la proec,

Ans qu'al rey ne laysses manjar;
2124   E dos cavaliers van portar
La vïanda de la regina
E de sa filha N'Englentina.
La pros Costansa vay cantar,
2128   E totas responderol clar,
E vay dir aquesta chanso :

Ben aia Jhesus rey del tro
Qu'a justadas estas amors;
2132   Ben aia Jhesus [rey] del tro   (f. 17 d)
Qu'a justadas estas amors!

El precs fon grans dels ric senhors
Al rey que cantes la regina;
2136   E vay comenssar N'Englentina,
Quan vic que l'o mandec son payre :

Ara fos ieu el dous repayre
Lay hon mas amoretas ay !
2140   Aras fos ieu el dous repayre
Lay hon mas amoretas ay!

El reys son payre dir li vay :
« Filha, en breument lay seretz,
2144   « Et en vostres bratz las tendretz,
« Son es lo bos reys de la Serra,
« E no cug pueyss qu'en lunha terra
« Trobes hom tant azaut parelh, »
2148   So diss lo reys, « cum vos et elh.
« Filha, e pessem del manjar,
« E pueyss pessem del cavalguar, »
E quant agro manjat, levero,
2152   E li derrier apres manjero,
Ses lonc lezer, per deliurar.
El latiniers fey gent parar

Los carrs per metre en la nau,
2156 E van passar lo port suau,
Quel senhor l'ac ja affranquit
A tot crestia que y agues guit,
E tot Sarrazi que pagues,
2160 O si que no, qu'om l'escapses;
E, senes tota redempsso,
Que pagues bezan per garsso,
E .c. bezans hom de parage.
2164 Nom cal pus dir del traütage,
Quar aytals fo contrals payas
Com era davant dels crestias,
Pus quel senhor fon batejatz.
2168 Ab tant venc us rics amiratz   (f. 18 a)
Que menec .ij^c. cavaliers,
E menec .iij^c. escudiers,
E menec be v^c. garssos.
2172 Le faitz fo rics meravilhos
De las noblas gens que menava;
Ab los nautors lo port passava
Hon le reys fon ab sa companha.
2176 L'amirat vic la gent estranha,
E vic ades que mal anec,
Quar negus hom nol saludec
Si cum avian costumat.
2180 Ades foron tug arrestat
E meses a la ma del rey;
E l'amirat bel vezer fay
Quan venc davant lo rey aqui,
2184 El senhor de Malleo vi
E conoc ades l'amirat,
E tantost el l'a demandat
S'el se volïa batejar,
2188 O si mais volïa paguar

2170 escudiers, *ms.* cavaliers.

Lo traütage, qùel pagues.
L'amiratz fo fels et engres
E diss que de tot son barnage
2192 No paguera lo traütage,
Ni pagar nol pogra per re,
Mas que, sil platz, l'agues merce
Per so qu'el era deceubutz,
2196 Quar al port no fora vengutz
Si saubes qu'el fos batejatz.
« Ges per tant non etz escusatz;
« Sitot etz mos cozis segons,
2200 « Ges non etz mos parens de fons »,
Diss lo senhor de Malleo,
« Que no paguetz la redempsso ;
« Quar, si nous voletz batejar,
2204 « Las testas vos cove pausar
« E perdretz e l'arma el cors. »
Ab tant se van tirar en fors   (f. 18 b)
Amdos l'amirat el senhor,
2208 E val pregar tot per amor
Qu'el no fos en ayssi trasitz,
Qu'el era de nobla rasitz,
Que non devia far tracïo,
2212 O savals qu'ab .j. companho
Tot quiti l'en laysses anar.
« De badas gent vos aug parlar, »
Diss lo senhor; « no parletz pus
2216 « Quar non escapara negus
« De totz quans etz, ni pauc ni gran,
« Si no renegatz Tarvagan
« E Bafomet son companho. »
2220 L'amirat, cum noble baro,
Vay parlar ab tota sa gent,
E vay lor dir ab cor dolent :
« Senhors, tug em vengut al port,
2224 « Que tug devem recebre mort

5

« Si donx nons volem batejar. »
E li Turc prendon a cridar :
« Senher, mais volem tug morir
2228 « Que la fe de Bafom gurpir,
« Ni renegar la nostra ley. »
L'amirat s'en tornec al rey
Et al senhor de Malleo,
2232 Et a lor dicha la razo
E la resposta de sa gent ;
El reys mandec iradament
Al latinier qu'ades fes far
2236 La'ccequtio d'escapssar
Aquels qu'eran contra la fe.
E l'amirat respos dese
E diss qu'el se vol batejar ;
2240 E .c. del sieus el vay triar
Que foron am luy d'un acort,
Et aqui meteyss, pres del port,
Lo rey l'amirat pel ma pris :
2244 En presentia dels Sarrazis   (f. 18 c)
Lo batejec vesent de totz,
E fey li adzorar la †
E creyre les .vij. sagramens,
2248 E val metre nom veramens
Bertran del rey per son dreit nom,
E fey li renegar Bafom
E creire la verges Maria.
2252 Pueyss ades, meteyss en la via,
Vec vos venir lo latinier
El .c. qu'eran d'un acordier
Ab l'amirat e d'un talan
2256 . . . .
Amdos los van totz batejar ;
De totz lors noms nom pot membrar,

2236 Ou de scapssar ; de même v. 2264. — 2256 Vers omis.

Mas per dreit conte foron .c.,
2260   Tug filh de baros verament,
O que tug eran kavalier.
E pueyss que fey lo latinier?
Totz los autres fey tost negar;
2264   Quar trop punheran d'escapssar,
E non era qui o fezes.
Lo latiniers venc demanes
Vas lo rey e totz despulhatz,
2268   Empero totz fon abricatz
De vestidura de camel,
E venc lausan lo rey del cel,
E tantost pres del rey comjatz;
2272   E mantenent se fo giratz,
E vic latz si .j. paubr' estar :
La rauba li vay tost donar
Quel senhor rey li avia facha.
2276   Ab tant lo rey endreg l'agacha,
E va l'en la boca baysar
E val comjat sospiran dar,
E tug li autri apres el.
2280   No y hac cavalier ni donzel
Ques aqui no plores de dol,
Quar cascus volgra qu'ab so vol
Que lus temps nos partis de lor.
2284   Als pes cazec de so senhor   (f. 18 d)
Lo latiniers ab gran sanglot,
Ques anc no li poc redre mot,
E vas tantost de lor partir.
2288   Sa penedensa volc complir
Cum avïa vodat a Dieu.
Del pa quiren coma romieu,
Al bosc s'en vay, vezen de totz,
2292   Predican la veraya crotz

2278 comjatz.

E penedensa per salvar.
Laïns el bosc s'en vay intrar
En .j. loguet ques hac cubert;
2296 Aqui complic sos jorns, per cert,
Per que pus no m'en cal parlar.
Aysso layssem hueymais estar,
E parlem del noble vïage
2300 Quel reys volc far e del barnage
Que menec, dels nobles baros;
Ab lor semblec tot lo mons fos
Quan foron al port ajustat.

*Eras ausiretz ques fe portar [Guillems] malautes a
la Barra, e cum se fe le matrimoni del rey de la
Serra.*

2304 Capdel fero de l'amirat
Que fos en loc de latinier,
Quar trop fon ab cor vertadier
De tot son poder vas lo rey,
2308 E fo coffermatz en la ley
Cum si fossa fraires menors.
Adoncs, quan se sentic senhors,
Quel poders li fon comandatz,
2312 Sos navilis fon aysinatz,
Que volc passar tantost premiers
Ab .x. dels sieus .c. cavaliers
Per far hostals apparelhar.
2316 G. Barra s'en fey portar
Malautes en una leyteyra;
Vas la Barra tenc sa carrieyra,
E preguet lo rey d'Englaterra   (*f. 19 a*)
2320 Que, quan le bos reys de la Serra

2311 li, *ms.* si.

Prezera la pros N'Englentina,
Quel jorn qu'ela fora regina,
Per Dieu, ques hom l'o fes saber;
2324   E fera segon son dever
Depus qu'el tant n'ac trebalhat;
El reys adonc l'ac autrejat,
Que fait fora ses tota falha.
2328   G. Barra ab sa nualha
S'en fey portar en son castel;
Aysinar se fey ben e bel
En la leyteyra per portar.
2332   L'amirat vay otra passar
E cavalguet tro la dinnada,
Quar, pus era tertia passada,
Lo reys no volia cavalguar.
2336   Apparelhar fey de manjar,
E no cal retraire de que,
Quar cavaliers tant be no fe
Cum el fey, ni tant noblamens,
2340   Quar en re no fo defalhens.
La nueg, quan venc l'acivadar,
De bels lieytz no calia parlar,
Que semblava qu'el los portes,
2344   Ayssi trobava tot ades
Aquo que mesters li fazia.
Ayssi tengro lor drecha via
Entro que fo pres de la Serra,
2348   E feiro manieyra de guerra.
El reys hac temor, quant los vic,
Entro que l'amirat ausic
Que venc ab sos .x. cavaliers :
2352   « De la dona suy messagiers
« E del poder de la regina,
« So es ma dona N'Englentina, »   (*f. 19 b*)

2354 Son es.

So diss l'amirat al senhor.
2356   Lo reys se mudec de color,
E vay l'amirat abrassar,
E pel gran gaug ques volc donar
Anc nol membrec d'En G. Barra,
2360   Ni no demandec quant a l'ara,
Mais, qui mais poc, ses pus trigar,
Del castel pessan d'endressar
E dels hostals vas totas partz.
2364   El reys fon joves e galhartz
E gaujos de l'aveniment.
A l'aculhita ricament
Vay issir ab sos cavaliers,
2368   El socres cavalguec premiers.
Amdos s'aneron encontrar ;
Del baysar e del saludar
Amdos s'endevengron trop be.
2372   A son cavalh giret lo fre,
E vay los autres aculhir
Lo reys joves, e vay lor dir
Que tug fossan per be vengut.
2376   Dreg a la porta vengron tut
De la Serra descavalguar ;
En la capela van intrar,
El capelas vas revestir.
2380   N'Englentina feiro venir
El reys joves, ses pus triguar ;
Le matremoni van lassar,
El capelas vay dir la messa.
2384   La stola sul cap l'agro messa
A la dona y a lui sul col.
Lo reys no fe cum pec ni fol
Quan venc que li donec la patz.   (f. 19 c)
2388   Lo capelas s'es tost giratz

2366 la culhita. — 2381 Corr. rey jove.

Per dar la benedictio;
Pel ma l'a pres ses pus razo,
Que de la gleyza la vay traire,
2392   E mantenent la pres son paire,
E l'amirat cum espadiers,
Per so quar era cavaliers,
E quar era crestias novels
2396   Et en sos faitz bos e fizels
Et arditz e de bon parage,
Per so li dec hom l'avantage,
Engal lo rey, per espadier.
2400   E diray vos del cavalier
Cum la saub apres estrenar :
.C. bezans d'aur li vay donar,
Vesen de totz, en loc d'anel.
2404   El cavaliers ab cor fizel
Mandec las taulas pueyss dressar
. . . .
El reys anec sezer premiers
2408   E davant luy sos cavaliers
E de costa luy la regina,
Et apres la pros N'Englentina,
E las donas en apres elas,
2412   En autra taula las donzelas,
Et entre doas .j. escudier.
Et apres venc lo cavalier
L'amirat mosenh'en Bertran,
2416   Que semblec venguesso volan
Dos paos que portec raustitz.
Lo reys primiers fo gent servitz
E l'autri tug apres de luy,
2420   E las donas, senes tot bruy,
D'aitals manjars col senhor rey.
E davant se cascus avey   (f. 19 d)

2406 Vers omis.

Doblas tassas e doblas copas.

2424   Lo reys venc manjar las .iij. sopas
Ab N'Englentina, vesen totz,
E tug le cridan : « Trop etz glotz
« E malament devergonhatz. »

2428   El reys joves s'es acatatz
E vay ss'en rizen e gaban.
La cortz durec ab gran mazan
.XV. jorns senes departir.

2432   Segon que tayss, hom fey venir
Joyas, e segon la valor
Paguat foron li jocglaor :
.C. bezans d'aur agran de pagua,

2436   E, per tal ques hom o retragua,
L'amirat ne dec autres .c. ;
El reys joves trop ricament
Donec .v^c. cavals de pretz,

2440   De rossis paucs a .x. a .x.
Donava als melhors jocglars.
En ayssi feiro lors affars,
Qu'en degu no caub melhuriers.

2444   Lo reys d'Englaterra primiers
Se volc ades acomjadar
E vay gent dir e prepausar
Al rey de la Serra son gendre

2448   Que tostemps pesses del defendre
Sa terra a sos enemics,
E que als amics fos amics
Et als autres contrarios.

2452   « E si ha hom pus poderos
« Que vos, ades mandatz per me, »
Diss lo sogres, « quar, per ma fe,
« Ieus tenc per filh eus tenc per fraire,

2456   « E vos prendetz mi coma paire. »   (*f. 20 a*)
Et ab aytant se van partir.
La regina hac faitz venir

Sos cars e gent apparelhar ;
2460   Tug essems pessan del montar.
El reys joves hac oblidat
Que non hac dat a l'amirat,
E val dire en auta votz,
2464   E presentar, ausen de totz,
Una seua nobla siutat
Qu'era clau de tot so regnat,
E clau d'un ric port de la mar
2468   Que valia per arrendar
.M. marcs de fiu aur cascun an.
L'amirat mosenh'en Bertran
Li'n vay rendre motas merces :
2472   « Mosenher, » diss el, « per dreg ces
« Vos vuelh ieu far tal traütage :
« Cascun an per dreg homenage
« .I. capel de rosas vermelh
2476   « E de girfals .j. bel parelh
« Ben adobat, e be prendent.
— Ayssi », diss lo reys, « verament
« Ha trop bela reconoyssensa. »
2480   Aras s'en van ses atendanssa.
E layssem los hueymais anar,
Qu'elh pesseron del sejornar
E de breus jornadas per jorn.

Eras ausiretz en cal guiza lo reys de la Serra
comandec sa terra e sa molher a mosenh'en G. de la
Barra.

2484   Mas que parlem del gran sojorn
E del gaug e de l'alegrier,
Que l'ondrat gentil cavalier   (*f. 20 b*)
Lo rey jove se volc donar

2488   Ab N'Englentina, que ses par
        Fon complida de gran beutat,
        Amduy foron d'una etat
        E d'un' amor e d'un talent.

2492   Gent se baysavan a presen
        Quan anavan ausir lor messa.
        No querian mas gran despessa
        E trop dar e trop despessar.

2496   Ayssi van tot .j. mes passar
        Am gaug, am plazer natural,
        Ques en paradis terrenal
        No pogra mais de gaug caber.

2500   E quan venc .j. dimars al ser
        Vec vos venir .j. messagier,
        E vay demandar tot primier
        Quals era lo reys so senhor,

2504   Qu'om lo y mostres tot per amor,
        Per so quar grans mestiers n'avia,
        Quar en .ja. siutat d'Ungria
        Eran grans gens per assetjar.

2508   El reys qu'ayssi l'auzic parlar
        Volc ades sas letras legir,
        E tantost el s'en vay yssir
        Lo reys joves en son vergier

2512   Ab sos baros, jos .j. palmier
        Cargat de pomas de cipres.
        Al messagier vay dir ades :
        « Mon amic, tu t'en tornaras

2516   « A ta siutat e lor diras   (f. 20 c)
        « Qu'ieu vendré a lor dins .x. jorns ;
        « E si an fam ni mals sojorns,
        « Que no sian dezesperat,

2520   « Mas que gardo lor lialtat
        « El sagrament que m'an promes. »
        El messagiers tost demanes
        Ab so respost s'en es tornatz.

2524 Lo reys el vergier es tornatz
   Ab N'Englentina totz soletz;
   Bras e bras e menudas vetz
   Se baizan amdos en ploran;
2528 Per tot lo vergier van parlan

. . . .

   Lo reys l'anec pendre pel ma,
   E vay dir : « Aylas ! que faray,
2532 « Dona, ni cum vos layssaray
   « Ni en cuy m'en poyray fiar ?
   « E ma terra no say triar
   « Mas .j. cavalier tot complit,
2536 « Tot bel, tot bo e tot ardit,
   « E larc e sert, de gran valor,
   « Et aquel que vol mais donar
   « Qu'ome del mon, al mieu semblan;
2540 « E son cors non pot tan ni can
   « Negus hom dir ni melhurar;
   « Ayssi l'a volgut Dieus formar
   « De gran beutat e d'ardiment
2544 « Que natura tant solament
   « Ha format luy ses companho;
   « E fo filh de noble baro
   « E quays de linage de rey.
2548 « Dona, e per l'amor queus dey,   *(f. 20 d)*
   « En sa lialtat vos vuelh layssar. »
   E la dona val regardar
   Et hac ja tot son cor ardent,
2552 Mas anc non o fey a parvent,
   Del cavalier que tant amec,
   E tantost ela demandec
   Cum avia nom lo cavaliers
2556 Ni cos poc far qu'ab los primiers

2524 tornatz, *corr.* anatz? — 2529 *Vers omis.*

No fos quant ela venc aqui.
El reys li vay dir en ayssi :
« El ha nom G. de la Barra,
2560   « El sieu castel que gent se sarra
« De murs de marmet tot entorn,
« Aquel que venc ab vos tot jorn
« Entro quel port agues passat,
2564   « Ques ha mant colp sufert e dat
« Per vos quan vos volc amenar. »
E la dona que l'au parlar
.C. per .j. hac pus gran plazer,
2568   E no cujec lo jorn veser
Quel reys joves ne fos anatz,
Tant fort fon son cors enflamatz
Del cavalier que l'a lausat.
2572   .I. coral sospir ha ditat
Cum si fos per amor del rey.
« Dona, » diss le reys, « fe queus dey,
« Trop mal mi sab quar sospiratz,
2576   « Qu'ieu tornaray en breu hondratz
« E venjatz de mos enemics.
— Senher, Dieus vos do bos amics, »
Diss la dona, « et anatz leu,
2580   « E mandatz ades tost e breu
« Que vengua tantost ses oblit
« Lo cavalier que m'avetz dit
« Per vostra terra governar;   .(ƒ 21 a)
2584   « E pus qu'ieu m'i poyrai fiar,
« Autre non vuelh, si a vos platz. »
Ab tant lo reys s'es tost levatz,
E la dona tantost de pla,
2588   E van ss'en yssir ma e ma
Ambeduy foras del vergier;

2571 *Ou* qu'el a ?

El reys mandec .j. cavalier,
Am dos escudiers, que montes
2592   Vas la Barra, e que pregues.
Que vengues G. de la Barra,
Ades tantost, quar temps es ara
Quel reys vol los sieus esproar.
2596   Lo cavaliers vay tost montar
Ab .ij. escudiers mantenen.
La nueg, qui amblan, qui corren,
Vengron al castel ses far pauza.
2600   La porta del castel fon clauza,
E sobte no y pogron intrar.
Ades tantost van apelar,
E la gacha venc soptament
2604   E vals entendre mantenent
E vay lor la porta ubrir,
El senhor los vay aculhir,
G. de la Barra, trop be ;
2608   Et elh li van contar dese
Per qu'eran davant luy vengut.
« Senher, lo reys ha huey saubut,
« De la Serra que guerra ha
2612   « En sa terra, e qu'en fara,
« Vol aver son cosselh am vos,
« E tantost queus n'anetz ab nos
« Al bo maiti, ses pus trigar.
2616   — Aysso, » diss el, « m'es greu per far, (*f. 21 b*)
« Quar el nom presa pauc ni trop ;
« Quar anc cavaliers lunh ni prop
« No fo ni esta en sa terra,
2620   « Quan ma dona venc a la Serra,
« Ques el no l'o feses saber ;
« Et ieu, las ! qu'ab ta franc voler
« L'ay tostemps servit de bon cor,

2601 no y, *ms.* may. — 2621 ques, *ms.* quel.

2624　« Nom cujera ques a lunh for,
　　　　« De pus qu'ieu n'avia ta mal trait,
　　　　« Quel rey mo senhor aquel fait
　　　　« Volgues far, senhors, senes me.
2628　« Per qu'ieu vos dic, segon qu'ieu cre,
　　　　« Que ja sol mon pe no y tendray.
　　　　« E ma filha que vesetz lay
　　　　« Petita, ab son petit fraire,
2632　« Que dijous perdera[n] lor maire,
　　　　« E qu'ieu los laysses totz soletz.
　　　　« Prec vos, sius platz, que m'escusetz
　　　　« Ab lo rey jove mo senhor,
2636　« Quar el ha mant noble comtor
　　　　« Ab cuy se pot acosselhar ;
　　　　« Mas que pessem de be sopar,
　　　　« E la nueitz pueyss aura cosselh. »
2640　Tug .iiij., miran li dentelh,
　　　　Van gent parlan per lo castel,
　　　　E pueyss sopero ben e bel
　　　　E foro servit ricament ;
2644　E lh' effantet eran plasent,
　　　　E fey los sobrebel vezer.
　　　　Le fils hac, segon mo saber,
　　　　.VII. ans e la filha n'ac tres.
2648　Ara respondec demanes　　　　　　　　(f. 21 c)
　　　　Mosenh'en G. de la Barra :
　　　　« Acordatz mi soy al punt d'ara,
　　　　« Senhors, que fassa vostre grat.
2652　« Sul punt del jor sïam levat
　　　　« E montat sus nostres cavals,
　　　　« Quar tostemps ay estat lïals
　　　　« A son paire tant cant visquec,
2656　« E seray a luy, ses tot pec. »
　　　　Et am aytant se van jazer.

2639 *Corr.* la nueit p. aura[i] ? — 2650 *Ms.* acortatz.

El maitinet, ab gran plazer,
Ans que l'alba pares nil jorns,
2660 La gacha fey .ij. o .iij. torns
Ab le grayle per lo castel,
E toquet .j. balh mot ysnel,
E diss : « Levatz sus, cavaliers,
2664 « Quel jorns sera grans e sobriers
« Quan seretz montat per anar. »
Lo grayle qu'ausiro tocar
Li cavalier qu'eron el lieg,
2668 Levero sus ab gran delieg,
E li garsso van pels cavals ;
E la gacha fon .j. pauc fals,
Qu'a mieja nueit los fey levar.
2672 .X. foro quan venc al montar,
Ab la companha del senhor,
E la luna fey gran lugor
Per so quar fo plena e clara,
2676 El senh'en G. de la Barra
Per davant tot[z] volc cavalguar.
E quan venc pla sus l'adyar,
Que foro presset de la Serra,
2680 Agro cavalguada de terra·
.VI. leguetas, per ver a dir.
El reys va l'yssir aculhir   (*f. 21 d*)
Per so quar l'avïa naleg,
2684 E quan lo vic baysa l'estreg
E val preguar quel perdones ;
E mosenh'en G. ades
Li volc a penas perdonar.
2688 Lo bras sul col l'anec pausar,
E cavalgueron ambidos.
N'Englentina fon ja sa jos
A la porta de la siutat ;

2678 la dyar.

2692   Son cap hac gent apparelhat,
       E sa beutat ques hac trop gran,
       Qu'ieu no cug, segon mo semblan,
       Que natura formes sa par ;
2696   Et hac tan son cor en amar
       Mosenher G. de la Barra
       C'una novel'amors la sarra,
       C'a penas o poc pus celar.
2700   Mosenh'en G., ses trigar,
       Tantost s'adenolhec ad ela,
       E, cum si fos simpla donzela,
       Et ela lo vay amparar :
2704   Pel ma l'ac pres, vay ss'en montar
       Ab luy gent gaban e rizen.
       La dona n'ac lo cor jauzen
       Quar lo vic tant bo ni tant bel,
2708   Tant gay, tan jove, tant ysnel,
       E no cujec veser lo temps
       Qu'ela et el fossan essems
       E sos maritz fos en la guerra.
2712   E sonec al rey de la Serra
       N'Englentina en auta votz,
       E val gent dir, ausen de totz :
       « Senher, qu'avetz pus que triguar?
2716   « Pessatz d'aquo qu'avetz a far   (f. 22 a)
       « E dels vostres homes mesquis
       « Qu'estan enclaus per Sarrazis
       « E moro laïns de gran fam. »
2720   Lo reys joves diss : « Donx fassam,
       « Dona, tot so que nos mandatz. »
       Escrivas hac apparelhatz
       La dona, per tal ques coches.
2724   Le notari receup ades
       Cartas e de gran segurtat,
       Quel reys ha son poder donat
       A mosenh'en G. per far :

2728 Absolvre puesca e penjar
　　　 En ayssi cum deu far senhor.
　　　 Tantost, ab guaug et am baudor,
　　　 Lo reys montet encontenent.
2732 Brocan son caval soptament
　　　 S'en cujet partir, trol membrec:
　　　 Al senh'en G. comandec,
　　　 Vezen de totz, en sospiran,
2736 Sa molher ques amava tan,
　　　 N'Englentina que fon aqui.
　　　 E quan la regina l'auzi
　　　 Vas luy ha fait .j. gran sospir,
2740 Cum sil peses del departir.
　　　 Et ela sospirec per als,
　　　 Tant fo sos cors gays e cabals
　　　 Pel partiment de so marit.
2744 Ayssi fo fait, ayssi fon dit;
　　　 Lo reys part d'aqui, vesen totz,
　　　 Ab lo sant senhal de la ✝
　　　 Ques va benasir e senhar.
2748 Layssem lo rey els sieus anar,
　　　 Quar elh captendran be la guerra;
　　　 Parlem del poder de la Serra
　　　 Qu'en G. de la Barra tenc　　　　　 (f. 22 b)
2752 E de la dona cos captenc,
　　　 Si sol fos qu'el o cossentis.

Ara comenssan las diverssas aventuras de mossenher
G. de la Barra.

　　　 Anc no cug que negus hom vis
　　　 Cavalier ayssi governar,
2756 Ni que tant gent o saubes far,
　　　 Ni miels se saubes far gausir,
　　　 Ni miels se saubes perregir

6

Cum fey En G. de la Barra,
2760   Quar mantenent la siutat sarra
De pals agutz per tot entorn,
Et establic que negun jorn
Non intres hom mas per .j. port,
2764   E totz hom fos jugatz a mort
Que so mandament contrastes.
Ayssi la terra tenc en pes
E tot lo dreit de so senhor,
2768   Ab fazen dreit et ab amor
De tot lo poble cominal,
Que no fon us quel volgues mal
Per re que saubes far ni dir.
2772   Ayssi vay la terra regir
.I. mes e pus, ses mal estar.
La regina li vay mandar
Qu'ela volia parlar am luy,
2776   E que no fossan mas amduy
E sa cambra tot per privat.
Le cavaliers venc de bon grat
Vas la dona quan lo mandec;
2780   En sa cambra totz sols intrec
E vic la sola ses donzela,
E vas gent sezer delatz ela   *(f. 22 c)*
Sus la colca le cavaliers,
2784   E fon gays e fon plasentiers,
E la regina quel regara,
E val dir : « Senher de la Barra,
« Sius platz, vos mi daretz .j. do,
2788   « E no m'en vulhatz dir de no,
« Senher, per la fe quem tenetz.
— Dona, digay me que voletz,
« Qu'ieu faray per vos tota re,

2781 *Le ms. ajoute* Que negus hom no fon ab ela, *vers de pur remplissage* (cf. v. 912) *qui fait double emploi avec le suivant.*

2792   « Sol que gardetz ma lïal fe,
        « E que no y capia tracïo. »
        La dona diss : « Mot mi sab bo,
        « Et yeu diray vos mo voler,
2796   « E nous tengatz a desplazer,
        « Senh'en G., so queus vuelh dir.
        « El cor m'avetz mes .j. desir
        « De fin' amor quem ve de vos,
2800   « Qu'ades vos dic tot ad estros
        « Que fassatz de mi queus vulhatz,
        « E que tant sïatz mos privatz
        « Cum fora mos maritz si y fos. »
2804   Mosenh'en G. fon iros
        E vay la gardar tot endreit.
        La dona l'ac baysat estreit,
        Que sol el no s'en poc gardar.
2808   Mosenh'en G. que vay far ?
        Vay li dir : « Ma dona, per re
        « Non o farïa, quar la fe
        « Qu'ay mandada a mosenhor
2812   « E la lïaltat e l'amor
        « Li vuelh tenir e la y tendray;
        « Per queus dic, dona, ses tot play,
        « Que mais voldria esser mortz. »
2816   Quan la dona l'au, sos mas tortz,
        Quan vic que no y poc enanssar,
        E vay en auta votz cridar :   (f. 22 d)
        « Agitori, senhors, trastut ! »
2820   Tug siey vestir foron romput
        E sos caps fon escrinassatz.
        Le cavaliers l'es escapatz
        Que de la cambra vay yssir.
2824   La dona lo pren a sseguir,
        Cridan : « Prendetz me lo trachor

2799 ve, *ms.* vey.

« Quem percassa ma dezonor,
« E que m'a cujada forssar ! »

2828   E tug se prendon ad armar,
Et el tantost pren son cavalh,
E, ses garsso e ses vassalh,
Cavalguec tant rege quom pot.

2832   Quil sec de cors, quil sec de trot,
Et el hac faita sa jornada,
E la dona remas irada,
Et el intrec dins son castel ;

2836   Tancar lo fey e ben e bel,
Qu'om no lo y pogues envasir.
Sos cavaliers ha faitz venir
Que venguesson ab luy parlar.

2840   Tot lo poble fey ajustar
Aquel jorn e mieg de la plassa ;
El senhor portec una massa,
Tant era fels e tant iratz.

2844   Aqui los ha totz predicatz
E lor ha contat son afar :
« Bels senhors, vulhatz m'escoutar,
« Quar yeu vos diray vertat clara, »

2848   So diss en G. de la Barra
A sos cavaliers y a sa gent.
« Be sabetz tug cominalment
« Que per lialtat e per amor

2852   « M'apelec lo rey mosenhor,
« Lo rey jove, cel de la Serra,
« Ques ieu li governes sa terra   (*f. 23 a*)
« Al miels qu'ieu saubra far ni dir ;

2856   « Et yeu, senhors, puesc vos plevir
« Qu'ieu en fazïa mon poder.
« A ma dona venc a plazer
« Qu'en sa cambra mi fey intrar,

2860   « E vam preguar e vam mandar
« Tot otra qu'ab liey mi colques ;

« Et yeu amera mais ades
« Esser mortz o vius escorjatz.

2864 « Tantost sos vestirs hac trencatz
« E totz sos cabels de son cap ;
« Et yeu no m'o tengui a gab :
« De la cambra vau tost yssir,

2868 « E tantost pres mi al fugir,
« Et ela cridan apres me.
« En ayssi vos dic, per ma fe,
« Bel senhor, cum fo per vertat. »

2872 Tug li cavalier an plorat,
Qu'an pïetat de lor senhor.
La regina volc far clamor
E volc a so marit mandar

2876 Per sas letras et envïar
Cum l'era del cas avengut,
E vay mandar qu'ades trastut
Li cavalier de la siutat

2880 Que tantost sïan ajustat,
Quar ela vol ab lor parlar.
Tantost se van tug ajustar,
E quan foron vengut essems,

2884 La dona diss : « Anc negus temps,
« Senhors, no fuy mais escarnida ;
« De dol cug que perdray la vida
« Si nom venjatz d'aquel trachor.

2888 « E mandatz tost a mon senhor
« Del trachor que m'a cujat far. »
Letras del fait van sagelar
E van las dar ad .j. corssier

2892 Que tost anes, ses alonguier,   (f. 23 b)
E van li dar aur et argent.
Lo messagier s'en vay leument
Ab so rocinet tot amblant.

2889 thracher.

2896   Dins .iij. jorns fon, al mieu semblant,
        Al senhor rey, lay en la ost,
        E va s'adenolhar tantost
        E val sas letras presentar.
2900   Lo senhor las pres a gardar
        E vay sonar al messagier
        E diss : « Es vers del cavalier
        « Que cujes far tal tracïo ?
2904   — Mosenher, ayssi Dieus bem do, »
        Diss lo messagiers, « non o say,
        « Mas qu'anetz entro la, sius play,
        « E vos saubretz la veritat. »
2908   Lo reys va layssar la siutat
        E desparar als Sarrazis,
        E lay hon li fon breus camis
        El s'en tornec dreit a la Serra,
2912   E vay dezamparar la guerra,
        Tant ac son cor fel et irat.
        Mosenh'en G. ha citat
        Que vengues tost personalmens
2916   Sobre alcus encuzamens
        Que la cortz li vol demandar.
        En contumacil van pausar,
        Quar anc sol no y volc comparer.
2920   Breumens, ses far pus lonc lezer,
        .IIII. vegadas fo citatz,
        Et a la quinta entimatz
        Qu'om procezira segon dreg
2924   Contra luy, si del gran naleg
        Qu'om ditz qu'el ha nos ve scuzar.
        Lo reys anec sas ostz mandar,
        E mandec que luns hom nol valha,
2928   E que per foc o per batalha
        Ques hom la Barra combates,   (f. 23 c)

2927 valha, corr. falha ?

E mosenh'en G. pendes
A la porta de son castel.
2932 E li trachor fals e cruzel
Foron contra luy acordat;
Tro la Barra n'an cavalguat
E vironat tot lo castel
2936 Que no n'issira .j. auzel,
Per cant que fos grans ni voles.
E mosenh'en G. ades
Se pres fort a desconortar :
2940 Sos cavaliers fey appelar
E sa gent tug cominalment,
E vay lor dir ab cor dolent :
« Senhors, lo reys mi vol aucir;
2944 « E pus quem coven a morir
« Per l'ialtat de mo senhor,
« Mais vuelh morir a gran dolor
« Que si vos autri morïatz.
2948 « Le filh e la filham layssatz
« E prestatz mi mon bon cavalh,
« E, ses garsso e ses vassalh,
« Ab mos efantetz m'en iray,
2952 « E quan .ij. jorns anat auray,
« E vos li rendetz lo castel. »
Le plors se levec de novel
De femnas, d'omes e d'efans,
2956 Quel senhor lor era compans,
Per qu'avïan trop que plorar.
Son cavalh li van amenar
En ploran el filh e la filha,
2960 E luns hom nos do meravilha
Del dol que menero tant gran.
La filha li mezo davan
El filh li pausero detras,

2930 mosenher. — 2937 grans, *corr.* paucs ? — 2948 filha me l.

2964   Et el vay dir : « Ay ! caitius las,
          « E vas cal part poyray tenir ? »
          La gens que l'auzic esmarrir   (f. 23 d)
          Amdos les pes li van baysar

2968   E totz les estrueps roseguar ;
          E fo nueitz, quel pols hac cantat ;
          Et el hac ayssi enartat,
          Per alugorar tot son fait,

2972   Que tant fe ques'el saub del gait
          La senha de sos enemics ;
          E la nueg, cum si fos amics,
          Per mieg lo gayt el vay passar

2976   E la senha lor reclamar,
          Et ayssi nol fero lunh mal ;
          E vay yssir per .j. rival
          E perdec la vista de l'ost,

2980   E cavalguec apert e tost
          Entro que fos bels jorns e clars.
          En .j. castel qu'a nom Pomars
          Ab sos efantetz arribec,

2984   Et aqui el se repausec
          Per lo trebalh ques ac sufert.
          Quan venc lendema, vay espert
          E cavalguec autra jornada,

2988   Et en .j. bosc d'obra talhada
          Vic una sala trop be facha ;
          Tantost vay lay e pueyss l'agacha
          E conoc qu'era de mezels ;

2992   Et el portava .ij. bossels
          En que portava de so vi ;
          El majer mezel, quan lo vi,
          Li vay demandar : « Quals etz vos ?

2996   — Cavaliers soy, mot vergonhos,
          « Que vau per la terra marritz,
          « E, sius platz, que si' aculhitz, »
          So diss en G. de la Barra.

3000 « Pus qu'etz cavaliers, intratz ara,
« C'atressi son yeu cavaliers, »
Diss lo mezels, « quar ja estiers
« Saïns no pogratz hostalar. »   *(f. 24 a)*

3004 El els efans van devalar
E van ss'en tot dreg vas l'estable;
E no portec denier corable
Mas floris d'aur per despessar.

3008 Le mezel fey de luy pessar
En una cambra tota sola,
E fel gent aportar sa ola
E sas toalhas per manjar

3012 E sos bels lanssols per colcar,
E sa vayssela yssament;
Son pa, son vi e son piment
Li fey de la vila venir;

3016 Ad home sa lo fey servir
De tot so que mestiers li fo.
De re no li diss hom de no,
Per so quar era de parage.

3020 Le mezel li queric .j. gage
Que no s'en anes dels .viij. jorns.
.VIII. jorns estec a bels sojorns,
E fo be servitz e pessatz.

3024 E quan les .viij. jorns ac passatz,
Hom li contec de son castel
Quel reys intrec per .j. portel
Ab grat d'aquels qu'eran dedins.

3028 Per hostages ne pres .iij. vint
Lo reys, e ses far autre mal;
E per lor senhor natural
Trastug van lo rey coffessar.

3032 El senh'en G., que contar
Ausic, vay dir en bassa votz :

3032 que, *corr.* qu'o?

« Aquel ver Dieus que venc en croz
« En sïa lausatz e grasitz
3036   « Quar mos pobles non es delitz !
« Trop han be fait tot so qu'ieu vuelh. »
Ades li ploravan siey huelh;
El cavaliers quel vic plorar,
3040   Qu'era mezels, val demandar :
Senher, » diss el, « per que ploratz ?   (f. 24 b)
— Senher, quar suy dezerétatz
« Per portar lialtat a senhor. »
3044   E pueyss al maiti, sus l'albor,
Mosenh'en G. volc montar;
Son caval li van amenar,
Et el vay montar totz premiers;
3048   E venc us gentils escudiers
Quel vay metre l'efant detras
E la filha li mes el bras,
El mezels li vay dar comjat.
3052   A l'escudier el hac donat
.XX. floris d'aur per so servir.
Le mezels le vay benasir
E vay lo comandar a Dieu.
3056   Mosenh'en G. s'en vay lieu
E cascun jorn fey sa jornada
Entro la terra n'ac passada
Del rey, so senhor, de la Serra,
3060   E fo vengutz en autra terra,
D'autre rey e d'autre lingage.
Aras seguit son dreg viage
E mes se, cum sol, el cami,
3064   Et al pe d'un castel el vi
Una maizo de resclusana;
La filheta no fo ges sana,
E vay la resclusa preguar
3068   Que, per Dieu, li volgues gardar
Aquela filha, sil plagues,

Que malas vias no tengues
Nis des aysina de mal far.

3072 La resclusa l'anec mostrar :
« E cum parlatz tan peguament?
« Qu'ieu ay fait vot entieyrament
« Que sola tostemps estaray,

3076 « C'autra companha non auray,
« Per qu'ieu ja far non ausaria,
« Qu'ieu non deg aver companhia
« Ni deg yssir viva ni morta.   (f. 24 c)

3080 — Dona, la ynfanta n'er estorta, »
Diss lo senhor, « si la prendetz.
— Senhor, pus que tant o voletz, »
Diss la resclusa, « per ma fe

3084 « Yeu o faray, e cug e cre
« Qu'ieu en seray fortment blasmada. »
La yfanta n'a soven baysada
Lo cavaliers e vay li dir :

3088 « Filha, tostemps aias cossir
« Que filha fust d'un cavalier
« Adreg e lial et entier
« Que vay pel mon a dezonor :

3092 « Per portar lialtat a senhor
« Es per tostemps dezeretatz ;
« E vos, dona, l'o remembratz,
« Sius platz, .j. jorn de la semana.

3096 — Per Dieu ! » so diss la resclusana,
« Aquo faray yeu volentieyra.
« Dieus vos guid' e vostra carrieyra,
« Si anc guidec pron cavalier !

3100 « De liey non aiatz cossirier,
« Que la yfanta n'er be gardada.
« Savals, quant seray trespassada,
« Ela remandra apres me. »

3104 La yfanta va pendre dese
E la mes dins sa maizoneta ;

El paire gardec la tozeta,
E pueyss trayss .l. floris,
3108   A la yfanta los amarvis,
De que compres aur e pro ceda.
Pus simpla fo que lunha feda
La yfanteta, e fo mot bela.
3112   Montatz es tantost sus la cela
E vas metre davant l'efant,
E volc cavalgar mais avant,
Si trobera ges d'aventura.   (*f. 24 d*)
3116   Tot jorn cavalguet d'ambladura
.XX. jornadas totas arrenc,
El derrier jorn en .j. bosc venc
Hont eran diversses layros,
3120   El solels fon ja trop en jos
Quar ades s'anava colcan,
E vec vos venir ab aytan
.XII. lairos trastotz armatz;
3124   E l'efant fon ja davalatz
Et ac gran paor de son paire.
Ab tant vengro li .xij. laire
E cujan lo gafar pel matre,
3128   Quel cujan del cavalh abatre,
El volon aucir e raubar.
Lo cavaliers se volc tornar,
E vay traire son bran d'acier :
3132   « Per Dieu ! » diss el, « trachor murtrier,
« Ja no m'escaparetz ayssi. »
Son caval moc e part d'aqui,
E va n'atenher .j. d'aquels :
3136   Sul cap l'atenh, mest los cabels,
Ab son bran ; tan cant li durec,
Entro la sentural fendec,
E casec mortz mest aquels .xj. :

3123 armas.

3140 « Hueymais », diss el, « no seretz .xij.
     « Encontra mi per batalhar.
     — Per Dieu ! » respos .j. bacalar,
     « No sabetz ges ab cuy parlatz,
3144 « Quel compans sera car compratz
     « En abans queus parcatz de nos. »
     Le cavaliers lor diss : « Baros,
     « Aquel efant nom toquetz ges. »
3148 E cascus diss : « Si m'ajut fes,
     « No faray ja. — Ni yeu. — Ni yeu ;
     « Ans vos juram ayci per Dieu
     « Que de luy non aiatz paor. »   (f. 25 a)
3152 Ab tant vengron tug li trachor,
     Quan l'efant agro segurat ;
     Tot lo caval l'an lanssejat,
     El cavaliers remas a pe
3156 Ab son bran d'acier, et este
     Segur cum si fos ses paor,
     Pero de morir hac temor
     Depus que perdec son caval.
3160 Ad .j. d'aquels vay donar tal
     Quel cap en redon ne portec,
     El cap volan tal colp donec
     A .j. dels autres son companh
3164 Que val ditar en .j. gran fanh
     Mort estendut, tot cabussat.
     « Be sembla de gran amistat »,
     Diss lo cavaliers, « d'aquels dos ;
3168 « Be semblavan bos companhos,
     « Quel mort ha mort lo viu baizan.
     « En ayssi s'aucizon urtan,
     « Cum aquelh dels babastels. »
3172 Cascus dels .ix. fo mot cruzels
     E d'aquel colp espaventat ;

3171 *Corr.* Cum fan al joc d. ?

E vengron li arlot malvat
Vas lo cavalier durament,
3176   Quel cujon aucir mantenent;
El cavaliers se fon giratz,
E l'efantet s'es engoyssatz,
Tal paor hac de so senhor.
3180   Lo cavaliers hac tal valor
Qu'en vay aucir tres el boscage.
Li .vj. foro de fort corage,
E volgro mais ades murir
3184   Que s'om los pogues escarnir
De lors compans c'avian perdutz.
Ab grans trosses d'albres bossutz
So vengut vas lo cavalier,
3188   El cavaliers, ses alonguier,   (f. 25 b)
Vay tantost penre son effant,
E vay ss'en far escut davant,
Quar elh l'avian assegurat.
3192   E tug l'arlot li an cridat :
« Layssa l'efant, fals rocinier! »
E respondec lo cavalier :
« Las soy e layssatz mi pausar,
3196   « E pueyss vejam qu'en saubretz far
« Quant .j. pauc mi seray pausatz
« E l'efant seras recreatz
« Ques cuja de paor morir. »
3200   El .vj. bacalar li van dir :
« Leva sus, rocinier, tantost,
« Si que no, abdos, quant que cost,
« Morras ades, l'efant e tu,
3204   « Quar de nos non i ha negu
« Que t'aiam cor de perdonar. »
L'efant tantost anec layssar
Le cavaliers, e pueys levec

3199 cujatz.

3208   Ab son bran d'acier que portec ;
        E veus les murtriers mantenent
        Ab lors taparels malament
        Qu'a terra lo van derrocar
3212   E tant nafrar e tant matar
        Entro que semblec que fos mortz :
        Laüs lo tira, l'autrel tortz,
        Que nos dec clam ni pauc ni pro ;
3216   Enpero, enqueras vius fo,
        Mas que non o fey a parvent.
        Descubrir lo van soptament,
        E van li raubar sos deniers :
3220   .C. deniers d'aur portec grociers
        E .v^c. floris de menutz,
        E l'efant s'es en pes mogutz,   (f. 25 c)
        E vay plorar desus son paire ;
3224   El .vj. raubador que van faire?
        De l'efant agron pïetat ;
        Encontenent l'an estrenat
        De .xx. floris quel van donar ;
3228   L'efant el payre van layssar,
        E van ss'en ab lor aventura.
        Ara fo la nueytz trop escura,
        El paire se moc .j. petit
3232   Quant ausic del filh .j. gran crit,
        El fils val descubrir la cara :
        « Ara, lo mieu efantet, ara,
        « Qu'ieu soy vius e non vali mens,
3236   « Mas qu'estïam tot simplamens
        « E vejam que Dieus nos dara. »
        Ab tant l'efant colar se va
        E mieg dels brasses de son paire.
3240   Quan venc al maiti, vay retraire

3221 *Le ms. ajoute* Tot dreiṭ a l'efant so vengutz, *vers évidemment surabondant.*

L'efant dels floris que l'an datz ;
El paire s'es meravilhatz
E vay dir : « Dieus lor o perdo

3244   « Le mal que m'an fait ses razo,
« Depus qu'elh so tant conoyssent ! »
Le jorns fon bels e clars e gent,
Quel solels se fo ja levatz ;

3248   E quan le jorns fon escalfatz
El se sentic afrevolir
Lo cavaliers, e pueyss vay dir
A so filh : « Le mieus cars efans,

3252   « Ieu me senti trop malenans
« E suy trop pres del trespassar,
« Per qu'ieu, fils, te vuelh comandar,
« E membret be so quet diray :

3256   « Tu non sabes ges qual nom ay
« Ni no sabes mo sobrenom :
« G. de la Barra per nom,
« .I. cav[a]lier dezeretat

3260   « Per portar a senhor lialtat,   (f. 25 d)
« Et aquest nom menbret tostemps,
« Quar enqueras seras essems,
« Si Dieu platz, am nostre linage.

3264   « Ara vay foras del boscage,
« Qu'ieu no vuelh quem vejas morir. »
E l'efant se pren esmarrir,
E vay son paire tant baysar

3268   Que no s'en podia layssar,
Ni parlar mot, ni pauc ni gran ;
El payre vay dir a l'efan :
« Jhesu Crist te puesca valer,

3272   « Qu'ieu not puesc autre pro tener,
« Ni not puesc, fils, acosselhar,
« Mas que pesses tost de l'anar,

3268 layssar, corr. lassar?

« E que tostemps sias lïals,

3276 « Quel linages es naturals

« Don ves, per paire e per maire;

« E tot filh deu creire son paire,

« Per quem crey, e faras ton pro. »

3280 L'efantet, ses autra razo,

Vay dir : « Senher, a Dieu sïatz,

« E sius platz, senher, vos mi datz

« La vostra benedictïo.

3284 — Benasiguat lo rey del tro

« El sieu Filh el Sant Esperit;

« E no metas ges en oblit

« Lo mïeu nom per negu affar.

3288 « Dieus te do tal rey encontrar

« Quet prenha per son escudier! »

Adonx plorec le cavalier

Al par[ti]ment de son effant.

3292 L'efantet s'en vay ab aytant,

Tot da pas, regardan son paire

E vay devenir en .j. cayre   (f. 26 a)

En que trobec .iiij. camis,

3296 E per aquel quel fon a vis

L'efant se mes ad aventura;

Et aytant cant aquel bosc dura

Le camis es e bels e plas;

3300 E l'efant no fo ges be sas;

Enpero del bosc fon yssitz,

E vic aqui mantas berbitz

E pastorals ab lors dobliers;

3304 E l'efantet fo plasentiers

E va lor del pa demandar.

Les pastorels li'n van donar

E del vi dels lors barriletz;

3308 E manjec .j. pauc l'efantetz,

3286 en noblit.

Mas anc del vi no poc tastar :
De l'aygua li van aportar.
Ab lor se tenc gent e suau;
3312   Estendrel van .j. balandrau
A l'efantet en ques pauses,
E van lo descaussar apres,
E pueyss li van sos pes fregar;
3316   E l'efant vay .j. pauc susar,
E vas doussamens adormir.
Lo gran pastor le vay gequir,
El mendre nol volc desparar,
3320   Ans vay a bona fe jurar
Que lus temps nol voldra falhir.
Et ab aytant vec vos venir
Lo noble rey qu'era d'Ermini.
3324   En la mar layssec son navili
Per so quar anava tant luenh.
De l'efant se vay donar suenh
Qu'el vic sul balandrau estar.
3328   L'efant fo vestitz d'un vert clar
Am partidura de vairet.   (f. 26 b)
Lo reys sonec al pastoret,
El pastorel venc aytant leu :
3332   « Amics, » diss el, « not sia greu
« Si tum dises d'aquel effant
« De cuy es, que tant bel semblant
« Li veg far, sembla de parage.
3336   — Senher, » diss el, « d'estranh lingage
« Es l'efans, e no say qui s'es, »
Diss le pastor; « si m'ajut fes,
« Senher, aytant o say quant vos.
3340   — L'efantet sembla bels e bos, »
Diss lo reys : « vay lo m'amenar. »
L'efant anec tost revelhar

3311 se tenc, ms. s'estenc.

Le pastor e fel levar sus,
3344 E l'efantet fon cayss dejus,
Mas ques hac la febre perduda,
Et estec dreit cum causa muda,
E vay lo pastor abrassar :
3348 « Compans, hon mi voles menar, »
Diss l'efantet, « ni en cal loc ?
« Quar pecat fey qui d'aquim moc,
« Quar ieu estava sobrebe. »
3352 Del pastoret vos dic per fe
E de l'efant qu'eran d'un gran.
Le pastor respos a l'efan :
« Compans, » so diss le pastoret,
3356 « Ad .j. rey que per vos tramet
« Vos menaray, si a vos platz. »
E l'efantet s'es remembratz
De la promessa del pairo,
3360 Quan li dec la benecïo,
Que Dieus li dones encontrar   (f. 26 c)
Tal rey quel volgues amparar
El preses per son escudier.
3364 Le bos reys, ses pus alonguier,
Fey l'efant sezer costa si :
« Mo filh, » diss lo reys, « e cossi
« Etz vos vengutz en esta terra ?
3368 — Del regeime suy de la Serra, »
Diss l'efant, « senher, per vertat,
« D'un cavalier deseretat
« Per portar lialtat al senhor. »
3372 Lo reys hac mot gran cor dolor
Quan l'efantet ausi parlar
Tant gentilment e razonar ;
El reys diss que nol falhiria,
3376 E vol que de son hostal sia,

3350 Quar, corr. Que ? — 3372 Corr. hac al cor gran doussor ?

De majers raubas d'escudiers ;
E totz cridan les cavaliers :
« Ben avetz facha gran merce. »
3380   El reys hac fait venir dese
.I. rossi petit hon montes.
L'efant se despulhec ades,
E vay sonar al pastorel :
3384   Tot premier li dec so mantel
El gardacors e la gonela,
La sentura e la coutela,
Una petita que portava ;
3388   Sa jupa de sendat li dava,
E remas totz blos en camiza ;
E fasia .j. pauc de biza,
Mas quel reys lo vay abricar.
3392   Al pastoret vay to[s]t donar,
Vesent de totz, tot so vestir
E l'efant se pres a bordir   *(f. 26 d)*
Ab sa cabreta que portec ;
3396   E la rauba tant gent l'estec
Cum si a luy meteyss s'es facha.
El noble reys l'efant agacha,
E val far talhar rauba nova ;
3400   E vay dir lo reys ans ques mova
Que l'efantet fora vestitz.
Le vestirs fo leu devesitz
E fo leu cosutz e talhatz ;
3404   A l'efantet fon aportatz,
E l'efant dormic en la fauda
Del rey ; hac .j. pauc la carn cauda
Per lo trebalh ques hac sufert.
3408   Le pastor li sonec espert,
Ses trop cridar e ses gran brut,
E l'efantet l'ac entendut,

3387 que, *ms.* quen. — 3397 s'es, *corr.* fos ?

E tantost se vay revelhar.
3412 Sos vestirs li van aportar
E vas vestir el nom de Dieu,
El pastoret s'en vay tant lieu
E retornec a son bestiar.
3416 Lo reys montec per cavalguar
. . . .
El reys fay portar .j. minhot
Qu'om li coses desus la cela,
3420 E la cela fon de paiela
E tot l'arnes ques el portec.
Lo rey ab l'efan cavalguec
Sol e sol, ses pus companho;
3424 E l'efant fo de gran faysso,
E fora miels si fos gueritz.
De sa boca fon gent noyritz
E gent dotatz en son parlar
3428 Tant quel reys le volc affilhar,
Quar non avia filh ni filha.
E tug se dero meravilha   (f. 27 a)
Del rey quar tant fortment l'amec,
3432 Quar, vesent de totz, l'afilhec,
E va l'en la boca baysar.
Eras lo tengro trop pus car
Que no fazian de premier.
3436 Ayssi s'en van ab alegrier.
E layssem los hueymais anar,
Quar l'efant pot trop ben estar
Pus quel rey n'a fait heretier;
3440 Parlem del gentil cavalier
Mosenh'en G. de la Barra,
De sa vida cum fon amara
E cum gueric de son greu mal.
3444 .I. mege trobec natural

3417 Vers omis.

Ques el bosc l'anec encontrar,
Quel fey .j. banh haparelhar
Quan l'ac portat en son hostal,
3448   Ques anc pueyss nos sentic lunh mal,
E quel tenc be ab si .vij. ans,
E de raubas fon sos compans,
Tant se fel cavaliers grasir.
3452   Tant gent se saubon avenir
Amdos e tant gent acordar,
Per c'ueymais los layssem estar,
Quar elh s'endevendran trop be.

Eras ausiretz cum fo conoguda e maridada al comte
de Terramada la filha de mosenher G. de la Barra,
cum fo traita de la resclusa.

3456   De la filha quals vias fe
Vos vuelh senes messonja dir.
.X. ans, qui o sab devesir,
Ac la filheta per vertat,
3460   Quar .vij. ans hac laïns estat
E quant intrec avia'n tres.
Punhat hac .j. an e dos mes   (*f. 27 b*)
En obrar dos minhotz subtils,
3464   Les pus azautz els pus gentils,
Que degus hom non vic sos pars;
Et ac faitz ayssi sos affars
La yfanta, quan los comenssec,
3468   Qu'al mieg loc de cascu layssec
.I. escut blanc ad aventura,
Ses obra e ses broydadura,
E ses forma de lunh senhal.

RUBRIQUE, conoguda, *ms.* conaguda.

3472 La resclusa li diss aytal :
« Filha, aquest loc que faran
« Ses color? be non estaran
« Ni seran plasent per gardar. »
3476 La yfanteta li va mostrar :
« Dona, » diss ela, « s'a vos platz,
« S'ieu dic be e vos m'o lausatz,
« E si dic mal que m'en blasmetz,
3480 « Quar vos mi devetz totas vetz
« En faitz et en ditz corregir.
« Vec vos, dona, lo mieu cossir
« D'aquels escutz que so tug blanc :
3484 « Le senhal del noble rey franc
« Jhesu Crist per cuy em salvat
« E mon corage m'ai pessat
« Que y fassa, la vermelha †,
3488 « Per tal que Dieus auja la votz
« De las gens quels minhotz veiran,
« Quar per cert say que tug diran :
« Dieus li do gaug qui faitz los ha !
3492 « E Dieus calaquom n'ausira,
« Quem donara gaug del mieu paire,
« Que novelas no n' aug retraire
« Ni say si jamais lo ve[i]ray ;   (f. 27 c)
3496 « E vec vos, dona, s'a vos play,
« Qual senhal vuelh far els escutz,
« Quel mieu payre cug qu'eis perdutz,
« Per qu'ieu vau tot jor sospiran.
3500 — Cela que gardec san Johan,
« Filha, te garde de tot mal,
« E quet layss veser sa e sal
« Le tieu franc paire ses orguelh !
3504 « Enpero, filha, dir te vuelh,
« E que no m'en vuelhas passar,

3476 La resclusa.

« Que latz la † vuelhas pausar
« Lo senhal del comte Simo,
3508   « Mon bo senhor, cuy Dieus perdo,
« Comtes que fo de Terramada.
« Esta maizos endeficada
« Fo per luy, quant ieu fuy enclausa.
3512   « Per luy estam en sana pausa,
« Que non avem cossir de re.
« E vec vos, ma filha, per que
« Vuelh yeu quel sieu senhal fassatz.
3516   — Dona, pus que vos m'o mandatz,
« Mostratz me del senhal quals es, »
Diss la yfanta, « quar ieu en res
« No vos deg moure lunh contrast. »
3520   Ab tant s'en montec sus .j. trast
Hon tot jorn la yfanta cozia,
E fey la crotz d'obra d'Ungria,
Quan la resclusa l'ac mandat;
3524   E, tantost cum lo y hac mostrat,
Fey lo senhal del coms apres;
E semblec quel locs flamejes
Lay hon li duy minhot estavan,
3528   Quan descubertz les demostravan,
Tant eran bel e resplandent
Pel gran aur e pel gran argent
Que y fo mes per divers[es] locs
3532   E per mantas colors de flocs   (f. 27 d)
Que y foro mes de palm en palm.
Pueyss, lo dijous davant Rampalm,
La resclusa volc cumenjar,
3536   E vay pel capela mandar
Que vengues am Nostre Senhor.
L'efant comte fo sus la torr;
Quant ausic l'esquila tendir,
3540   E[l] dissendec, e vay venir
Vas Nostre Senhor de gran pas;

Mant baro li feiro solas
E la comtessa que y anec,
3544   Maire del comte, y afiblec
.I. mantel negre, ses tot gab,
E las donzelas d'aquel drap
Foron vestidas yssament,
3548   E li scudier cominalment
Per lor senhor qu'avian perdut,
Que Sarrazi l'agron vencut
En una batalha campal;
3552   Mas per l'efant tot lor greu mal,
Quan lo vezian, lor demembrava,
Quar el [lor] valia e donava,
Et era sobrebels efans;
3556   E fo d'etat de .xiiij. ans,
E fo sols comtes heretiers,
E fo gays e fo plazentiers;
E venc premiers honestamens
3560   Vas Nostre Senhor simplamens,
E vas tantost adenolhar,
El capelas vay presentar
Per devant totz l'ostia sagrada.
3564   La resclusan'ac cofessada
De sos pecatz le capelas;
Nostre Senhor tenc en sas mas
. . . .
3568   Los articles li vay mostrar,
Aytals cos tanha, de la fe.   (f. 28 a)
Vesent de totz, aqui dese,
La resclusana cumenjec,
3572   E la yfanta detras li stec,
Que luns hom del mon non la y vic,
Ni no la y saub ni la y sentic.
Quan la femna hac cumenjat,

3567 Vers omis.

3576　Al capela n'ac presentat
　　　Per davant lo pron coms aqui
　　　Les dos minhotz, et en ayssi :
　　　« Senher, » so diss, « ieu[s] vuelh pregar
3580　« Ques aquetz minhotz sus l'autar
　　　« Sïan, senher, quan cantaretz;
　　　« E prec vos, sius platz, que preguetz
　　　« Per cela quels obrec tant gent,
3584　« Que Dieus li done gauziment
　　　« Del sieu paire que perdut ha,
　　　« Que no sab si mais le veira. »
　　　E la yfanta ades plorec
3588　Per son paire e sospirec
　　　Suau, per tal qu'om no l'ausis.
　　　Li gensser minhot ques hom vis
　　　Foron aquelh per veritat.
3592　L'efantet comte ha mandat
　　　A dos escudiers mantenent
　　　Que del[s] dos minhotz belament
　　　Cascus ades preses lo sieu,
3596　E ques acompanhesson Dieu
　　　Entro que fossan al mostier;
　　　Mant ric baro, mant cavalier
　　　Aneron yssament ab lor,
3600　E tornec ss'en Nostre Senhor.
　　　El capelas, ses pus triguar.
　　　Les minhotz pausan sus l'autar
　　　En ayssi cum lor fo mandat,
3604　E pueyss tug essems son tornat
　　　Dreit al comte vas la resclusa,
　　　E viro quel coms fey la musa　　　　(f. 28 b)
　　　Al trauquet de la resclusana;
3608　La resclusa de luy se pana
　　　E vay son portanel serrar;

3589 auses. — 3606 comte.

L'efant lo y cujec tot trencar
Entro sa maire le vedec,
3612 Mas per tant l'efant no s'ostec,
Ans volc saber don son avutz.
« Mo filhet, no siatz mogutz, »
Diss la maire, « per lunha re
3616 « Quar yeu vos jure per ma fe
« Ques ela, pus ha comenjat,
« Non deu aver .j. mot parlat
« Entro lendema, per lunh cas;
3620 « Per que, mo filhet, s'a vos plas,
« Tornatz vos lassus al castel.
— Dona », diss l'efant, « bon e bel
« M'es tot so que vos me disetz,
3624 « Pero, si ma vida voletz,
« Al maiti sapcham la vertat. »
L'efant e tug s'en son montat
E la comtessa yssament,
3628 El sospir veno doussament
De l'effantet, de pas en pas,
E diss suau : « Ay! caytius las,
« E cora sera jorns dema? »
3632 La maire lo gardec de pla
E vic lo tot descolorat.
Un baro l'efant ha gardat
E conoc le mal de l'effant,
3636 E val gent dir ab bel semblant :
« Senher, nous corrossetz de re,
« Quar al maiti farem tot be
« De so que vos pus desiratz. »
3640 E l'efantet s'es conortatz
Quant ausic le baro parlar.
Lors especias fero portar   (f. 28 c)

3611 sa, ms. so. — Ibid., le, corr. l'o? — 3641 baro, le copiste
avait d'abord écrit l'efantet, qu'il a effacé.

El vi que foro clar e bo.

3644 L'efans nos partic del baro
Que l'ac en ayssi conortat.
Quan agron begut, dan comjat,
E l'efantet se mes el lieg
3648 E dormic .j. pauc per desieg,
E sus l'alba el fo levatz;
Dreit al baro s'en es anatz
Que l'ac en esperansa mes;
3652 Levar le fey, e pueyss al pres
Pel ma, e van ss'en deportar.
Al portier hac volgut mandar
L'efant que negus non yssis
3656 De sa companha ni ubris
La porta tro qu'el fo tornatz.
L'efant ab le bar n'es anatz
Parlan dels minhotz e non d'als.
3660 Le baro fo bos e lïals
E no fo mal acosselhatz.
« Senher, » diss el, « sol quem cresatz,
« Vos auretz tot so que voldretz;
3664 « Gardatz vos be que no parletz
« Ab mi, nius vulhatz razonar,
« Mas que pessem de l'escoutar. »
E quan foron a la femneta,
3668 Ausiro que diss la tozeta :
« Ma dona, levar m'iey encara? »
La resclusa diss : « Filha cara,
« Trop es maitis, la fe queus deg,
3672 « Mas que durmatz e tot a pleg,
« Et yeu levaray me premieyra. »
Ab aytant tengro lor carreira
Le bar e l'effant so senhor,
3676 E tornan ss'en ab gran baudor

3643 *Corr.* el[s] vis? — 3674 lavaray.

Et intran ss'en dins le castel
E bastiro gaug de novel,   (f. 28 d)
E negus hom no saub per que.
3680 Las portas fey ubrir dese
L'efant, per so quar grans jorns fo ;
Ma e ma venc ab lo baro
Vas sa maire, quan fo levada ;
3684 E quan l'efant l'ac saludada
A despart la vay tost tirar
L'efantet, e vay li contar
De la resclusa qu'a solas ;
3688 « Et anatz lay, dona, sius plas. »
E tantost pessan de l'anar.
La comtessa vas setïar
Davant l'usset de la resclusa.
3692 « Ma dona, la cara vos suza, »
Diss la resclusa, « trop fortment ;
« Betz venguda cochozament.
« Contatz, dona, lunhas novelas ?
3696 — O yeu, dona, bonas e belas, »
Diss la comtessa, « per ma fe ;
« E nom vulhatz mentir de re,
« Na femna, de so queus diray.
3700 — Dona, per ma fe, no faray.
— Les minhotz don avetz avutz
« Ni qui los ha tant gent cosutz
« Ni d'obra tant gent devesitz ?
3704 — Dona, dic vos, per san Felitz,
« Qu'ieu los ay ben e bel compratz.
— E vos am cuberta m'anatz, »
Diss la comtessa, « en ayssi !
3708 « Autra vetz vos quier si e si,
« Na resclusana, quem digatz
« Dels minhotz ques avetz compratz,
« De qual argent vos les compretz ?
3712 — Dona, per la fe quem tenetz,

. . . .
      — Na vielha, quant que mal vos sia, (*f. 29 a*)
      « Mal vostre grat, vos o diretz,
3716   « Si que no, vos o compraretz,
      « E sul cors vos o vendrem car. »
      La maizo pessan del trencar,
      E derrocan una paret,
3720   Et intrec premier l'efantet,
      Ses tot preguar, ab lo baro,
      E la yfanteta el bras fo
      De la femna espavorida.
3724   La yfanta en auta votz crida:
      « Jhesu Crist, vos m'acosselhatz!
      — Si fara, filha, s'a Dieu platz, »
      Diss lo bar que fon ab l'efant.
3728   La comtessa venc ab aytant
      E vic la yfanta enblasmada;
      En sos brasses la n'ha levada,
      E la femna remas soleta.
3732   Yssir s'en van ab la tozeta
      Ses tornar la paret en loc.
      No poc dire ni no ni hoc
      La resclusa, ni poc parlar;
3736   Tantost el lieg se vay colcar
      E semblec que del tot fos morta.
      E la yfanteta fon estorta
      E be servida e pessada;
3740   Sa rauba li fon aportada
      D'escarlata ab vair menut,
      E semblec faita per vertut,
      Ses obra, de tota natura,
3744   Ayssi fo faita per mesura.
      El perseguiro sas faissos,
      Que semblec de paradis fos

3713 *Vers omis.*

Venguda per obra de Dieu.

3748.   E, sius platz, contaray vos ieu
De l'effant cum sufric trebalh   (f. 29 b)
Per lieys ques era de bel talh,
Mas anc l'enfant non ausec dir :

3752   Al baro anec descubrir
L'amor que portec a la yfanta.
Ses tot dampnage e ses anta,
Breumens, la volia per molher.

3756   El baro li respos : « Cum er
« De ma dona si o voldra?
— Cal se vuelha ela fara, »
Diss l'efans, « ques ieu la pendray. »

3760   Aytantost le baro s'en vay
A la comtessa contar tot.
La comtessa al premier mot
Vay respondre que bo li sab,

3764   E la yfanta jurec son cap
Que lus temps mais no manjaria,
Si la reclusa no vesia,
Mas que morria per desieg.

3768   La comtessa ab gran delieg
Ab sas donzelas volc anar
La resclusana vesitar ;
E quan foro lajos ad ela,

3772   A l'ueyss sonec una donzela
E trobec leu quil respondes,
Quar la sirventa venc ades
A la porta cochozament,

3776   E la comtessa belament
Diss : « Que fazia la rescluzana ?
— Dona, jamais no sera sana
« Ni non er viva al maiti. »

3780   La pros comtessa diss : « Per mi,
« Quan m'entendra, resperira. »

3781 respira

E la comtessa li sona
Et enquer si pogra sonar.   (f. 29 c)

3784   La yfanta se pres a cridar,
E la resclusa la 'ntendec
E de contenent respirec
E vay recobrar son parlar :

3788   « Na femna, voletz escoutar, »
Diss la comtessa, « per ver dir
« So que Dieus ha fait avenir?
« E donatz vos gaug per tostemps.

3792   « Ades vuelh, mentre qu'em essems,
« Que la yfanta mande mo filh,
« Et er gardada de perilh ;
« E digatz me de qual loc es.

3796   — Ma dona, si m'ajut ma fes,
« Ieu vos diray la veritat :
« D'un cavalier dezeretat
« Per portar lialtat al senhor,

3800   « Que lam comandec per amor,
« E que lïalmens la y gardes.
« La yfanta non es ges de pres,
« Per qu'ieu so linage no say.

3804   — D'on se vuelha, que fort mi play, »
Diss la comtessa, « per ma fe. »
Le mandament fero dese;
E la resclusa levec sus

3808   De gaug, que non poc aver pus
Si fos laïns en paradis.
La yfanta mot gent la servis
Si cum n'era acostumada,

3812   E pueyss apres s'es enclinada
La yfanteta de denolhos,
Ab us sospirs trop amoros
Que fey aqui, quan s'en partic.

3783 sonar, *corr.* parlar?

3816 La resclusa la benasic
Et a Dieu la vay comandar.
Le matremoni van lassar, *(f. 29 d)*
E l'avesques que y fon del loc,
3820 Ses tota cort e ses tot joc,
Per so quar eral jorn de Rams;
E pueyss pogro dire qu'entr'ams
Forol pus bel parelh del mon.
3824 A la proceciu aneron
Quant hom dec lo rampalm senhar,
E tug la volgro tan mirar
Cum si fos venguda del cel,
3828 E pel matremoni novel
C' avïa fait ab lor senhor.
Tal gracia se dec e lausor
Qu'ieu declarar nous o poyria.
3832 E quan la procecius yssia,
Delatz las reliquias portavan
Les minhotz, que mais les gardavan
Que no fazïan les cors sans.
3836 Homes e femnas et effans
Dizïan tug cominalment
Que Dieus li des son compliment
Qui los minhotz saub tant gent far.
3840 Tot lo careime van passar,
E venc lo gay temps de pascor,
E l'efant fo compres d'amor,
E vay far assignar lo dia.
3844 Aquel jorn pres cavalaria
De Nostra Dona, sus l'autar.
L'avesques volc l'ufici far
Per honor de[l] comte Simo,
3848 E vay comenssar sa razo :
« Dona, » diss el, « cum avetz nom ?
« Non ay que far del sobrenom, »
Diss l'avesques, « si ieu nol say.

8

3852   — Na Braylimonda, senher, ay   (*f. 3o a*)
       « Nom per vertat, segon qu'ieu cre. »
       Si cos tanh, segon nostra fe,
       Le matremoni vay lassar,
3856   E pueys vay la messa cantar
       L'avesques, et am nota gran.
       Dels dos, dels treps ni del mazan,
       Per ma fe, non parlaray pus,
3860   Mas be say ques anc no y fon us
       Que no fos rics al departir.
       Del solas no vuelh devesir
       Ni del gran gaug que Dieus lor dec :
3864   Ses tot efant dos ans estec,
       Et al cap dels .ij. ans fo prens
       La ifanta, e pueyss veramens
       Hac filh mascle que fon grasitz.
3868   No cal dir cum fo gent noyritz
       Ni cum en saubo gent pessar ;
       A'n G. Barra vuelh tornar
       Qu'ab lo meges volc perregir.
3872   Al cap dels .vij. ans vay morir
       Le mege, e van comjat dar
       Al senh'en G. e mandar
       Qu'el nom de Dieu feses son pro.

Eras ausiretz cum anec queren so filh e sa filha per
       lo mon mosenher G. de la Barra.

3876   Guillem Barra, ses pus razo,
       Pres comjat e tenc son cami,
       Quiren a for de peleri
       E manieyra d'om de parage ;
3880   Et ac pres .j. aytal usage,
       Quan queria qu'om li fes be,

E dizia qu'om l'agues merce
Al cavalier dezeretat
3884 Per portar a senor lialtat,   (f. 3o b)
Qu'estiers no sabïa querir;
Et en ayssi vay trop languir
Per tot lo mon .xv. ans e pus,
3888 E pueyss, quan venc en .j. dilus,
El volc vas sa terra tornar,
Quar la nueg hac volgut somjar
Que sa filha era comtessa
3892 E so filh que, per endemessa,
Era reys per astre vengutz.
Le cavaliers es tost mogutz
Per tota la terra sercar,
3896 Que vol le somi averar
Per trebalhar a negun for.
Enqueras hac e cors e cor,
Quar non ac passatz .xl. ans.
3900 E venc lo cavaliers presans
Hon sa filha fo maridada,
Al pro comte de Terramada,
Que la trayss de la resclusana;
3904 Le qual, per cascuna semana,
Avïa .m. marcs d'aur de renda,
Estiers autra rica prebenda :
Per cascu mes .m. marcs d'argent;
3908 Et hac dels efans yssament
.III. o .iiij., segon quem par.
Per astre lo y volc Dieus menar,
Qu'el non sabïa hont anava :
3912 De castel en castel sercava
Si trobera silha ni silh;
E ja negus nos meravilh
Q'el no sabïa autras novelas.

3882 E, corr. Que ? — 3894 tost, ms. totz.

3916   Totas li foran sobrebelas
       Si dels effans ausis parlar.
       Dedins la forssa vay intrar
       D'aquela siutat natural,
3920   Et era lo jorn de Nadal,
       E venc lay le pros cavaliers.
       Intrar le laysset le portiers,
       Ques anc en re nol contrastec;
3924   E la dona del loc estec
       El monestier ab sas donzelas,
       El cavaliers intrec mest elas,
       E fon bels e fon gent vestitz
3928   E pels cavaliers aculhitz;
       E quan la messa fo cantada,
       Duy cavalier an tost levada
       La dona e van la sufrir,
3932   El cavaliers li vay querir
       Almoyna per amor de Dieu :
       « Dona, » diss el, « aquel son ieu
       « Gentil home dezeretat
3936   « Per portar a senhor lialtat,
       « E faitz me be, que mestiers m'a. »
       E la dona gardar lo va
       E val remenbrar del sieu paire,
3940   E fon plasens e de bon ayre;
       E vay .j. gran sospir ditar
       E pueyss sa borssa destacar
       . . . .
3944   Ab totz los deniers que portec,
       Hon portec be .c. sol[s] e pus.
       Mosenh'en G. fon dejus,
       E la dona val covidar
3948   E que remases per estar

3943 *Vers omis; qu'on pourrait ainsi rétablir :* Et al cavalier la
donec.

.VIII. jorns per honor de la festa.
Anc non li calc jurar sa testa,
Quel cavaliers tantost o pres.
3952   Bel covidera pus espes   (*f. 3o d*)
Si saubes que son paire fos,
El paire fora pus joios
Si saubes qu'ela fos sa filha.
3956   Las taulas meton jos la trilha
Quar lus temps no y fazïa freg,
Mas trop gentil temps et adreg;
El senhor vay premiers sezer
3960   E la dona, de gran plazer,
Sec apres luy, ses tot meja;
.I. escudier bon e serta
La taula mes al cavalier;
3964   Costa luy mes .j. escudier
E costa lor mes los effans;
Negus hom no sabia enans
Qu'el fos cavaliers adobatz,
3968   Quar per lor fora mais hondratz;
E comensseron a manjar.
Le senh'en G. vay talhar
Als efans, els amenistrava;
3972   E la dona tot so gardava
El comte paire dels effans.
Le cavaliers fon bels e grans,
Et estec bel e dreg en taula,
3976   E nol plac dire lunha faula,
Mas no sabïa ges hont era,
Que l'arma el cors ne donera
Si saubes qu'ela fos sa filha.
3980   La dona diss, ses tota quilha:
« Senher, aycel gentils hom par.
« Vejam si voldra governar
« Les effans quant aurem manjat,
3984   « E sapcham, senher, la vertat,

« Quar el sembla de gran valor. »   (*f. 31 a*)
Ab tant vay mandar lo senhor
Que las taulas fossan levadas,
3988   E tantost vengron las mainadas,
Las taulas bayssan al dejos;
Les effans van a dos a dos
Vas lo paire e vas la maire,
3992   El cavaliers fo governaire
Cum si lo 'guessan comandat.
Al paire son adenolhat
Et a lor maire mantenen;
3996   Le cavaliers per la mals pren
E van ss'en essems deportan.
Tant fort be[l] temegron l'enfan
Cum sils agues tostemps noyritz.
4000   Les effans foron gent aybitz,
E cridero davant lor paire
E de la comtessa lor maire :
« Autre maistre no volem nos. »
4004   Tug .iiij. l'abrassan dejos
Per las cambas lo cavalier.
« Ja nol tolam aquel mestier »,
So diss la dona, « lus temps mais,
4008   « Quar el sembla sertz e verays
« Et en totz sos faitz afortitz. »
.III. ans estec aqui complitz
En la cort ab aquels effans,
4012   Pero l'estars li fon affans,
Quar los sieus efans no serquec.
Del somi tot jorn li membrec,
Per que nos dava gaug ni be.
4016   Pueyss en apres, que bem sove,
Le jorn d'an nou, us escudiers
Qu'era cavalguans e leugiers   (*f. 31 b*)
Volc assajar .j. mal cavalh,
4020   E val brocar en jos cabvalh

Una costa sobrecorrent,
El cavals no volc far nïent
Per l'escudier ques era sus,
4024 El pros coms vay dire que pus
No tengra mais aquel cavalh,
E fey davalar le vassalh,
E pueys cujal cavalh traucar;
4028 El maistre lo vay devedar
E val pregar que fait no fos,
Quel cavals era bels e bos
Si fos qui bel saubes menar.
4032 L'escudier lo pres a gardar
Ques hac lo cavalh cavalguat,
E diss de mala voluntat :
« E donx, maistre, montatz sus, vos! »
4036 Lo maistre diss : « Trop voluntos,
« Ab sol qu'o vuelha mo senhor. »
Tug lo van preguar per amor,
Lo senhor, ques a luy plagues.
4040 La dona diss : « Per lunha res
« Le maistre no y montara ja. »
Tantost lo pe en l'estruep ha
Lo maistre, ses autre comjat,
4044 Et estec dreit e be serrat,
Et al cavalh .j. pauc mogut,
E tantost el ha conogut
Devas cal part se vol girar.
4048 Dos esperos li van caussar,
Et anar lo layssan cabvalh.
Lo maistre broquec lo cavalh
Duramens cabvalh la gran costa.
4052 La dona diss : « Petit li costa   (f. 31 c)
« Al maistre son gent cavalguar. »
Ayssil fey per tot voutejar
Cum si fos us petitz rocis;
4056 Semblec sul caval gent assis,

Ayssi venc sautan pels valatz,
Ayssi fon gent adoctrinatz,
E fe tot so quel maistre volc.
4060   Quan fo davalatz no lo y tolc,
Lo maistre, mas que lo y vay dar.
El coms fey una cort cridar
Per far lo jorn de san Johan ;
4064   .C. cavaliers en aquel an
Vol far le pros coms si e si.
Al maistre vay dir en ayssi :
« Maistre, vos serez cavaliers,
4068   « Qu'ieu no fera la cort estiers
« Si per vos no fos ad hondrar.
Le jorn se vay appropïar
De la festa de san Johan.
4072   Adonx viratz trop gran mazan
. . . .
Totz los cavaliers van velhar
Davant l'autar al monestier.
4076   L'endema leva tot premier
Le maistre, e va l'adobar
Lo pros coms, e va l'estrenar
D'un castel hont eran .m. focs,
4080   Et als autres castels ni locs
Non dec, mas arnes o quavals.
Le maistre fo bos e cabals
E fe captienh de cavalier.
4084   Be dec saber l'ondrat mestier
Que pertanh a cavalaria,
Quar autra vetz no fon .j. dia,
Avans que sa filha fos nada.
4088   La cortz passec, gent acabada,

4061 *Corr.* Lo senher ? — 4073 *Vers omis.* — 4087 *La phrase*
semble incomplète; il manquerait au moins quatre vers, à moins
de corriger au v. précédent no en lo.

E mosenh'en G. estec

Al castel quel pros coms li dec,   (*f. 31 d*)

E no volc son dreit nom nomnar.

4092 Le pros coms le volc pus montar,

Qu'en fey so majer senescalc.

Anc major poder no li calc,

Quar major no lo y poc donar.

4096 En ayssi saub gent governar

La terra ab dreg y ab merce

Que nol poc rependre de re

Luns hom qu'ab luy agues a ffar.

4100 Ab tant, .j. jorn, vec vos intrar

Per mieg la cort .j. messagier,

E fey captienh de cavalier,

E garec be en son parlar,

4104 E vay dir e vay prepausar

Las novelas ques el portava

Davant lo comte que s'estava

Ab sos baros en .j. bel prat :

4108 « Senher, » diss el, « per veritat

« Ieu porti .j. deffizament

« Del rey d'Ermeni lo valent,

« Si nol reconoyssetz la terra,

4112 « Quar totz sosmes que tant fort erra

« Que desconosca so senhor

« Nol deu luns hom portar honor,

« Mas qu'om lo deu viu escorjar;

4116 « E vos etz en aquels, som par,

« Que vostre comtat, que tenetz

« De mo senhor, desconoyssetz,

« Que nol voletz far traütage.

4120 « No remandretz en lunh lingage,

« Ni poyretz al rey escapar.

« Vostra gent faretz malmenar

« E vostra terra metr' a foc.

4124 « Per que, senher, digatz me d'oc,   (*f. 32 a*)

« E faretz, senher, vostre pro. »
Le pros coms levec son guinho
E vay .j. pauc son cap crossar,

4128   E vay al senescalc mandar
Que respones al messagier
A fuer de noble cavalier,
Per defendre son bo senhor.

4132   Lo senescalc se dec lausor
Quar el dec pagar davant totz.
Levec sus et en auta votz
Al messagier fey so respost,

4136   E diss : « Compans, guerra ni ost
« Quel rey d'Ermeni sabcha far
« Ni son poder no cal duptar
« A mo senhor, nil presa re,

4140   « Ni sa terra de luy non te,
« Mas que de Dieu te son comtat ;
« Mas lo reys te be son regnat
« De mo senhor, sil vol far dreg,

4144   « Per que sembla ses tota leg
« Lo reys, am fals cor e savay.
« Enquaras vuelh quel digatz may
« Que, pel poble que mal non mier,

4148   « Que si 'n sa cort ha cavalier
« Que sols se vuelha batalhar,
« Que mosenhor li'n dara par
« Que l'en rendra mort e vencut ;

4152   « E sil nostre vesetz destrut
« Reconoysserem le comtat,
« O vostre rey lo seu regnat
« A mo senhor sil nostre vens. »

4156   Le pros coms se tenc per contens
De so quel senescalcs hac dit,
E tantost el ha repetit

4132 *Corr.* se sec (*ou* s'estec) ausor ?

En breu de motz al messagier   (*f. 32 b*)
4160   Quel fait el dit del cavalier
So senescalc el ne tendra.
Lo messagiers tornar s'en va
Meravilhatz et esbaytz
4164   Del senhor qu'eys tant afortitz,
E del senescalc majorment.
E fon tornatz viassament
Al rey so senhor dir ayssi :
4168   « Senher, lo coms manda per mi
« Qu'el nous presa pas .j. boto
« Ni totz aquels ques ab vos so
« Ni vostr'aver ni vostra terra,
4172   « Ni no tem en re vostra guerra
« Ni nous reconoyss son comtat.
« De luy tenetz vostre regnat,
« E ditz que lo y reconoscatz,
4176   « Si que no, per mort vos tengatz,
« Que no podetz aver guirent.
« E tramet vos .j. partiment
« Ques anc mais non ausis aytal,
4180   « Que duy cavalier per cabal,
« En camp claus, ses pus companho,
« Que declaro la questïo,
« Senher, qu'ab lo comte avetz ;
4184   « E sil vostre vencut vesetz,
« Quel reconoscatz lo regnat,
« O el a vos lo sieu comtat
« Sil sieus campïos es vencutz. »
4188   Le fils s'es aytantost mogutz,
Qu'era fils del rey d'aventura,
E fils verays per sa natura
Del senh'en G. de la Barra ;
4192   Respondec tantost ab votz clara

4159 messagier, *ms.* cavalier.

Al messagier e vay li dir :
« Pessatz anueg de pro dormir   (*f. 32 c*)
« E lo maiti vos en tornatz,
4196   « E quel digatz ques al rey platz
« La batalha d'un cavalier,
« E tug em d'aquel acordier,
« E nol passara hom covens. »
4200   Lo reys li ditz ardidamens :
« Aquol diguatz de part de mi. »
Lo messagiers al gran maiti
Al comte s'en es dreit tornatz,
4204   E conoc qu'estec mot pagatz,
E val gent dire sas salutz :
« Senher, autra vetz soy vengutz,
Diss lo messagiers, « per ma fe,
4208   « E manda vos lo reys per me
« Que prendatz jorn de la batalha,
« E d'autra guerra que nous calha
« Mas d'un cavalier solamens,
4212   « E queus tendra totz los covens
« Les quals son entre luy e vos. »
Le senescalcs fo mot joyos
Quant au parlar lo messagier,
4216   E vas donar tant d'alegrier
Cum si lo camp agues vencut.
.C. foro que van cridar tut :
« Senher, nos farem la batalha,
4220   « Que prendatz aquel que mais valha
« Et aquel que fay miels a far. »
Lo pros coms los fey totz calar
E vay gent dir en auta votz :
4224   « Senhors, ieu causisc demest totz
« Per pus ardit lo senescal;
« E cum que vasa, ben o mal,

4221 qua f. m. e f.

« El fara so que Dieus voldra. »
4228   Ab tant lo senescalc leva,
E val redre motas merces;
El messagiers tornatz s'en es   (f. 32 d)
Al rey d'Ermeni e mostrar :
4232   « Senher, lo coms vos vol mandar
« Que triat ha .j. cavalier
« De bel gran e no trop sobrier,
« Mas enpero no sab qui s'es,
4236   « Mas estat ha .ij. ans o tres
« Sos senescalcs, segon qu'om ditz,
« E sembla be pros et arditz;
« Per que la batalha fara. »
4240   Ab tant le fils levar se va
Del senher G. de la Barra,
E gardec lo rey en la cara :
« Senher, sius platz, ieu la faray,
4244   « Quar far la deg e razo n'ay,
« Qu'el es estrans et ieu aytal,
« Per que, per razo natural,
« La batalha mi devetz dar. »
4248   El reys que l'ac vist esproar
En autras batalhas assatz,
E vic qu'era grans e cayratz
E leus e joves, de bon talh,
4252   E vic que voluntatz nol falh,
E vay cossirar yssament
Qu'el o feira pus coralment
Per so quar l'avïa filhat,
4256   Son gant aqui li n'ha lanssat
E vay la batalha donar.

4231 e, *corr.* a ?

Eras, ausiretz cum se batalhec en camp claus ab so
filh mosenher G., e nol conoyssia.

          Lo fils pessec del sojornar,
          E son paire de l'autra part;
4260   L'us de l'autre non hac regart,
          Tant foron amdos coragos;
          Et anc negu no saub d'amdos
          Qu'entre lor agues parentat.   (*f. 33 a*)
4264   Lo jorn c'avïan assignat
          Fo vengutz per far la batalha.
          Le noble rey de Cornoalha
          Dec tenir aquel camp segur,
4268   Aytant cant la batalha dur,
          A cascuna d'ambas las partz.
          En degu no fo luns regartz
          Tant agro cor de batalhar.
4272   Al castel se van ajustar
          Lay hon le camps era fermatz;
          De pals d'entor fo be serratz,
          E fo faitz en loc cominal.
4276   Lo reys d'Ermeni diss aytal,
          Son cors meteyss mes en prezo,
          Que, si sas gens, senes razo,
          Encontral comte fesson re,
4280   Quel reys perdes lo cap desse,
          E d'aysso qu'en fey sagramen.
          Lo rey de Cornoalha pren
          Aquel rey, el mes en la torr,
4284   Per que son gaug o sa dolor
          Pogues veser dels campïos.
          Am luy estero .xx. baros

    4270 fo, *ms.* fos.

En la cort per acompanhar;
4288　E pueyss al comte vay mandar
　　　Ques meses en autra torrela,
　　　Luenh d'aquela, e fon trop bela,
　　　Et amdoas eran dreit e dreit;
4292　Pero ben estavan estreit,
　　　Exceptat qu'avïan solas;
　　　No podïan anar pus bas
　　　Ni pus aut mas lo camp vezer.
4296　Ara volc le solels parer.
　　　E la companha fon armada
　　　Del rey e ben aparelhada　　　　　(f. 33 b)
　　　De rics baros e de vassals;
4300　.L. melher en cavals
　　　Foron per lo camp a gardar.
　　　Li duy campïo van intrar
　　　Per dedins lo camp ben armat,
4304　E foron ben encavalguat,
　　　Et agro gran cor de combatre.
　　　Cascus lo sieu cujec abatre,
　　　Per que negus non hac paor.
4308　Mager l'agron li duy senhor
　　　Qu'eran en las torrs entorrat.
　　　Per dedins lo camp son intrat,
　　　E vay lor hom tancar am clau,
4312　E cascus volc bel e suau,
　　　Ses mal far, son camp assajar.
　　　Ara los vuelha Dieus gardar!
　　　Quar ambeduy son el perilh,
4316　Et ambeduy son payr' e filh,
　　　E l'us de l'autre non o sab.
　　　Le filh al paire venc ses gab,
　　　E portec asta sobre ma,
4320　E val donar .j. colp de pla,
　　　Ab l'arestol, sus en l'escut.
　　　Le paire so tenc a rrefut,

E [no] fey a parvent quel vis;
4324   De bel pas son cavalh polis
Pel camp e vay sse deportan,
El fils lo sec de mal talan,
E val donar .j. gran estoc,
4328   Mas per tant lo paire nos moc,
Mais que s'en vay tot de bel pas,
Per mieg lo camp, cum si fos las,
Gardan say e lay los baros.
4332   El fils era trop coragos,
E volc le paire esproar :   (*f. 33 c*)
Al cap del camp s'en vay anar
El paire a l'autre cap venc;
4336   Quascus asta bayssada tenc
E vec los vos amdos venir.
Amdos se van entreferir,
E ques van us tals cops donar
4340   Que tug se van desparelhar,
Qu'am pauc non cazeron el sol.
Lo payre li diss : « Ab mo vol,
« Cavalier, vos o compraretz. »
4344   Ambeduy vengron autra vetz,
L'us vas l'autre, per tal aïr
Quel payre vay lo filh ferir
Ses que nol falssec armadura;
4348   Aytant cant la bon' astal dura
L'a tal sul mieg del pieytz donat
Que de la cela l'a levat
Et el mieg del camp lo tramet.
4352   « Ayssi deu hom castiar tozet, »
Diss lo paire, « qui o sab far. »
El fils tantost se vay levar
E cugec montar sul cavalh.
4356   « Per Dieu! enans n'auretz trebalh, »

4345 L'us, *ms.* Laus.

So diss lo paire, « que y montetz,
« Qu'ieu vos gardaray esta vetz
« Que no y montaretz ayssi lieu. »

4360 El reys en la torr preguet Dieu
Quan son campïo vic casut,
El pros coms hac son gaug cregut
E tug li sieu devas sa part.

4364 Lo filhs estec ab gran regart,
E vay traire son bran d'acier,
El payre sovenet le fier
De sa lansa trop durament,

4368 El fils gieta s'a non talent;
Vas lo cavalh se vay lanssar,   (*f. 33 d*)
Ab son bran lo vay tot traucar,
El cavals ca mortz costa luy.

4372 So diss lo fils : « Ar serem duy,
« E veirem quals er bos sirvens. »
Le paire se tenc per dolens
Quan vic que son cavalh l'ac mort,

4376 E fo dins la cela tant fort
Quel paire no s'en poc yssir.
« Aylas ! ar mi cove morir, »
So diss lo paire, « ab dolor. »

4380 Lo comte que fo sus la torr
Se vay del tot desconortar,
El payre vay al filh cridar :
« Cavalier, garda que faras,

4384 « Que, quan ayci murtrit m'auras,
« No faras degun vassalage ;
« E si tu est de bon parage,
« No m'auciras ayssi vencut,

4388 « El cavalh que veses cazut
« Dessus mi que nom puesc levar. »
El fils que fey? Vas remenbrar
Le linage don fon yssitz,

4392 E mantenent fon amarvitz,

9

Quel paire vay escudacir,
E quan el camp l'ac fait venir,
E foron a pe ambidos :
4396 « Ara parera qui etz vos,
« Depus qu'ieu vos ay gent estort;
« Pero no m'estalvetz de mort
« Per aquest ni per autre fait. »
4400 Ab tant son bran d'acier hac trait
Lo payre e va l'assertar,
Quel mieg elm ne vay davalar
El mieg escut, tant cant n'ateyss.
4404 « Per ma fe, » diss el, « vos etz eyss   *(f. 34 a)*
« Aquel que m'avetz ajudat.
« Gayre nous ay estalviat
« Si a dreg mi voletz jugar. »
4408 Le fils vay sa vertut cobrar
E vas ditar tot a perdut,
E venc vas luy per tal vertut,
Ab son bran que portec d'acier,
4412 Sul mieg del cap lo paire fier
.I. tant gran colp e ta mortal
Quel bacinet ab lo capmal
[D]el bacinet ne davalec ;
4416 Mortz fora, mas anc nol nafrec,
Mas tot son cap l'ac desgarnit.
« Ben ay vostre colp repetit, »
Diss lo fils, « bos escolas so ;
4420 « Ja mais non essenhetz lesso
« Ad hom que sapcha mais que vos. »
Le paire fo mot vergonhos,
Quar no poc son capel cobrar.
4424 « Cavalier, nom vuelhas soptar ;
« Layssa mi cobrar mon capel,
« O no t'estara be ni bel,
« Ni faras cum hom de parage.
4428 — .I. pauc forssaray mon corage, »

Dis lo fils, « sim coven a ffar,
« Mas parages m'en vol forssar. »
Lo capel [li] ret mantenent,
4432   E pueyss le paire se defent
Totas vetz ab gran cossirier.
Le fils un' autra vetz le fier
Ab una massa que portec :
4436   Tan gran colp sul cap li donec
Que .iij. tums li vay far tumbar ;
Desus lo cors li vay sautar
El paire li remas dejos.   (f. 34 b)
4440   Adonx traso lors espuntos ;
El paire se pren a cridar :
« Layssa mi, cavalier, levar,
« E faras gran cavalaria ;
4444   « E pueyss entre nos, cum que sia,
« Er del vensser e del proar.
— Per ma fe, aysso fay a ffar, »
Diss lo fils, « et ieu o faray. »
4448   Levet sus, ajudar li vay,
E quan se fo levatz en pes,
Le paire fo fels et engres,
E venc vas luy ab son brant nut,
4452   Cridan sa senha ses tot brut :
« Barra, Barra ! que Dieus o vol ! »
El filh l'entendec y ac gran dol,
E ten lo tantost per son paire,
4456   E reconoc se per pecayre
E pel camp el li vay fugir ;
El paire lo pren a seguir,
Cridan sa senha autament ;
4460   El fils de denols mantenent
Li vay aqui merce clamar.
Cabval la torr se volc ditar
Lo rey, si no fosols baros,
4464   Qua[n] vic lo desastre d'amdos,

El sieu que fugic en ayssi.
Lo paire quel cavalier vi,
Que li clamava tant merce,
4468   Vay li dir : « Don est, ni per que
Mi voles tant merce clamar ?
— Payre, tum volguist enjendra[r],
« Et yeu soy le tieus verays fils,   (f. 34 c)
4472   « Qu'avem passatz mans greus perils
« E quet laysse[i] el bosc mieg mort
« Quan li .xij. lairo per fort
« El bosc t'aneron assautar. »
4476   Las escoutas van escoutar
Et agro meravilhas grans.
Enquaras mais li diss l'efans :
« Senher paire, enten me clar.
4480   « Le tieu [nom] me volguist nomnar
« G. de Barra per vertat. »
El paire l'a ploran gardat,
E vay son capel delassar
4484   E vay lo en ayssi bayzar
Que sobre lui ca engoyssatz.
Lo reys quel camp tenc es intratz
Ab si dezes de cavaliers,
4488   Quar no cujec que fos estiers
Lunh conoissement entre lor.
Bayzan los trobec per amor
Ques a penas los ha partitz ;
4492   E quan cascus fo resperitz,
El reys lor vay gent demandar
Cum era de lor batalhar
E cum lor era devengut.
4496   Lo filh hac son bras estendut
A son paire, e diss al rey

4476 escoutas s'est introduit, à cause d'escoutar qui suit, à la
place de quelque autre mot : Li gardador ? ou Li cavalier ?

« Senher, per la fe qu'ieu vos dey,
« Veus mon paire que m'engendrec. »
4500   El bos reys quel filh entendec
Vay cridar avant · « Bels senhors,
« Venetz veser las grans amors
« D'aquestz .ij. lasses cavaliers. »
4504   Ab tant fey venir .ij. destriers
E vay cascus sul sieu montar.
Lo rey se volc meravilhar   (f. 34 d)
Qu'era pres, el coms d'autra part ;
4508   E fon aras .j. petit tart,
Que fo cayss vespres per intrar.
Lo reys fey los pres davalar
E vay lor contar l'aventura.
4512   Lo reys el pros coms cascus plura
De gaug que cascus hac trop gran.
Tug essems se van alegran
E feiron aqui patz jurada,
4516   Lo reys el coms e sa mainada,
Cum si fossan fraires girmas.
Ayssi remas lor affars plas,
Que per tostemps se van amar.
4520   Ab lo comte volgro sopar,
E van tot dreg a Terramada ;
E quan venc sus a lor intrada,
La dona fort los aculhic
4524   Ab gran gaug, et hanc hom no vic
Tant complit gaug cum aqui fo.
Pero saber volc la razo
La dona cum era estat ;
4528   Al senescalc ha demandat
Quel digua la vertat breument :
« Dona, volentiers, mantenent, »
Diss lo senescalc, « vos diray,
4532   « Que de lunh mot nous mentiray,
« Per aquel Dieu que venc en crotz ;

« E vuelh, dona, que m'aujan totz,
« Quar ja no m'en presaran mens. »

4536   E vay sonar premieyramens
A so filh que fo costa luy ;
E quan foron essems amduy,
Dic vos quels fey trop bel vezer.

4540   Lo senescalcs am gran plaser   (f. 35 a)
Vay sa gran razo comenssar,
E diss : « Dona, si Dieus mi gar,
« Vec vos ayci lo mieu effan,

4544   « Quel rey de la Serra antan
« Me vay tot viu dezeretar.
« Mon castel li vau desparar
« E presi mo filh e ma filha,

4548   « E nous tengatz a meravilha,
« Qu'ieu ges ma filheta no say,
« Ni si lus temps mais la veyray,
« Qu'ieu laysse[i] a la resclusana,

4552   « Ad una femma trop sertana
« Qu'esta resclusana per Dieu ;
« E re no sab mo filh ni yeu
« Vas qual part la puescam querer,

4556   « Quar tant mi fay lo cor doler
« Ma filha, qu'ieu a mort n'iray.
« E pus c'aras recobrat ay
« Lo mieu effant qu'ay desirat,

4560   « Tot mon gaug aguera cobrat
« S'ieu, dona, ma filha cobres.
« Enquara mais vos dic ades,
« La mia dona, s'a vos platz,

4564   « Qu'ieu soy a tort dezeretatz
« Per portar lialtat a senhor.
« Lo rey m'ac triat per amor
« De la Serra qu'ieu le gardes

4535 presaray. — 4537 fo, *ms.* fos.

4568 « La regina, el governes
« Un an o dos tota sa terra,
« Entro qu'el vengues de la guerra,
« E volc qu'ieu li plevis ma fe,

4572 « E no la y passera per re
« Nil fera re de non dever.   (*f. 35 b*)
« La regina, de gran plaser,
« Me vay en sa cambra sonar

4576 « De guiza quem volia forssar,
« E vau me tost de lyey partir;
« Vers la Barra m'en vau fugir,
« Et ela diss qu'ieu la forssava

4580 « E son dan que li demandava;
« Qu'ieu era senhors de la Barra,
« Et ay nom G. de la Barra;
« El reys me venc assetiar

4584 « E jugar quem fay a penjar
« Sus al portal de mon castel.
« A mi no semblec bo ni bel :
« Ab mos efans m'en vau yssir,

4588 « E ma filha que vau gequir,
« Lay hon vos dic, a la resclusa.
« Enpero Dieus e dreitz m'escusa,
« Qu'ieu no l'ay faita tratïo.

4592 « E vec vos, dona, ma razo
« Qu'ieu vos ay per vertat contada. »
La dona s'es adenolhada
E va s'aqui merce clamar

4596 E tantost val manifestar
Qu'ela n'era la seua filha,
E tug, de sobremeravilha,
Se prendo fortment a plorar.

4600 Lo paire la vay abrassar
E baysar gent de denolhos,

4595 s', *corr.* l' ?

E tant baisar se van amdos
C'apenas les poc hom partir.
4604   Le pros coms lo vay aculhir
Aysi cum hom deu far son paire.   (f. 35 c)
La dona venc dreit a son fraire,
Dessus lo col l'anec sautar,
4608   Ques anc negus no poc parlar;
El rey d'Ermeni vay vas lor,
Ques al filh ac .ij. tans d'amor
Que non avïa de premier.
4612   Las taulas meton li scudier,
Quar temps era be de sopar.
Maistres fo de l'asetïar
Lo maistre quels assegues totz,
4616   E vay cridar en auta votz
Al rey que segues totz premiers,
El reys, ben cre, sec volontiers,
E pueyss apres sec la comtesa
4620   En la taula ricamens messa,
E pueys apres liey sec son fraire
E davant amdos sec lor paire,
El pros coms sec davant lo rey;
4624   E dic vos be, segon qu'ieu crey
Quel lor gaugz fon gays e pleniers.
Et apres venc us cavaliers
Que dec los manjars ordenar
4628   E fey los totz assetïar
Segon la valor de cascu,
E gardec be que per negu
Nos fe dezordenadamens.
4632   Vint melia foron e .v^c.
Que manjaron ab los premiers,
Estiers vailetz e saumatiers
Et homes que portan arnes.
4636   Le cavaliers fon ben apres   (f. 35 d)
Que dec aportar a manjar

E volc tant gent amenistrar
Sos talhadors e gent partir
4640 Qu'al rey, al comte, fey venir
.I. talhador entr'ambidos,
Per tal que l'amistatz i fos
Cofermada per mais tos temps,
4644 E pueyss volc que manjon essems
Lo paire el filh e la filha.
Le gaugz fon grans a meravilha
Que luns hom nol poc albirar
4648 Ni corage d'ome pessar,
Ni degun uelh nol poc veser.
Dels rics manjars nous cal saber
Cum foran gent apparelhat.
4652 Clausa nueytz fo quant an manjat,
E tantost hom levec las taulas ;
E, sertas, semblarian faulas
Dels dos ques deron en la cort,
4656 Quar non i ac ni clop ni sort
Ni luns jocglars que no fos rics ;
Anc us no s'en tornec mendics
De la cort, per pauc que valgues ;
4660 Complida fon en totas res
E senes tot defalhiment.
.I. mes durec complidament,
Quel rey d'aqui nos volc partir,
4664 Ans jurec sus l'autar san Quir
Que lus temps [el] no s'en tornera
Entro que del rey de la Serra
Saubes sa serta voluntat,   (f. 36 a)
4668 S'al cavalier dezeretat,
Mosenher G. de la Barra,
Rendera son castel encara,
E quel tengues per escusat.
4672 Lo rey hac .j. baro mandat
Que tantost montes si dezes,

E de l'argent assatz preses,
E qu'anes al rey de la Serra
4676 Dire qu'en pena de sa terra,
Ayssi cum malvat rey cruzel,
Que tantost rendes son castel
Al senher G. de la Barra ;
4680 O, si que no, anc tant amara
No fo lus temps ta mala touta,
Que ja siutatz no fora touta
Que dedins so rexeyme fos,
4684 Que de tot no fes hom carbos,
Ques hom no pogra restaurar.
Le baro pessec del montar,
E pres ab si .x. companhos,
4688 Trastug eran filh de baros,
E pres mainada per servir.
Ara s'en van tug .x. yssir,
Fazen jornadas per la terra ;
4692 E quan foro pres de la Serra
.XII. leguas, o cayss entorn,
Covenc que jaguesson lo jorn,
Quar lor o dava lor jornada,
4696 En la vila d'obra talhada,
Al noble castel de la Barra,
Le qual de nobles murs se ssara
Totz de marmetz espessamens.   *(f. 36 b)*
4700 Alberguar van tot simplamens,
E merçadejan lor sivada,
Cum si fossan simpla mainada ;
E per tal qu'om nols conogues,
4704 En la plassa, mest les borzes,
Aneron lo castel mirar,
E volgro novas demandar
De cuy era aquel castels
4708 Que tant era nobles e bels
E tant gent obratz ricamen.

Aquel baro a dir se pren
Ab aquels borzes en la plassa;
4712 E tantost vengron tug a massa
Per sas paraulas escoutar,
Tant los volgron ausir parlar.
E, quar eran d'estranh lingage :
4716 « Senhors, » diss el, « aquest estage
« Es d'u senhor o es de dos ?
« Que tant plasens e amoros
« E tant bels es e tant obratz,
4720 « E de marmet quais dentelhatz
« Per tot entorn espessamens.
« Le castels es e bels e gens,
« Que, par ma fe, non vi son par. »
4724 Diss lo baro, « ni nos pot far
« C'autre n'aia el mon aytal. »
.I. borzes parlec natural,
Qu'amava trop mosenh Guillem ;
4728 E vay li dir : « Senher, nos em
« Del rey poderos de la Serra   (f. 36 c)
« Quel conqueric per fait de guerra,
« Ses autres dreit que no y avia;

Las grans lauzos de Mosenher G. de la Barra.

4732 « Quel castels era, ses falcia,
« D'un cavalier lo pus cortes,
« El pus lïal, el miels apres,
« El pus sert, el pus amoros,
4736 « El pus rizent, el pus gaujos,
« El pus astruc d'armas portar,
« El pus segur en son parlar,
« El pus ardit en totas res,
4740 « El pus simple quan sos locs es,

« El pus afortit en tot cas,
« El mens volent d'avol atras,
« El pus dreiturier a sa gent.
4744   « El pus merssaudier yssament,
« El pus conoyssent d'amistat,
« El pus percassant veritat,
« El pus poderos de sufrir,
4748   « El pus volontos d'obesir,
« El pus complit d'umelitat,
« El pus humil per pietat,
« El pus entier quant a valor,
4752   « El pus garnit de gran honor,
« El pus azaut en gent parlar,
« El pus complit en gent portar,
« El pus complit en gent servir,
4756   « El pus de pretz ques fey grasir,
« El pus jausent ab plasent cara,
« Mosenh'en G. de la Barra,
« Qu'es mortz, segon que nos cresem,
4760   « Que lunhas novas non ausem,
« Ni fem, ben a passatz .xx. ans.
« D'aici partic ab sos effans,   (f. 36 d)
« .I. filh e filha qu'en menec.
4764   « La regina tot lo serquec,
« Quar mosenhor nos volc colcar
« Ab lieys per privat, ni tractar
« Tracio vas so senhor.
4768   « Pueys la regina fey clamor
« Ques el la volia forssar.
« Lo reys lo venc assetiar,
« Et al nos tout si cum ausetz.
4772   — Ara, per la fe quem tenetz, »
Diss lo cavaliers als borzes,

4765 colcar. *Le copiste avait d'abord écrit* tractar. — 4767 *Vers trop court, on pourrait remplacer* so *par* lo sieu.

« Nom vulhatz mentir d'una res,
« Ses vostre dan, queus vuelh pregar :
4776 « Sil cavalier podiatz cobrar,
« Mosenhor G. de la Barra,
« Si l'amariatz tant encara
« Cum soliatz far de premier ?
4780 — A Dieu plagues lo dreiturier, »
Disseron tug cominalment,
« Que nos lo vissem solament,
« Quar ja pueyss no volgram pus viure. »
4784 Le borses plorec a deliure,
Quant au de so senhor parlar.
Le baro volc anar sopar
E covidals totz amplamens ;
4788 E tug disso cominalmens :
« Grans merces, senher, grans merces. »
Le cavaliers pres lo borzes,
E val covidar tost e lieu,
4792 E vay jurar la mort de Dieu
Qu'el sopera la nueg am luy.
Adonc s'en van gent ambeduy
Vas l'ostal hon fon hostalatz
4796 Lo ric baro, e vas totz latz
Vic lo castel de gran honor. *(f. 37 a)*
« Dieus li renda son bo senhor ! »
Diss lo cavaliers al borzes ;
4800 El ric borzes ades l'entes
E conoc cayss qu'el lo sabia,
E val dir que, per cortesia,
Li disses ver si era vius
4804 Lo sieu senhor francs agradius,
Mosenhor G. de la Barra ;
El cavaliers li diss : « Encara
« Lo veiretz ayci demest vos. »
4808 Quant agro sopat, tot la jos
S'en van deportar en la prada,

Ses companh[i]a e ses maynada,
Per tal que poguesson parlar.
4812   Breumens, tot lo fait vay contar
Le pron cavalier als borzes
E del senh'en G. hont es
E de la filha e del filh,
4816   E cum eran ses tot perilh,
E cum lor fon gent avengut,
E cum lo rey viran vencut
Si no lor feses bo respost,
4820   E cum cobrera, quant que cost,
En breu la Barra, ses duptar.
Lo borzes cujec dessenar
Sil cavaliers nol sostengues.
4824   Le cavaliers ab lo borzes
S'en tornec lassus al castel.
Lo borzes diss ab cor ysnel
Que Dieus li des la bona nueg.
4828   Le cavaliers, ses tot enueg,
Ab sa companha vay jazer
E dormiron a lor plazer,
El bo maiti se van levar;   (f. 37 b)
4832   Vas la Serra van cavalguar,
E foron lay a la dinnada.
Pero tota la trainutada
Hac cavalguada le borzes,
4836   Tant fon ardens e tant compres
Del sieu senhor lial e bo,
Non jes per autra tracio
Qu'el al cavalier volgues far.
4840   Le baro se volc presentar
Et hac cambiat de ric vestir,
E vay tost al senhor rey dir
Que Dieus li des gaug e salut;

4832 Serra, *ms.* barra.

4844 E tantost el hac conogut
Le borzes que vic lay sezer
Et hac .j. pauc de mal saber,
Quar se cujec que trachers fos.

4848 Enpero no fon temeros
De sas paraulas prepausar,
E vay lo baro comenssar
En ayssi cum poyretz ausir :

4852 « Senher, lo reys ha faitz venir
« Nos qu'em ayci per tal razo
« Que si tu li vos dir de no
« D'un castelet qu'el te demanda,

4856 « Que no fo morteudatz pus granda
« Facha per .j. petit castel,
« Que de tot te fara mazel
« De ta terra e de tas gens :

4860 « So n'es la Barra veramens
« Que toles a mosenh Guillem.
« Per aysso, senher, vengut em
« Davant tu coma messagiers.

4864 « Enquer, senher, manda t' estiers,
« Que sil voles assegurar,   (f. 37 c)
« G. Barra, per escusar,
« Qu'om tantost le fara venir,

4868 « E quan vendra al departir
« Tul tendras per pron cavalier,
« E per lïal e per entier,
« E ses voluntat de mal far. »

4872 Lo rey val borzes apelar
Que vengues a l'estreit cosselh,
Qu'en la cort non hac .j. parelh
Que miels una razo juges.

4876 El reys va mandar en apres
Que vengues tantost la regina,
Quar per lyei se moc l'ataïna,
E per liey se fera la patz,

4880   Quel reys, quant a si, fon iratz
        Quar perdec tant pro cavalier.
        La dona venc dins le vergier
        Hon le nobles reys fon enclaus;
4884   El jorns fo plasens e suaus,
        E la regina vay sezer,
        El reys vay donar son poder
        Al borzes que pogues parlar,
4888   E vay sa razo comenssar,
        Totas vetz ab granda temor :
        « Dona, » diss el, « de gran valor, »
        Diss le borzes a la regina,
4892   « D'orguelh es dreita medicina
        « Humelitatz, segon c'aug dir.
        « .I. pro cavalier vol venir
        « Davant vos merce reclamar,
4896   « Que si lus temps volc re forsar
        « De paraula e non de fag,
        « Que fassatz de luy atrasag,   (f. 37 d)
        « Dona, las vostras voluntatz,
4900   « Mosenher en G. sapchatz
        « Qu'om apelava de la Barra. »
        Lo reys diss : « Dona, prec vos ara
        « Que vos, sius platz, li perdonetz
4904   « Quar leu s'ave que mantas vetz
        « Home jove falhiss trop leu,
        « Et a mi seria fort greu.
        « Si mas gens morian per luy. »
4908   La dona respos ses tot bruy :
        « Senher, faitz tot cant vos vulhatz. »
        Lo faitz ayssi fon acordatz
        Qu'om responses als messagiers
4912   Que li fos datz asseguriers,
        E sis podia escusar,

4903 perdonatz.

Ausida la dona parlar,
Qu'om lo preses el fes razo.
4916 A la regina saub trop bo,
Quar enquer l'amec mais que re.
Lo reys vay comandar desse
Que venguesson li messagier ;
4920 E quan foro jos el vergier,
El borzes lor fey lo respost,
E vay dir que vengues tantost
Mosenh G. asseguratz,
4924 E ques al rey sab bo e platz
Si d'aysso se pot escusar.
« Anem e pessem de dinnar, »
Diss le reys, « que tot se fara. »
4928 Quar lo reys sobregran gaug ha,
Sol qu'el cobre son cavalier.
Ara foron el bel vergier,
Et adonx parlec la regina,
4932 Que vay demandar de l'aizina
De mosenher G. hont era,   (f. 38 a)
E que vengues tost, qu'om li dera
Cosselh a son escusament.
4936 « Dona, el esta ricament, »
Disseron elh ; « per veritat
« Lo rey d'Ermeni ha filhat
« So filh qu'er reys apres sa mort ;
4940 « Et anc luns cavaliers tant fort
« En degun loc nos fey amar,
« Qu'el se fay grasir e lausar
« A totas gens cominalmens.
4944 « De la filha verayamens
« Vos podem dire qu'eis comtessa
« En la qual honors es be messa,
« Tant o sab ela be valer.
4948 « No cal parlar del sieu poder,
« Que .M. marcs d'aur ha be de renda,

« Estiers autra rica prebenda,
« .M. marcs d'argent per quada mes.
4952 « Mosenh'en G. aytals es,
« Cum era huey ha .xiiij. ans,
« Bos e bels e gent cavalguans,
« E sertz e lïals et entiers ;
4956 « Et es, ses autres parssoniers,
« Senhors d'un castel trop ricos. »
La dona n'ac lo cor joyos
Quant au del cavalier parlar.
4960 Dinnar se van e pueyss levar,
Quel reys vol anar en la cassa :
Sos lebriers e sos cas amassa
E dec als messagiers comjat.
4964 Als messagiers ha tost sonat   (f. 38 b)
La dona, e pueyss al borzes,
E vay lor dir : « En ayssssi es,
« Senhors, que torn mosenh Guillem,
4968 « Quar lo reys e nos o volem
« Et yeu quem coffeci per mi,
« Davant lo rey ques es ayci ;
« Eu vuelh que vos autri m'aujatz :
4972 « Mosenhen G. fo preguatz
« Per me qu'ab mi volgues jazer,
« E non jes per autre voler
« Mas si tengra so sagrament
4976 « A mosenhor ses falhïment,
« Pus qu'ieu a luy fuy comandada ;
« E vay respondre la veguada,
« Si cum deu far pros cavaliers,
4980 « Qu'el volgra en .iiij. cartiers
« Esser trop mais estar cayratz.
« Vengutz es de mi lo peccatz,
« Per qu[e] ieu o vuelh restaurar. »
4984 Suls avangelis van jurar
Lo reys, et apres la regina,

Qu el reys ledera sa sazina,
E que vengues asseguratz.

4988 Le borzes fon apparelhatz :
Ades fey sas letras dechar
De part del rey e sagelar,
Et als messatgiers donar tost;

4992 E tornan s'en ab lo respost
Ab lors comjatz ques agron pres.
Engal lor montec le borzes
E van jazer dreit a la Barra.

4996 Dreit a l'ostal vengron a l'ara   (f. 38 c)
Del borzes, ses pus covidar,
E tantost [penson] del sopar
E pueyss' apres d'anar jazer,

5000 Que sol no feiro re saber
De lor fait entro l'endema.
E quan venc sus l'alba, de pla,
Lo borzes vay premiers levar

5004 E vay per la vila cridar
A for de cavalier salvage :
« Barra ! Barra ! pel franc linage
« Del senher G. de la Barra !

5008 « Senhors, quar nos recobram ara
« Lo nostre senhor natural,
« Senes tot colp e senes mal,
« E senes foc e senes guerra;

5012 « Quel rey poderos de la Serra
« L'a perdonat e la regina,
« La pros madona N'Englentina,
« Ques ha coffessat son pecat. »

5016 Ab tant pels hostals an cridat
Trastota manieyra de gens :
« Lo payre Dieus omnipotens
« En sia lausatz e grasitz ! »

5020 Us non cujec esser vestitz
Ad ora que vis lo borzes.

El borzes s'en vay demanes
A la gleisa .j. clas sonar,
5024   El pobles ques vay ajustar,
Que ges lo mieg no y poc caber.
Et aqui el lor fay saber
Las novelas e lor contec.
5028   Le borzes dels hostes pessec
Cum se poguessan be dinnar.
Tot lo jorn los fey sojornar,
E del pessar no vos cal dir
5032   Ni dels presens qu'om fay venir
Quar lonc seria per contar.   (f. 38 d)
Le maiti van tug .x. pujar
El borzes am lor yssament,
5036   Tant ac de so senhor talent,
E metos tug al caminar :
Al sieu castel le van trobar,
Mosenhen G., ses mentir,
5040   Quar dos jorns davant, per ver dir,
Lo reys le fo anatz veser ;
Els messagier vengron per ver
Tug .x., el borzes venc premiers.
5044   De luenh lo vic le cavaliers,
Mosenher G., lo borzes ;
E val baizar menudas ves,
Que no s'en podia layssar ;
5048   E pueyss a pales van contar
Le respost del rey de la Serra,
E cum volia patz ses guerra
E mosenher G. tornes,
5052   E son ric castel que cobres,
E segurtat que l'era dada,
La regina qu'eys coffessada
A totz de trastot son peccat.
5056   « Breumens, trastot l'es perdonat, »
Disserol messagier al rey,

Et anc hom de neguna ley
No fo per sas gens tant amatz
5060 Cum mosenher G., sapchatz
. . . .
E nol cal als mas que s'en torn
Am G. Barra ses partir.
5064 Mosenhen G. fey venir
Al borzes le filh e la filha.
Le borzes se dec meravilha
E nos poc cessar de plorar.
5068 [Ab tant] le reys s'en volc tornar
El pros coms remas en son loc,
E mosenher en G. moc
Per anar al rey de la Serra,   (*f. 39 a*)
5072 Tant ac gaug de cobrar sa terra
. . . .
Tantost s'anec apparelhar
Mosenhen G. e so filh,
5076 E ja negus nos meravilh
Quar anero tant ricament,
Quar assatz agron de l'argent
E de l'aur e dels palafres.
5080 Encavalgar van le borzes,
Que .M. libr. valc son caval.
Del filh demandar ja nous cal,
Qu'el menec .M. cavals en destre,
5084 Et aqui non hac clerc ni pestre
Ni hom si no fos de parage
. . . .
Portavan desus los saumiers ;
5088 E que vay far lo cavaliers?
Le borzes pres per companho.
.L. foron li baro

5058 h. que n. bey. — 5061 *Vers omis. On pourrait proposer*
El borzes estet lai .j. jorn. — 5073 *Vers omis.* — 5086 *Vers omis.*

Que mosenhen G. menec.

5092 Le borzes latz luy cavalguec,
Parlan tot jorn dels faitz antics.
Le bobans fo nobles e rics
Quel fils, coma reys, amenava,

5096 Que neguns homs no l'estimava
Ni pogra far per veritat.
Tot jorn an aysi cavalguat
Ses tota plueja e ses vent,

5100 Mas tot jorn .j. temps avinent,
Que no fazia caut ni frey.
.II. jornadas yssic lo rey,
Cel de la Serra, aculhir.

5104 Mosenhen G., que venir
Lo vic vay tost descavalguar,
El reys a luy, e gent baysar   (*f. 39 b*)
Se van aqui vesen de totz,

5108 E pueyss trastug en auta votz
Van cridar que be fos vengutz.
Le cavaliers doblas salutz
Rendre vay a totz e merces.

5112 Son cami tenc ab lo borzes
Mosenhen G. vas la Serra.
Lo reys cavalguet mais de terra
Entro quel filh pogues vezer;

5116 La regina n'ac gran voler
Que tost vis mosenhen Guillem.
.III. leguas yssic, en .j. erm
Ambeduy se van encontrar;

5120 La regina val saludar
E val far uelh de gran pitansa,
Et el trop de gran amistansa,
Lïal e serta cum solia.

5124 Amduy s'e[n] van ses pus paria
Que non anec decosta lor.
Las gens quels viron ab amor

Essems en ayssi cavalguar,
5128 Tug se van fort meravilhar
Pel gran dezacordier davan ;
E parlero d'uey e d'antan,
E intran s'en dins la siutat.
5132 Apres veus venir lo barnat
Del filh que sobregran menava.
Lo reys de la Serra intrava
Per la Serra, e fey parar
5136 La siutat e apparelhar
De tot so que mestiers i fa.   (f. 39 c)
E no [cug] que mais tant baro
Fossan ajustat en .j. dia,
5140 Quar la nobla cavalaria
Luns hom no la poc estimar.
Quan per la Serra van intrar,
Aytan tost montec la regina,
5144 Quan foron presset de l'aysina,
E mosenhen G. latz si.
Ma e ma tengron lor cami
Entro quel filh van encontrar.
5148 Le filh vay ela saludar,
E la dona luy atressi ;
Et anc lunha vetz no gequi
Mosenhen G. per la ma.
5152 Ayssi cavalguan bel e pla
Entro foron dins la siutat;
E fo mot gent apparelhat
De nobles manjars ricamens.
5156 La cortz durec complidamens
.VIII. jorns e pus, segon quem par;
Pueyss volgron anar vesitar
Le noble castel de la Barra.
5160 E tot lo castel se repara

5131 *Ms.* intranssen.

Per lo gran gaug de lor senhor,
Quar Dieus le tornara mest lor.
E venc le borzes totz premiers,
5164 E van yssir les cavaliers,
E pueyss las femnas els effans;
E quar era grans le bobans,
Les effans mes hom sus .j. pueg,
5168 Quels cavals nols fesson enueg.
Ab tant veus venir trompadors
Am penos de mantas colors,   (*f. 39 d*)
E foro .c. parels e mais.
5172 E mosenhen G. fon gays
Tantost quan vic la seu'ayzina.
Latz e latz venc ab la regina,
E dic vos que fo bel parelh:
5176 Vestitz fo d'un presset vermelh
Tot listrat de barretas d'aur,
E cavalguet .j. cavalh saur
A meravilhas sobrebel.
5180 Am gaug intrec el sieu castel,
Ploran, que no poc sonar mot,
Mas totas vetz am gran sanglot
Son cap a totz humiliava,
5184 El borzes davant luy cridava,
Cum si fos fora de so sen.
La regina, joguan, rizen,
Al rey vay dire, so senhor,
5188 Que volgues demostrar l'amor
A mosenhen G. ades,
Que fes cridar, ans qu'om manges,
Quel pobles vengues totz jurar.
5192 Tantost lo reys o va mandar;
E veus le poble tot venir.
G. Barra vay revestir
Del castel e despulhar se,
5196 E tug levan las mas dese

E van li jurar lïaltat.
Li hostage son tug tornat,
Am gran gaug, aquelh qu'eran viu.
5200   El gentil senhor agradiu
Lor vay lo castel afranquir,
E tot so qu'el saubon querir
El lor vay franchamens donar,
5204   E lors costumas cofermar,   (*f. 40 a*)
Part tot aquel afranquiment.
Del filh eran tant fort jausent
Que nol podïan pro gardar.
5208   Aquela cortz anec durar
.I. mes complit ses departir,
Et anc hom no saub far ni dir
Neguna re dezavinent,
5212   Tant avïan lo cor jausent
Per l'aveniment del senhor.
Le fils hac .j. pauc de temor
Del rey que l'avïa filhat,
5216   Quar trop cujec aver estat,
Per que s'en volc atras estar.
Del rey se vay acomjadar
De la Serra e vay li dir,
5220   E la regina fey venir.
Aqui present, per davant totz,
E val gent dir en auta votz :
« Senhen reys, coman vos mon payre,
5224   « Que li sïatz bos governayre,
« Qu'el vos er lïals et entiers
« Cum deu esser bos cavaliers
« Vas sun rey e vas sun senhor ;
5228   « E si lus temps hac dezamor,
« Qu'ades sïa tot oblidat ;
« Pus ma dona l'a perdonat,

5217 estar, *corr.* anar?

« Que vos, senhor, li perdonetz. »
5232 Lo reys lo vay bayzar .iij. vetz
E nom de fe, vesen de totz;
E vay jurar Dieu de la crotz
Ques anc lus temps tant no l'amec;
5236 E la regina quel mandec
Per mais tostemps sa fezeutat.
Lo fils tornec vas son regnat
Que Dieus l'ac dat per aventura.
5240 Le fils s'en vay, pus non s'atura: (*f. 40 b*)
El nom de Dieu layssem [l']anar.
Mosenhen G. vay tornar
Ab sobregran gaug a la Barra,
5244 El noble reys, pus non agara,
S'en retornec dreit a la Serra.
Pueyss, per temps, le reys d'Englaterra,
Qu'era paires de la regina
5248 La pros madona n'Englentina,
Per mosenhen G. trames,
Quar l'auzic lausar a pales
Per le pus complit cavalier
5252 Ques hanc montes sobre destrier,
El pus ardit el pus menbrat.
Mosenhen G. al mandat
Del bo rey d'Englaterra venc,
5256 El reys mosenhen G. tenc
.VII. ans complitz en son hostal,
Et hanc cavalier ni vassal
En luy no vic defalhiment.
5260 Lo reys fo malautes greument
De la malautia que moric.
A mosenhen G. gequic
Una terra rica e plana :
5264 Aquil vay far duc de Guiana.
El reys vay passar e morir,
El cavaliers vay possezir,

Aytan quant visc, aquel dugat.
5268 Le premiers ducs fo per vertat
Mosenh'en G. ses falcia,
E vi[s]quet ab cavalaria
Et am compliment de tot be,
5272 E moric ducs ab lïal fe
Quant hac ayssi renhat .xx. ans;
E vay morir al Vendre sant
Mosenhen G. de la Barra,
5276 Del qual fo sa mortz mot amara,   *(f. 40 c)*
Et es encara quan sove.
Jhesu Crist prec l'aia merce,
Si hanc l'ac a pron cavaliér,
5280 El garde d'ostal d'avercier
El meta en loc de repaus.
En ayssi cum el era claus
De pretz e de fina valor,
5284 Li perdone Nostre Senhor,
E la verges sancta Maria
Quel fassa de sa companhia.
E pregui totz cels c'ausiran
5288 Aquest romans e legiran
Que preguo Jhesu Crist per s'arma
A l'ondrable baro que s'arma
De pretz e de fina valor,
5292 E no vol aver ses honor,
E vol lïaltat ses enjan.
E quar en luy bon pretz s'espan,
E quar es gays ab gay jovent,
5296 E quar es ab tot compliment,
E quar es de bos aybs complitz,
E quar es mogutz de rasitz
Pura, fina e natural
5300 E natz de linage reyal,
E quar de cors es valoros,
E quar totz es e bels e bos

Que res no y pot hom contrastar,
5304   Mo romans li vuelh presentar,
Que tengua lay sa dreita via;
E quar ieu l'am tant ses bauzia
Que pus per re nol puesc amar,
5308   Quar Dieus m'a volgut revelar
Qu'ieu en luy trobaray dreitura
O correctiu de desmesura
Que m'an facha alcus baros,
5312   E pus qu'el es tant valoros   *(f. 40 d)*
E son bon pretz estay tant aut,
Al pros Sicart vay de Montaut,
Mo romans, dreg ad Autariba,
5316   Et am luy per estar t'ariba.
E quan seras alhors legitz,
Tu lausa sos faitz e sos ditz.
Et ieu tostemps e mos cantars
5320   Mo senhor, en totz mos affars,
Vuelh que sia, si a luy platz,
Qu'estat ay .j. temps encantatz,
Ab tot jorn prometre ses dar;
5324   E non vuelh aldres declarar,
Mas sieus seray tant cant viuray.

A l'issida del mes de may
Fo faitz e complitz est romans,
5328   En l'an qu'om contava dels ans
De Nostre Senhor Jhesu Crist,
Segon ques a mi m'es a vist,
Per cartas, et es veritatz,
5332   Qu'en la Verge fon encarnatz,
Quan per l'angel fo nunciada
Et ela sirventa clamada
Cosseup, autrejan sa paraula,
5336   Aysso fait contavam ses faula
.M. e .ccc. e .xviij.

Aquest romans fe ses enueg
E ses trebalh n'Ar. Vidal,
5340 Cuy Dieus defenda de tot mal
E quel gar de tot encombrier
El tuelha tot mal coss[ir]ier
Et a far li do s'autra vida,
5344 *Amen* dic per far ma fenida.

VOCABULAIRE

A, voy. ad.

Ab, prép. 143, 165, 188, 193, 240, 279, 340, 374, 384; am, 32, 320, 374; *avec; construit avec un gérondif,* am fazen 2768, *en faisant, grâce à ce qu'il faisait;* ab tant, am tant 50, 92, 142, 150, 162, 198, 246, *alors, anc. fr.* atant; ab aytant, 406, 442, am aytant 2657, *même sens.*

Abdos 1073, *tous deux.* Cf. amduy.

Abocar 1565, « *tourner contre terre la bouche de quelqu'un ou de quelque chose, poser un vase sur sa gueule* », Mistral, Dict. pr.-fr., ABOUCA.

Abrassar 626, 633, 4004, *embrasser, saisir entre ses bras.*

Abreujar, per — 1929, *pour abréger, bref.*

Abrícar 3391, *mettre à l'abri (du froid), revêtir;* abricatz de vestidura 2268. *Aux vers* 1570-1, la dona lo vay abricar | .I. samit, *on préférerait* abricar [d']un samit.

Absolvre 2728, *absoudre.*

Acatar, *réfl.,* 2428, *se courber de façon à se cacher, à se dissimuler.* Mistral, ACATA.

Acivadar 2341, *donner de l'avoine [aux chevaux]. Ici cet infinitif est pris substantivement.* Mistral, ACIVADA.

Acomjadar, *réfl.,* 1437, 2445, 5218, *se donner congé, prendre congé. Ailleurs on trouve* acomïadar; *voy. le* vocab. de la Chanson de la croisade albigeoise.

Acordier 2254, 4198, accord, convention.

Acort, 447, accord, décision prise d'un commun accord; d'un — 101, en parfait accord, d'un même sentiment.

Acosselhar, réfl., 302, prendre conseil.

Aculhir 2003, 3928, 4523, accuèillir, recevoir [des visiteurs].

Aculhita 2038, 2366, accueil, réception; synonyme d'acueil, aculhimen, plus employés. On n'a point d'autre ex. d'aculhita, dont la formation est singulière. Ce n'est pas un part. passé, qui serait aculhida.

Ad, le mot suivant commençant par une voyelle; a, le mot suivant commençant par une consonne; combiné avec l'art. sing. ou plur. al, als; employé dans la plupart des sens du français à; indique la direction (vers ou contre) : a Dieu 312, a lor 668; la condition, l'état : a pas 144, a dos a dos 3990, morir a dolor 2946, tener a sojorn 184, tener a joc 161, tener a gab 830; construit avec per et un infinitif : per vos ad hondrar 4069, per lo camp a gardar 4301. Voir aventura,

estros, far, front, obs, pales, pas.

Adenolhar, réfl., 358, 481, 1621, 1803, 1884, 2701, 2898, 3561, 3994 (on pourrait lire à ce vers Al paire[s] son a.), 4594, s'agenouiller.

Ades 78, 86, 97, sur-le-champ, dans le moment.

Adoctrinatz 4058, instruit, formé.

Adoncas 634, alors.

Adonx 562, 564, alors.

Adormir, réfl., 3317, s'endormir.

Adreit, adreg 6, 3090, adroit, épithète qui indique un certain degré de perfection générale, comme p. ex. le fr. « accompli ».

Adumplir 1611, remplir, accomplir.

Adyar 2678, faire jour, pris subst.

Adzesmar, ses — 515, sans mesurer, sans faire l'estime.

Adzorar 418, 421, 482, 872, adorer.

Affans 96, peine, difficulté.

Affilhar 3428, 3432, adopter pour fils.

Afiar, ind. pr. s. 1e p. afi 654, affirmer, garantir.

Afiblar 3544, affubler, proprement attacher, agrafer.

Afortitz 4009, 4164, 4741, ferme, énergique; fréquent en ce sens dans la Chanson de la croisade albigeoise.

Afrevolir 3249, *s'affaiblir*.

Agachar 2276, 2990, 3398, *regarder avec' attention; c'est l'anc. fr.* agaitier, *qui toutefois s'emploie plutôt dans le sens étymologique de guetter, surveiller; mais le sens de regarder est celui qui s'est conservé dans les patois du Midi. Mistral* AGACHA.

Agarar, *pus non agara* 718, 5244, *n'attend pas davantage*.

Agitori 2819, *aide (exclamation). Ce mot a ici quatre syll.; la forme plus ordinaire,* aitori, *n'en a que trois. Cf.* agitori de dreg, *Cartul. des Alaman, p. p. Cabié et Mazens, p.* 113.

Agradius, *s. suj.,* 4804, *agréable*.

Aibs, *pl. rég.,* 9, aybs 5297, *qualités*.

Aïr 1242, 4345, *impétuosité, violence. C'est le sens que ce mot a en français*.

Aizina, *voy.* ayzina.

Ajudar 842, *subj. pr.* ajut, 337, *aider*.

Ajustar 822, 2840, *réunir, grouper; réfl.,* 2882, 4272, *se réunir,* 1117, *se mesurer, en venir aux mains, en parlant de deux adversaires*.

Albirar 1525, 4647, *supposer, imaginer*.

Albor 870, *aube*.

Aldres 5324, *autre chose*.

Alegrage 828, *allégresse*.

Alegre 754, *allègre*.

Alegrier 140, 496, 948, 3436, *allégresse*.

Algaravic 248, *langue arabe, avec une nuance de mépris; cf. le castill.* algarabia, *le fr.* charabia (*voy.* Romania, II, 87, *note*).

Almoyna 3933, *aumône*.

Alonguier, ses — 2892, 3188, 3364, *sans tarder, sans délai*.

Als, *invar.,* 305, 524, 768, 1167, *autre chose*.

Alugorar 2971, *éclairer, par extension, améliorer*.

Am, *voy.* ab.

Amagadament 904, *en cachette, secrètement*.

Amarvir, *prét. 3e p. s.* amarvis 3108, *donner, mettre dans la main. Cette signification est conservée en Languedoc et en Gascogne; voy. Mistral,* AMARVI. *La 3e p. du prét. est plus ordinairement* amarvic; *voy. Chans. de la crois. alb.* 1352, 1470.

Amarvitz, *sing. suj.* 4392, *préparé, disposé; c'est le part. p. d'un verbe* amarvir *signifiant « préparer » (Chanson de la crois.* 7334) *qui paraît distinct du précédent, et est probablement identique au prov.* amanoïr *ou au fr.* amanevir *qui ont le même sens*.

11

Amassar 4962, *réunir.*

Ambas, *voy.* ams.

Ambeduy, *suj.,* 550, 904, 940, ambidos, *en rime, emploi du cas suj.,* 2689, 4395, *tous deux. Cf.* amduy.

Ambladura, *d'—* 3116, *à l'amble.*

Amblan, *gér. d'*amblar, 940, 2598, *chevauchant à l'amble;* amblant, *part. pr.,* 2895, *qui va l'amble.*

Amduy, *suj.,* 1292, 1546, 1772, 2776; amdos, *rég.,* 1080, 1690, 4262; amdos *employé au cas sujet,* 1837, 2056, 2207; amdoas 4291; *tous deux, toutes deux. Cf.* abdos.

Amenar 367, 484, 561, 935, *amener.*

Amenistrar 3971, *servir à table;* 4638 *disposer, distribuer.*

Amistat 30, *amitié, sentiments amicaux.*

Amparar 2009, 2703, *saisir, prendre quelqu'un [par la main] pour lui faire accueil;* 3362, *prendre sous sa protection.*

Amplamens 4687, *largement, en grand nombre.*

Ams, *masc. rég.,* 3822, ambas, *fém.,* 4269, *tous (toutes) les deux.*

Anaphils, *voy.* sanaphils.

Anar, *ind. prés. s.* 1re *p.* vau 4546, *3e p.* vay 1060, 1690, *(en rime),* va 248, 1688 *(en rime), pl. 3e p.* van 109, *subj. pr.* vasa 4226, *aller; employé comme auxil. avec un inf.* 43, 52, 64, 90, 109, 116, 252, 273, *avec un gérondif* 28, 468; *prend* aver *comme auxiliaire,* 2952.

Ancas 1052, *hanches.*

Anta 1204, *honte.*

Antan 4544, *antan, autrefois.*

Anueg 4194, *cette nuit, la nuit prochaine, fr.* anuit. *Mistral,* ANUE.

Aparelhar 290, apparelhar 362, 388, *préparer.*

Apert, *adj.,* aperta 538, [*figure*] *ouverte* (?), *avenante.*

Apert, *adv.,* 2980, *vitement, rapidement. Cf.* espert.

Apparegutz, *part. passé,* 1362, *apparu.*

Apparelhar, *voy.* aparelhar,

Appropiar, *réfl.,* 4062, *s'approcher.*

Apres 2869, *après, derrière;* —de 1875, 2419, *après, à la suite de;* en — 92, *ensuite.*

Ar 348, ara 828, 2594, 3000, aras 152, *maintenant, présentement, alors;* a l'ara 1120, 2360, 4996, *alors,* al pont d'ara 2650, *même sens.*

Ardidamens 211, 325, *hardiement.*

Ardit, *pris adverb.,* 329, *hardiement.*

Arestol 4321, *bas de la lance.*

Arlot 3174, 3192, *ribaud, terme d'injure.*

Arma, armas 342, *âme.*

Armaduras 971, 4347, *armes défensives.*

Armas 929, *armes.*

Arnescar, *part. passé* arnescadas 1451, *habiller, parer ; s'applique à des femmes.*

Arra 100, *arrhes, acompte constituant un engagement ; plus ordinairement employé au plur. en prov. comme en fr.*

Arrenc 3117, *pour* a renc, *en série, consécutivement.*

Arrendar 2468, *arrenter, concéder moyennant une rente. Mistral,* ARRENDA.

Arrengar 510, *ranger, mettre en ordre.*

Arribar 122, *arriver, aborder ; réfl.* 5316.

Arssagayas, *plur.* 193, *l'anc. fr.* archegaie, *arme de jet ; sorte de javelot ; « quendam gladium vocatum* archigaie », « ung baston ferré appellé arsegaie », *ex. cités par Carpentier.*

Art 846, *hart, lien ou corde pour pendre. Du Cange,* HARDES.

Asec, *voir* assezer.

Asertar, asetïar, *voir* assertar, assetïar.

Assajar 4019, 4313, *essayer, éprouver.*

Assalhir 144, *assaillir.*

Assautar 4475, *assaillir.*

Assegurar 4865, *part. passé* assegurat 287, 1369, 3191, *donner garantie.*

Asseguriers 327, 4912, *assurance, garantie.*

Assertar 1074, 4401, *prét.* asertec 1098, *frapper. On connaît* acertar, *mais en un sens tout différent.*

Assetïar 4614, 4628, *s'asseoir, prendre place (à une table); réfl.* 46, *s'asseoir (toutefois* fo s'assetïatz, *ms.* fos assetiatz, *peut bien être pour* fo a. *(cf.* fos *au lieu de* fo, *v.* 4270); 4770, *assiéger.*

Assezer, 2107, *asseoir, act. ; réfl.* asec 2103; *part. p.* assis 4056.

Assignar 3843, 4264, *assigner* [*un jour*].

Asta 168, 1088, 4319, 4348, *lance.*

Astre, per — 3893, 3910, *par heureuse chance.*

Astrucs 12, *heureux dans une chose, par extension habile; cf.* astruc de cavallaria, Flam. 1693.

Ataïna 4878, *querelle, ou p.-ê. la rancune qui subsiste après une querelle.*

Atendenssa 2480, *attente, délai.*

Atenher, *prét.* ateyss 1045, 4403, *atteindre.*

Atertal, *pl. suj.*, 999, *tels, pareils; pris adverb.* 1874.

Atilhat, *pl. suj.*, 193, *munis, armés, l'anc. fr.* atillié.

Atras 4742, *profit, avol — est un mauvais gain; dans les* Leys d'amors, III, 280 (*cité* par *E. Levy*, Prov. suppl. Wœrt.), *far son atras si- gnifie faire son profit. Ce subst. est en rapport avec le v.* atrassar, *amasser,* voy. Mistral, ATRASSA.

Atrasag 4898, *surement, cer- tainement.*

Aturar, *réfl.*, 960, *se joindre, s'attaquer* [à *un adver- saire*], 5240, *tarder.*

Aucir 3176, *ind. pr.* aucizon 3170, *prét.* aucis 172, *occire.*

Aura 644, *air, atmosphère.*

Ausir 59, 206, 803, *ind. pr. s.* 1re p. aug 547, 3e p. au 2816, 4785 ; *prét.* ausic, auzic 2350 (*en rime avec* vic), 2966, auzi (*en rime avec* aqui) 2738, ausiro 2666 ; *cond. p.* ausiratz 54, 512 ; *subj. pr.* aujan 4534, *imp.* ausis 3917 ; *ouïr ;* ausen de totz 211, 283, 451, *devant tous, tous entendant.*

Ausor 4132 (*voir la note*), *plus haut.*

Autet, *adv.* 368, 443, 864, 1038, *un peu haut.*

Autisme 1562, *très haut.*

Autre, vos autri 2947, *vous, avec une nuance d'emphase.*

Autru 2028 (*en rime avec* tu), *employé comme adj., qui dépend d'autrui, étranger.*

Avant 3114, 4501, *en avant.*

Aveniment 2365, *événement.*

Aventura, ad — 3469, à *toute aventure, à tout hazard ;* d' — 4189, *par chance.*

Aver, *imp.* avey (*en rime*) 2422 ; *prét.* aguem 1948, 1949 ; *cond. passé* aguera 4560, *subj. imp.* aguesson 23 ; son avutz (*plur. em- ployé comme suj., en rime*) 3633, *sont allés.*

Aver, *inf. pris subst.*, 165, *richesse mobilière, argent.*

Averar 3896, *vérifier.*

Avinens, *sing. suj.* 476, *agréa- ble ;* avinent, *pris subst.* 813, *chose convenable.*

Avol 1736, 1753, 4742, *mau- vais.*

Aybitz 1643, 4000, *doué.*

Aycels 452, *ces.*

Ayci 426, 611, *ici.*

Ayre, de bon — 3940, *doux, aimable (originairement, de bonne naissance).*

Aysina, aisina 3071, *facilité, occasion ;* 4932, 5144, 5173, *résidence.*

Aysinatz 2313, *approché ou apprêté (les deux sens sont admissibles).*

Ayssela 1181, *aisselle.*

Ayssi 2346, 2344, 4057-8 ; en — 14, 59, 326, *ainsi, en telle manière.*

Aytal 707, 923, 1464, *tel.*

Aytant, ab — 406, 412, 3292, 3321, *alors, à ce moment ;* aytant cant 121, 994, *tant que.*

Aytantost 525, *aussitôt.*

Azaut 4753, *aimable, qui plaît.*

Azempriu 309, *ce qui peut*

être soumis à l'adempre, qui était une sorte de taxe arbitraire, par conséquent être ou objet dont on est maître.

Babastels, *plur. rég.*, 3171, *sorte de marionettes que l'on faisait manœuvrer les unes contre les autres. Rayn.*, Lex. rom. II, 203 ; *Flamenca, glossaire; anc. fr.* baasteaus, basteaus, *d'ou* bateleur. *On entend ordinairement* baasteaus *au sens de gobelets* (Ménagier de Paris, I, 147, *Godefroy*, Dict.) *mais cette interprétation paraît peu fondée : l'un des équivalents anglais donnés par* Cotgrave *pour* basteleur *est* puppet-player. *On a rapproché* (Zeitschr. f. rom. Phil. XIX, 105) bavastel, bagastel, *du prov.* baias *et du fr.* bagatelle, *ce qui n'a aucune vraisemblance.*

Bacalar 3142, 3200, *terme méprisant appliqué à des larrons; cf. le débat d'Izarn et de Sicart, v. 304 et la note de ma traduction de ce poème. De même dans Jaufre, v. 4344 :* En bacalar truan ; *et dans la coutume de Perpignan :* « Si vilis persona vel baccalator injuriam fecerit vel dixerit ali-

cui probo homini de Perpiniano... » *La version romane de cette coutume traduit* baccalator *par* bacalar (*Soc. archéol. de Montpellier,Doc. hist.,n° 6,* 1848, *p.* 14).

Baci 1548, 1552, *bassin.*

Bacinet 1125, 4414, *bassinet, sorte de chapeau de fer. Ce mot n'a pas été rencontré en prov. avant le XIVe siècle.*

Badas, de — 2214, *vainement pour rien. Mistral,* BADO.

Bag, *pl. suj.*, 487, *bai.*

Balandrau 3312 (*rime avec* suau), 3327, *manteau d'étoffe grossière. Mistral,* BALANDRAN, *et* BALANDRANO; *Du Cange,* BALANDRANA.

Balh, tocar un — 2662, *faire entendre une sonnerie [de clairon];* bals, *pl. rég.*, 635, *sonneries, musique instrumentale.*

Banquet 1558, 1643, *petit banc.*

Bar 187, 220, 1568, 3675, 3727,baro, *rég.*,1064, baro, *employé au cas sujet,* 1066, baron, *terme appliqué ordinairement à un homme libre.*

Barnage 2191, *l'ensemble des barons formant le cortège ou la suite d'un seigneur.*

Barrilet 3307, *barillet, petit baril.*

Bastir gaug 3678, *manifester de la joie.*

Batalha 170,291,994, *bataille, combat;* 4195, 4209, 4219, 4247, 4287, *combat singulier, duel;* 1011, 1823, *troupe rangée en bataille.*

Batalhar 4271, *combattre.*

Batejar 899, 1363, 1607, *ind. pr.* 1re *p.* bategi 1561, *baptizer.*

Baudor 2730, 3676, *joie.*

Bauzia, ses — 5306, *sans tromperie.*

Bel, *pour* be lo, 4031.

Benasir 357,2747, *bénir; part. p.* benaseit 700.

Bestiar 3415, *troupeau, bétail.*

Betz 3694, *pour* be etz.

Beurage 595, *boisson.*

Beure 1437, *ind. pr.* beu 364, *part. p.* begut 403, *boire.*

Bezan 126, 129, *besant.*

Biza 3390, *bise.*

Blau 1629, *bleu* (?).

Blos 3389, *dépouillé* [*de ses vêtements*], *nu.*

Bobans, *sing. suj.*, 1986, 5094, 5166, *faste, luxe.*

Bobs, *sing. suj.*, 2072, *sot, niais. Identique à l'esp. et port.* bobo, *que Diez* (Etym. Wœrt., II *b*) *rattache, contre toute vraisemblance, à* balbus. *Ce mot a p.-ê. quelque rapport avec* bobe, boba, *qui, en anc. fr. et en certains patois* (*voy. le Dict. de Puitspelu*), *signifie moue, grimace.*

Boca, de sa — 3426, *en son langage.*

Bona, *adj. fém. pris adverbialement,* ta —, 1385, *si heureusement. Cf.* mala.

Bordir, 3394, *jouer, s'amuser.*

Boscage 2024, *bois, lieu boisé.*

Bossels, *pl. rég.*, 2992, *flacon, récipient, probablement en bois, où l'on mettait du vin.*

Bossutz, *pl. rég.*, 3186, *noueux* (*il s'agit de branches d'arbres*).

Boto 4169, *bouton, objet de peu de valeur, employé pour renforcer la négation.*

Brachetz 1990, *chiens de chasse.*

Brans, bran 173, 953, 1048, 1097, 1112, *épée.*

Bras, *pl. suj.* brasses 1051, *bras;* bras e bras 1693, *se tenant embrassés* (*cf.* v. 1812).

Breu, en — de motz 4159, *en peu de mots.*

Brizaut 1586, *anc. fr.* bliaut, *tunique, ordinairement de linge ou de soie. La forme ordinaire est* blizaut, *mais* brizaut *se trouve aussi dans* Daurel e Beto (*v.* 1426) *et dans un des manuscrits de* Jaufre.

Brocar 169, 521, 521, 1110, 4020, 4050, *éperonner.*

Broydadura 3470, *broderie.*

Brutz, *sing. suj.*, 178, brut, *rég.*, 552 (*en rime avec* vertut), 1696 (*en rime avec*

perdut), 3409, bruy, *rég.*,
54, 2420, 4908 (*en rime
avec* luy), *bruit, fracas.*

Cabals, *sing. suj.*, 1428, 2742,
4082, *adj. d'un sens assez
vague qui exprime une
excellente condition;* per
cabal 1290, 4180, *en tout,
sans plus* (*il s'agit dans l'un
et l'autre exemple de deux
personnes en tête à tête*).

Caber 67, 2499, *prét.* caub
17, 2443, *subj. prés.* capia
2793, *tenir, être contenu.*

Cabreta 3395, *chevrette.*

Cabussatz 1661, 3165, *ren-
versé, tombé à la renverse.*

Cabval 1566, 4462, cabvalh
4020, 4049, 4051, *en des-
cendant, en bas* (*avec mou-
vement*).

Cada 1744, quada 4951,
chaque.

Cadafalc 853, 864, 978, 1285)
cadafal (*en rime avec* mal,
1016, *échafaud, estrade.*

Cadeyra 469, 479, *chaire,
siège.*

Calaquom 3492, *quelque
chose.*

Calar 4222, *taire.*

Caler, *impers., ind. pr.* cal
174, 299, 302, 371, 888,
956, *prét.* calc 1034, 2117,
fut. caldra 1393, *subj.* calha
4210, *importer, toujours
avec négation;* a no m'en
cal 981, *d'une façon indiffé-
rente, insouciante; même*

*loc. Chanson de la crois.
alb. v.* 4845, *Reforsat de
Forcalquier, dans Appel,
Prov. ined. p.* 301.

Camp 4267, camp claus 4181,
champ clos.

Campal, batalha — 267, 3551,
*bataille en pleine campa-
gne entre deux armées.*

Campios, *sing. suj. et pl.
rég.*, 842, 4187, 4285, *cham-
pion.*

Cana 1002, *pour* canina?
dérivé de can.

Canas 1745, *augmentatif de*
can, chien, *employé comme
terme de mépris.*

Cantar 3781, *chanter à l'au-
tel.*

Cap 1065, 3872, *extrémité,
bout.*

Capdel 2304, *capitaine, celui
qui conduit, qui guide une
troupe.*

Capel 931, 947, 1044, 1127,
1221-1222, *chapeau de fer,
synonyme de heaume* (comp.
931 et 947).

Capela 3576, *prêtre.*

Capmal 4414, *camail, pèle-
rine de mailles qui s'atta-
chait au bassinet.*

Captener 2749, *maintenir,
diriger* (*une guerre*), *réfl.*
2752.

Captienh 4083, 4102, *main-
tien, contenance.*

Cara 538, 3233, 4242, 4757,
visage.

Careime 3840, *carême.*

Carguar, *prét.* carguec 1981, carquec 1980, *charger.*

Carnassa 1747, *charogne.*

Carr 464, 473, 977, 1975, 1980, *char.*

Carrieyra, tener sa — 2318, 3674, *aller son chemin.*

Cartiers, *plur. rég.,* 328, 1102, *partie, pièce; dans le second ex. il s'agit d'un corps partagé en deux;* 1092, *partie de l'écu.*

Causir 269, 832 *choisir;* 650, *voir, distinguer;* causirs 96, *pris subst., choix;* 650, *voir, distinguer; ind. prés.* causisc 4224.

Cavalaria 4443, *chevalerie, acte chevaleresque;* — *de* Nostra Dona 3844, *la chevalerie Notre-Dame, ordre religieux.*

Cavalguadors, *rég. pl.,* 145, *chevaucheurs.*

Cavalguar 959, 1055, *chevaucher.*

Cayratz 4250, *carré.*

Cayre 3294, *carrefour.*

Cayss 176, 2001, 3344, 4509, *presque.*

Cayss 1158, *joue.*

Cazer, *ind. pr.* ca 4371, 4485, *imparf.* c a z i a n 1215, *prét.* cazec 1050, 1103, 1657, cazeron 4341, *part. p.* casutz 1123, *tomber.*

Ceda, *pour* seda, 527, 643, 1571, 2007, *soie.*

Cela, *pour* sela, 488, 4350, 4376, *selle.*

Cerp, *voy.* serp.

Cert, sert, *adj.,* 4735, *sûr;* per — 424, 3490, 4296, *certainement.*

Cessar, *réfl.,* 5067, *cesser, s'arrêter.*

Citar 2914, *citer, appeler en justice.*

Clamor 4768, *plainte, réclamation.*

Clar, *pris adverb.,* 368, *clairement, avec une voix claire.*

Clas 4023, *sonnerie de cloches.*

Clau 2466-7 (*p.-ê. fautif dans le second ex.*), *clé* (*fig.*).

Claus, *voy.* camp.

Clavelar 382, 590, *clouer.*

Clop 4656, *boîteux, éclopé.*

Co 1064, quo 1391 (*en rime*), *pour* com. « Quo semissonan, et alcu diɀo cum » (Leys d'amors, II, 252). *Cf.* col, cols, cos, cot, cum.

Cobrar 733, 4408, *récouvrer;* 165, *s'emparer de.*

Cochos 902, *pressé, qui se hâte.*

Coffortar 605, *conforter.*

Coffre 372, *coffre.*

Cofizar, *réfl., prét.* cofizec 1035, 1097, *se fier.*

Cofus 1960, *détruit, anéanti;* mort e cofus *rappelle la locution si fréquente en anc. fr.* mort et confondu.

Col, *pour* co (com) li, 716.

Colar, *réfl.* 3238, *se glisser.*

Colca 2783, *couche, lit.*

Coler 724, *vénérer, adorer;* 1904, *conseiller.*

Cols 40, *pour* co (com) los.

Coma 393, *comme.*

Comenjar, cum - 345, 3535, 3571, 3617, *communier.*

Companha 409, 4297, *compagnie, troupe armée qui accompagne un seigneur.*

Compans, *sing. suj.,* 2956, 3355, companho, *sing. rég.* 1071, *compagnon.*

Comparer 2919, *comparoir.*

Compliment 3838, *ce qu'on désire, l'accomplissement des vœux que l'on a formés.*

Complir, *part. p.* complitz 9, 157; *largement pourvu;* cort complida 2068, 4660, *cour plénière.*

Comprar 1082, *acheter, payer.*

Compres, *part. p. de* compendre, 3842, 4836, *enflammé (fig.).*

Coms, *employé comme rég.* 3525, *comte.*

Concordia 257, *accord, arrangement pacifique.*

Conjurar 378, *conjurer, prier instamment.*

Conoissement 4489, *connaissance.*

Conort 962, *encouragement.*

Conortar 3645, *consoler, remonter [qqun]; réfl.* 3640.

Conoysser, *part. pr.* conoyssent 3245, *qui a de la discrétion.*

Conquerre, *prét.* conqueric 4730, *conquérir.*

Contenent, de — 1495 *incontinent, sur-le-champ.*

Contrast, moure — 3519, *faire de l'opposition [à qqun].*

Contrastar 84, 115, 767, 1030, 2765, 3923, *s'opposer, résister.*

Contumaci 2918, *état de contumace.*

Cor, aver — 4306, *avoir désir.*

Cora 3631, *quand, interrogatif.*

Corable, denier — 3006, *denier ayant cours.*

Coragios 394, 883, coragos 4261, 4332, *courageux.*

Coralment 4254, *de tout cœur.*

Corral 1005, *cours, place, espace libre où on peut circuler. Ce sens convient aussi à l'ex. tiré de la Vie de saint Honorat que cite Rochegude (éd. Sardou, p. 46), et à Guerre de Navarre, v.* 1981. *Il s'est conservé dans les patois. Mistral,* COURRAU.

Corre, *act.* 1220, *faire courir, lancer au galop [son cheval].*

Corredor, *pl. suj.,* 192, *coureurs;* 198, *courriers.*

Corregir 3481, *corriger.*

Corrossar, *réfl.,* 544, *se courroucer; part. p.* corrossatz, 1068.

Cors, de — 1189, 2832, *à la course, vivement.*

Corssier 2891, *courreur, messager.*

Cos, *pour* co si, 631, 2752,

Cossi (= com si) 1391, *comment, de quelle façon.*

Cossir 957, 3482, 3513, *même sens.*

Cossirier 3100, 5342, *préoccupation, souci.*

Costa, 4021, 4052, *côte, montée.*

Costa 729, 862, 1802, 3364, 3365, *auprès de.*

Costar, *quant que* cost 3202, *quoi qu'il en coûte, infailliblement.*

Costum, far — 1057, *se comporter selon la coutume* [*de*].

Costumar 483, 1111, 1174, *avoir coutume.*

Cot, *pour* co te, 239.

Coudat 2085, *coudée.*

Coutela 3386, *anc. fr.* cotele, *dimin. de* cota.

Covenir, *impers.,* cove 341, *il faut;* part. p. covengut, 766, *faire une convention* [*avec qqun*].

Covens, *pl. reg.,* 4199, 4212, *conventions, conditions d'un accord.*

Covidar 3947, 3952, 4787, *convier, inviter.*

Creire 3278, *ind. pr. s.* 1e *pers,* crezi 31, 927, 2016, crey 172, 2018, 4624 (*en rime*); cre 608, 3084 (*en rime*); *prét.* crezec 715;

impér. crey 3279; *cond. passé* creiram 305; *subj. pr.* crezam 764; *part. p.* cresutz 763; *croire.*

Cristalh 1925 (*en rime avec* falh), *cristal.*

Cropas 489, *croupière, partie du harnachement du cheval.*

Crossar 1796 (*où* crossat *a été corrigé à tort en* croslat) 4127, *remuer, branler* [*la tête*].

Cubrir, *part. p. fém.* cuberta 537, *couvrir.*

Cujar, *ind. pr. s.* 1e *p.* cug, 26, 532, 774, 1480; *prét.* cujec 695, 777, *penser, croire.*

Cum 641, *comme,* ayssi cum 387, cum si 395; cum que, *avec un verbe au subj.* 4226, 4444, *de quelque façon que.*

Cumenjar, *voy.* comenjar.

Cutz (*en rime*), 1728, *pensée.*

Da pas 3293, *au pas.*

Dangier, senes — 1340, *venant après ses mal, ne peut guère signifier que « sans dommage ».*

Dar, 86, 100, 297, *donner;* dar tal 1119, *donner un tel coup;* se dar meravilha 3430, *s'émerveiller.*

Davalar 36, 1285, 3124, 4026, *descendre;* 1245, 4402, 4415, *faire descendre.*

De 3125, 3151, 3179, 3585, *à cause de, pour; partitif* 855, 5078, 5079; *loc.* —

premier, 3435, *d'abord, en
premier lieu;* — gran pla-
zer 1432, 3960, *avec grand
plaisir. Cf.* acort, ambla-
dura, aventura, badas,
contenent, cors, denolhos,
mantenent, part, pas, pla,
trot, voluntat).

Decebre, *p. p.* deceubutz 573,
decevoir, tromper.

Dechar, *part. p.* dechatz 155,
*appeler, dénommer. (Il faut
supprimer la virgule à la
fin du vers et comprendre
que le château, en raison de
sa force, était à juste titre
appelé* Malleo.)

Decosta 1771, 2409, 5125,
auprès de.

Decs, *pl. rég.,* 149, *limites,
bornes.*

Dedins, per — 922, 4303, 4310,
par dedans.

Defalhiment 65, *défaut.*

Defenir, batalha defenida
291, *est-ce bataille définie,
convenue, dans des condi-
tions de temps et de lieu
déterminées? ou bataille dé-
finitive, mettant fin à une
querelle? la première in-
terprétation paraît la plus
probable, quoiqu'elle ne ré-
ponde pas à la significa-
tion ordinaire de* defenir.

Deffizament 4109, *défi.*

Dejos 676, 3989, 4004 (*en
rime*), dejus 3344, 3946 (*en
rime*), *au dessus, en haut.*

Delassar 4483, *délacer, dé-*

*faire les lacs [qui rattachent
le heaume au haubert].*

Delatz 2782, *auprès de.*

Delgat 1589, *mince, grêle,
anc. fr.* deugié.

Delieg 2668, 3768, *plaisir,
anc. fr.* delit.

Delir, *part. p. sing. suj.,*
delitz 3036, *détruit.*

Deliure, a — 4784, *abondam-
ment, sans réserve, de tout
cœur.*

Demanes 448, 1020, 1212,
1826, 1910, *aussitôt, sur-
le-champ.*

Demembrar, *impers.,* 3553,
sortir de la mémoire.

Demest 322, 521, 681 1177,
1185, *parmi.*

Demor 1576, *délai, temps
d'arrêt.*

Denier Dieu 100, *denier à
Dieu. Du Cange,* DENARIUS
DEI.

Denolhos, de — 272, 364,
674, 1237, 1838, *à ge-
noux.*

Denolhs, de — 873, 875, *à
genoux.*

Dentelh, *pl. suj.,* 2640, *cre-
neaux.*

Dentelhatz, *sing. suj.,* 4720,
crenelé.

Departir 739, *se fendre, se
briser; pris subst.,* 2740,
3861, *séparation, départ.*

Depens 577, *part. p. de* de-
penher, *peint.*

Deportar 1931, 4809, *se dé-
porter, se promener.*

Depus que 287,398,788,2325, 2625, *puisque, du moment que;* 1352, *tandis que, pendant que.*

Derrocar 1185, 3211, 3719, *renverser, abattre.*

Desastre 4464, *malheur.*

Descavalguar 2377, 5105, *descendre de cheval.*

Descolorat 3633, *pâli, qui a perdu ses couleurs.*

Desconortar, *réfl.,* 2939, 4381, *se désoler, se désespérer.*

Desconoyser 4113, 4118, *méconnaître, ou p.-ê. refuser de reconnaître.*

Descresent 1040, *mécréant.*

Descubrir 531, *prét.* descubri 525, *découvrir.*

Dese 356,964, desse 4280, *sur-le-champ, immédiatement.*

Desieg per — 3648, 3969, *par désir. Dans le second ex. il s'agit d'un enfant qui meurt d'envie de voir une personne à qui il est attaché, mais dans le premier ex. per desieg est une simple cheville, ou p.-ê. faut-il corriger* delieg.

Desparar 2909, 2319, 4546, *abandonner [une chose à qqun].*

Desparelhar, *réfl.,* 4340, *se séparer.*

Despart, a — 3685, *à part. Mistral,* DESPART.

Despenciers 105, *serviteur*

chargé du service de la table; maître d'hôtel.

Desperdutz, *part. p. sing. suj. de* desperdre, 1079, 1208, *éperdu.*

Despleguar 180, 195, 468, *déployer.*

Despulhar 1918, *déshabiller.*

Desrompre, *ind. pr.* desrom 1703, *déchirer.*

Desse; *voy.* dese.

Dessenar 4822, *perdre le sens, devenir fou.*

Destacar 3942, *détacher.*

Destrigar, 218, *retarder.*

Detras 190, 1534, 2963, 3049, *par derrière.*

Devalar 3004, *descendre. Cf.* davalar.

Devedar 4028, *défendre, interdire.*

Devenir 3294, 4495, *arriver.*

Dever *ind. pr. s.* 1re *p.* dey 30 4498 (*en rime*), deg 3519, 3671, 4244, *3e p.* deu 67, 71; *pl.* devem 68-9; *prét. s. 3e p.* dec 60, 411, 975; *pl. 3e p.* degro 466; *devoir, souvent employé comme auxiliaire;* non dever 4573, [*chose*] *qui ne doit pas se faire, illicite.*

Devergonhatz 2427, *sans vergogne.*

Devesir 3458, *déterminer, fixer un point;* 3703, *disposer, tracer;* — de 3862, *traiter d'une matière.*

Dezabrassar 1816, *se dégager d'un embrassement.*

Dezacordier 5129, *désaccord.*

Dezamor 5228, *inimitié.*

Dezamparar 1339, 2912, *lâcher, abandonner.*

Dezena 1021, 1028, *dizaine, groupe de dix personnes.*

Dezes, si — 4487, 4673, *soi dixième, avec dix personnes.*

Dia 928, *jour.*

Dilus 3888, *lundi.*

Dinnada 2333, 4833, *l'heure de dîner, le milieu de la journée.*

Dins 29, 841, 849, *dans.*

Dire 90, 4205, dir 207, 264, 277, 524, *ind. pr.* dic 1399, dizem 326; *prét.* diss 420, 540, 736, 896, *pl.* disson 1719, disso 317, 4788, disseron 4781; *impér. pl.* digay 926,1906,2790; *subj. imp.* disses 955; *dire. Voy.* no.

Ditar 743, 862, 985, 1032, 1219,1252,1343,1699,1748, *jeter.*

Doas, *fém.*, 469, 2413, *deux.*

Dobliers 3303, *sac, besace,* Rayn., Lex. rom., IV, 564; Du Cange, DOBLERIUS *et* DUPLARIUM.

Dols, dol 392, 989, 2281, *douleur.*

Don 407, 520, 839, 1555, *seigneur.*

Dotatz 3427, *craintif, réservé.*

Doussamens 359, *doucement.*

Dreit e dreit 2109, 4291, *en face l'un de l'autre. Voir* endreit.

Dressar 702, *dresser, lever; réfl.* 1078, *se lever.*

Dur e dur 1026, *dur, résistant; la répétition équivaut à une sorte de superlatif.*

Durar 1717, *durer, résister.*

Duy 103, 315, 406, 500, 774, 818, dos 853, *deux.*

Dyablas 1342, *grand diable.*

Eccequtio 2236, *exécution capitale.*

Efantetz, *pl. rég.*, 2951, 2983, *enfants.*

Effans, *sing. suj.*, 8 (*en rime*), efant, *suj. pl.*, 1768, effant, *même emploi*, 18, *enfant.*

El, *pron. pers. masc. suj.*, 8, 9, 12; *rég. d'une prép.* 619, 2043; *plur. suj.* elh 744.

El, *pour* e la, 927.

Ela, *fém. suj.*,2741,3745,*elle.*

Elm 947, 1123, *heaume,* synon. de capel.

Emancat 1314, 1476; *le sens général paraît être « enfermé ». Dans le premier ex. un cheval a été laissé* emancat, *et on voit qu'il est enfermé dans son écurie fermée à clé ; dans le second ex. une cuve devant servir de fonts baptismaux est* emancada, *et couverte d'un drap précieux.*

Emaysselatz 1217, *qui a la mâchoire brisée.*

Emenda, non caub emenda

17, *il n'y eut pas place pour amélioration, on ne pouvait imaginer rien de mieux.*

Enaguar, *réfl.*, 116, *s'embarquer.*

Enans, tot — 1636, *tout d'abord.*

Enansar 1797, 2817, *avancer, gagner; réfl.* 520, *s'avancer.*

Enaps, *rég. plur.*, 2082, *hanaps.*

Enartar 2970, *agir, travailler. Dans le poème de la guerre de Navarre, ce verbe se rencontre plusieurs fois avec le sens d' « exciter, faire naître » qui s'est conservé dans les patois. Mistral,* ENARTA.

Enblasmat, enblasmada 3729, *pâmée.*

Enbregar, ses tot — 1519, *sans empêchement, sans tarder.*

Encantar 712, *faire des enchantements.*

Encara 1034, 1274, 1493, 3669, 4670, 4778, 4806, *alors ou maintenant, suivant le temps du verbe joint. Cf.* enquaras.

Encavalgar 5080, *monter [qqun], pourvoir d'un cheval;* encavalguans, *part. pr.,* 1053, *chevauchant;* encavalgat, *part. p. pl. suj.,* ben—1007, 4304, *bien montés, pourvus de bons chevaux.*

Encombrier 929, *empêchement.*

Encontenent 832, 2073, 2731, 3226, *incontinent, sur-le-champ.*

Encuey 1084, *aujourd'hui, présentement.*

Encuzamens, *pl. rég.,* 2916, *excuses.*

Endeficar 3510, *édifier.*

Endemessa, per — 3892, *d'un bond. Le même qu'esdemessa, Raynouard, Lex. rom.,* IV, 226; *Flamenca, glossaire.*

Endevenir 1681, *réfl.* 1682, — *arriver;* 2371, 3455, *se rencontrer, se convenir.*

Endreit, endreg (*ou* en d.) 2276, 2805, *droit en face;* endreit endreit 699, *même sens, avec une nuance d'insistance.*

Endressar 2074, 2362, *mettre en ordre, disposer.*

Engal, *adj.* 1100, *égal; adv.* 2399, 4994, *à l'égal de.*

Engoyssar, *réfl.* 3178, *s'angoisser, éprouver de l'angoisse.*

Engres 2190, 4450, *toujours joint à* fels, *irrité.*

Enics 770, *joint à* fels, *mal disposé [envers qqun], hostile.*

Enilhar 1109, *hennir.*

Enlaizar 1487, *souiller. Le simple* laizar *est fréquent dans le Breviari d'amor; p.-ê. le composé* enlaizar *s'est-il conservé dans le pr.*

mod. enlessa (*voir Mistral*).

Ennovar 288, *innover.*

Enquaras 4146, enqueras 1681, 1756, 3262, 3898, *encore;* enquara mais 4562, *de plus.*

Ensolada 1267, *airée, gerbes étendues sur l'aire à battre le grain.*

Entamenar 1149, *entamer.*

Entier 4751, 4955, 5225, *accompli, parfait.*

Entimar 2922, *intimer, signifier une décision judiciaire.*

Entor, d'— 4274, *tout autour.*

Entorrar 4309, *enfermer dans une tour. Autre ex.* Guerre de Navarre, *v.* 4166.

Entro 7, 905, 1502, *jusqu'à,* — que 45, *jusqu'à tant que.*

Envasir 147, 1095, 1144, *s'emparer de.*

Er 182, 1012, 1204, *maintenant.*

Erm 5118, *lieu inculte. Du Cange,* EREMUS, ERMUS.

Errar 4112, *commettre une faute.*

Esbaytz 4163, *ébahi.*

Escalfatz 3248, *échauffé.*

Escapssar 2078, 2236, 2264, *part. p.* scapssatz 258, *décapiter. Lex. rom. II, 320, un seul ex.*

Escarlata 3741, *écarlate.*

Escarn 1090, *moquerie; cf.* esquern.

Escarnir 722, 788, 2885, 3184, *tourner en dérision.*

Escolas, *sing. suj.,* 4419, *élève.*

Escomover, escomogutz 659, 693, *émouvoir, effrayer.*

Escorjar 2863, 4115, *écorcher.*

Escoutas 4476, *mot douteux, voir la note.*

Escremir 1176, *employé au sens général de « combattre » et non pas de « faire de l'escrime ».*

Escrinassatz, *sing. suj.* 2821, *échevelé; seul ex. connu.*

Escudacir 4393?

Escusar scuzar, *réfl.* 2925, 4925; *absolu* 4866, *s'excuser, présenter sa défense.*

Esmarrir 1762, 2966, 3266, *se désespérer.*

Espadiers 2393, 2399, *porte épée.*

Espantalh 1058, *épouvantail.*

Espavent 502, 886, *épouvante.*

Espaventar, espaventat 1260, *épouvanter.*

Espavorir, espavorida 3723, *même sens.*

Especias 3642, *épices que l'on prenait avec du vin, le soir, avant de se mettre au lit.*

Esperdre 1054, *perdre.*

Espert, *adj.,* 202, 923, 1006, *prompt, expéditif; employé adverbialement* 416, 662, 895, 1582, 2986, 3408, *vite, rapidement. Paraît identique à* apert, *étant de même joint à* tost, 662, 895.

Espes, pus — 3952, *plus lar-
gement* (il s'agit d'une invi-
tation limitée à huit jours
et qui eût été plus large si
on avait su qui était l'in-
vité).

Espoljar 601, *dépouiller* (on
préférerait espolhar *ou*
despolhar).

Esponto 726, espuntos 4440,
esponton, sorte d'épieu.

Esproar 637 (*où l'on pourrait
corriger* e proar), 4333,
éprouver; 4248, *donner la
preuve de ce dont on est ca-
pable.*

Esquern 1665, *moquerie, dé-
rision; cf.* escarn.

Esquila 3539, *clochette.*

Esselar, esselat 489, 1970,
seller.

Essems 1155, 1831, *ensemble.*

Esser 14, 585; *ind. pr. sing.*
1re p. son, suy 2029; *2e p.*
iest 628, yest 235, 600, 610,
629, est 4386; *3e p.* es
passim, eis 1893, eys 4164;
plur. 1re p. em 215, 312,
1157; *2e p.* etz. 228, 278;
imparf. eras 599, sïam 763;
prét. s. 2e p. fust 587, 589,
592; *3e p.* fon 96, 98, fo 9,
156, fos (*forme probable-
ment incorrecte*) 46 (*note*),
287, 4270 (*note*), 4537 (*note*);
pl. 1re p. fom 1940, 1946;
2e p. fos 287; *3e p.* foron
25, 139, foro 138, 186; *fut.
er* 260, sera 917, seram
456; *cond. passé* fora 639,

735, 2196, foram 328, foran
567; *subj. imp.* fos 65, 735,
985, 2302, fossa 2309, fos-
san 395, 793, *être; l'inf.
pris subst.* 955, *la manière
d'être.*

Est 5327, *fém.* esta 335, 890,
4358, *ce, cette.*

Establir 838, 2762, *ordonner;*
853, *établir, fabriquer.*

Estacar, estacatz 589, *atta-
cher.*

Estage 4716, *demeure, rési-
dence.*

Estalvar 4398, *épargner, faire
grâce. Dans tous les ex.
connus ce mot signifie « ar-
river, advenir ».*

Estalviar 4406, *même sens.
Mistral,* ESTAUBIA.

Estar 428, 444, *ind. pr.* sta
1064, estay 5313; *prét.*
estec 4, 18, 33, 44, 88, stec
3572, este 3156 (*rime avec*
pe), estero 501; *subj. pr.*
estïam 3236, estiatz 1305;
*être placé, demeurer, sé-
journer;* en estans (*en
rime*) 738, *debout, sur
pieds;* estars, *pris subst.*
4012, *séjour, action de sé-
journer.*

Estiers, *construit avec un
subst.,* 105, 3906, *outre,
sans compter; adv.* 850,
3885, *outre cela, autrement.*

Estimar 1505, 1973, 2001,
estimer, évaluer.

Estoc 4327, *estocade, coup
d'estoc.*

Estordre, *p. p.* estort, estorta 3080, 3738, 4397, *sauver.*

Estreit cosselh 4873, *conseil restreint, composé de peu de personnes; pris adverb.* 2806, *étroitement.*

Estrem 1777, *extrémité, côté opposé à un autre.*

Estrenar 2401, 3226, 4078, *étrenner, faire un présent.*

Estros, ad — 560, 820, 884, 2800, *décidément.*

Estruep 1053, 1218, 2968, 4042, *étrier.*

Estujar 2104, *réserver [une place].*

Esturmens, *pl. rég.* 475, 635, *instruments de musique.*

Etat 9, *âge.*

Eus, *pour* e vos, 424.

Evers 1647, *renversé, à la renverse.*

Eversar 1077, *renverser.*

Evori 490, *ivoire.*

Eyss, *pron.* 4404, *même.*

Fait 877, *exploit.*

Falcia, *pour* falsia, ses — 4732, 5269, *sans fausseté, véritablement.*

Falhiment 67, 72, *défaut.*

Falhir, *ind. pr. s. 3e p.* falh 764, falhiss 4905, *faillir, au sens de « manquer » et de « commettre une faute ».*

Fanh 3164, *endroit boueux, marécageux.*

Far 13, 75, 91, 199, 301 (*en rime*), faire 2033; *ind. pr. pl.* 1re p. fam 1897, *3e p.* fan 494; *prét. s. 3e p.* fey 112, 237, 362, 367, fe 63, 175, 236 (*en rime*), fes 31; *pl.* 1re p. fem 4761; *3e p.* feiro 1526, 2348; *impér. sing.* fay 440; *pl.* faitz 1455, 3937; *cond. p. s.* feira 4254; *pl.* feran 1025; *subj. pr.* fassam 1597; *imp. s.* feses 861, 1257, fes 824, 850, 1301, 1909; *pl.* fesson 4279, fesso 103; *gér.* fazen 4691; *faire;* far a *avec un inf.,* 1851, 1909, 4446; *auxil. renforçant le sens de l'inf. qui suit (comme l'anglais* do) 722. *Locut.* far mestier 182, 1012, far vias 3456; fe trop bel vezer 31, 494; *rappelle un verbe précédent* 3835, 4761.

Fauda 3405, *giron d'une personne assise.*

Faula 3976, faulas 222, 4654, *hâblerie, parole vaine.*

Faysso 1410, *forme ou plutôt visage;* de — 1588, *locution de pur remplissage, de forme.*

Fazenda 18, *occupation.*

Febre 3345, *fièvre.*

Fel, *pour* fe lo, 3343, 3451.

Fels 34, 770, 1068, 2190, *de mauvaise humeur, irrité.*

Femneta 3667, *dimin. de* femna.

Fementitz 260, *faux (dieu).*

Ferir 1115, *ind. pr.* fier 1042, 1105, *prét.* feric 648, *frapper.*

12

Fermar 386, 429, *fixer, attacher;* 4273, *fermer par une enceinte* [*un champ clos*].

Fertat 1692, *épouvante, événement effrayant.*

Filhar 4255, 5215, *adopter pour fils; cf.* afilhar.

Filhet 3614, 3620, *diminutif de* filh, *fils.*

Filheta 3459, *diminutif de* filha, *fille.*

Flacs, *pl. rég.*, 1114, *affaiblis, épuisés.*

Flocs, colors de — 3532, *houppes ou glands de couleur.*

Floris, *pl. rég.*, 3053, 3107, 3221, *florins.*

Fogasset 391, *petite fouace.*

Fol, *pris adverbialement*, 685, *follement.*

Folor, 780, *folie.*

Fom, *voy.* esser.

Fons, parens de — 2200, *parent rapproché.*

For, d'un — 1575, *d'une même sorte;* a — 3878, a fuer 546, 4130, *à la manière;* a lunh — 2624, a negun — 3897, *en aucune façon.*

Fora 762, *hors.*

Fora, foram, *voy.* esser.

Forma 1620, *image.*

Forn 1789, *four;* novas de — 664, *expression qui paraît signifier « mauvaise plaisanterie » ou l'équivalent.*

Fors 138, *hors;* en — 2206, *au dehors.*

Forsa, per — e vigor 167, *avec force, avec vigueur, expression qui paraît empruntée à l'ancienne poésie française où elle est fréquente.*

Forssa 3918, *forteresse.*

Forssar 1733, 2827, 4428, 4430, 4576, 4578, *forcer, faire violence, au pr. et au fig.*

Fort, per — 102, 806, 4474, *locution assez vague qui paraît signifier « d'une façon prépondérante, avec une grande force ».*

Fos, *voy.* esser.

Fraires menors, *sing. suj.*, 2309, *frère mineur.*

Fre, *pl. suj.*, 490, *freins.*

Freg, *pl. suj.*, 1799; frejas, 389, *froid; pris adverb.* frey (*en rime avec* rey) 5101.

Fregar 3315, *frotter.*

Fromir 411, *pour* formir, *fournir* [*un message*].

Front, ad una — 401, *en une seule ligne.*

Fuelhas 350, *feuilles.*

Fuer, *voy.* for.

Fugir 2868, 4457; *prét.* fugic 4465, *fuir.*

Gab, *plaisanterie, ou plutôt vantance, chose qu'on dit pour se faire valoir;* tener a — 830, 2866, semblar — 866, ses tot — 3545. *Au v. 1522, gabs paraît dési-*

gner le faste déployé dans une procession, s'il n'y a pas q. q. faute dans le texte.

Gabar 672, 1122, 1376, 1502, *plaisanter, ou, simplement, causer.*

Gacha 2603, 2660, *guetteur public, gardien ;* — cominal 836, *même sens.*

Gaffar, gafar 1180, 1200, 1250, 3127, *saisir, harponner. Mistral,* GAFA.

Gagie 86, *gage de bataille.*

Gait 2972, 2975, *guet, garde.*

Galhartz 2364, *gaillard, bien portant.*

Gandir 148, 285, *fut.* gandra 961, *défendre, protéger ;* 961, *se défendre [de...], échapper [à...].*

Gant 827, 1018, *gant, lancé en signe de défi.*

Gap, *voy.* gab.

Garar 539 regarder ; 4103, *faire attention,* 1076, *protéger.*

Garda 1480, *gardien.*

Gardacors 3385, *garde-corps, sorte de gilet long descendant jusqu'au ventre. Godefroy,* GARDECORS.

Gardar 204, 2900, 3475, 3938, 3972, 4032, 4242, *regarder.*

Garnimens 203, 413, *armures défensives.*

Garnir 798, *s'armer,* garnitz 143, *armés.*

Garsso 2950, *garçon, valet.*

Gaserdonar 1721, *récompenser.*

Gatz, *pl. rég.* 741, *chats.*

Gaugz, gaug 1499, 1513, 1584, guaug, 2730, *joie.*

Gaujos 2365, 4736, *joyeux.*

Gausir, se far — 2757, *se faire bien venir.*

Gauta 1154, *joue.*

Gauziment 3584, *joie, contentement.*

Gay 1689 (*en rime*), *joie.*

Gequir 3318, 4588, 5150, 5262, *céder, abandonner [une chose à qqun].*

Gietar, *réfl.* 4368, *se jeter, se précipiter. Cf.* ditar.

Girar 1112, 2272, 3177, girat (gira te), 1041, *tourner, virer.*

Girfals, *pl, rég.,* 2476, *oiseaux de chasse.*

Gomphayno 180, *enseigne, drapeau.*

Gonela 3385, *gonelle, sorte de tunique de dessus.*

Governayre 1067, 3992, *gouverneur, commandant.*

Gran, de bel —, *voir* grans.

Grana, drap de — 2006, *étoffe teinte en rouge.*

Grans, *masc. et fém.,* grans donas 979, *cependant* granda voluntat 1173 ; *loc.* de bel gran 2059, 4234, *de belle grandeur (taille),* d'un —3353, *de même grandeur.*

Grasalas 2120, *grands vases.*

Grasir 4942, 5019, *agréer, prendre en gré.*

Gravier 139, 499, *grève, plage sabloneuse.*

Grayle 2661, *trompette à son aigu.*

Grifar 1195, *saisir, comme avec une griffe.*

Grociers, deniers — d'aur, *plur. rég.,* 3220, *gros deniers d'or. Du Cange,* DE-NARIUS GROSSUS.

Guinho 4126, *moustache.*

Guirent 4177, *garant, défenseur.*

Guit 2158, *sauf-conduit.*

Guiza, de — que 4576, *de manière que.*

Gurpir 2228, *abandonner.*

Hoc, ni no ni — 3734, *ni non ni oui;* dire d'oc 4124, *dire oui, acquiescer.*

Hodorar 731, 1321, *sentir, aspirer une odeur.*

Hom, *employé comme rég.* 4421.

Homenage 2474, *hommage.*

Hon, *voy.* hont.

Hondransa, de gran — 1618, *très honorables.*

Hondrar 4069 *honorer.*

Hont 125, 404, 1653, hon 403, 466, 854, 975, 3381, *où.*

Hostal, ostal, 4795, *maison;* 3376, *hôtel, maison [d'un roi].*

Hostalar 3003, 4795, *loger.*

Hostar, *voy.* ostar.

Huey, 337, 919, 1300, *aujourd'hui.*

Hueymay 371, *aujourd'hui.*

Ifant, *voy.* effant.

Ifanta 1920, ynfanta 3080; yfanta, 3101, 3104, 3108, *jeune fille.*

Ilha 1914 (*en rime*), *elle.*

Iradamens 227, *avec colère.*

Iros 2804, *mécontent, fâché.*

Jagans 1229, *géant.*

Jarzi 39, *jardin.*

Jau 1630, *jaune? Il s'agit d'une étoffe à couleurs changeantes, qui semblait bleue, rouge et* jau.

Jazer 4829; *subj. imp.* jaguesson 4694, *coucher, passer la nuit.*

Joc, 161, *jeu, plaisanterie.*

Jocglaor, *pl. suj.;* 2434, *jongleurs.*

Jocglar, jotglar 474, 2441, 4657, *jongleur.*

Jos 311, 982, 2690, *en bas; prép.* 316, 823, 942, 2512, *sous.*

Jotglar, *voy.* jocglar.

Jous, al bon — 603, *le jeudi de l'Ascension.*

Joy 496, 1282, 1412, *joie.*

Joya 1416, 1833, *joie;* 2433, *joyau.*

Jupa 3388, *jupe.*

L', *pour* li, 934.

Laïns 473, *là dedans.*

Lait, *fém.* 878, *lait.*

Lajos 3771, *là en bas.*

Languir 3886, *languir, vivre d'une vie misérable.*

Lanssar 4256, *lancer.*

Lanssejar 3154, *tuer à coups de lances.*

Lanssols, *pl. rég.,* 3012, *draps de lit.*

Lassar lo matremoni 2382, 3818, 3855, *lier par les liens du mariage.*

Latiniers 224, 410, 442, *interprète.*

Laur 383, 386, 576, *laurier.*

Latz 3506, *près.*

Laüs, *sing. suj.,* 98, 486, 854, 3214, la .j. (laün) 355, 1577, *l'un.*

Lay 1880, 1966, *là, là-bas; — de 1, au-delà de.*

Layssar, *réfl.* 3268, 5047, *laisser, cesser [de faire une chose].*

Leguas 1999, 5118, *lieues.*

Leguetas 2681, *petites lieues.*

Lenegans, *fém. pl.,* 1691, *glissantes.*

Let 1678, *joyeux.*

Leu 144, 665, 2579, 3402, 3403, lieu (*en rime avec Dieu*) 1810, 3056, 3414, 4359, 4791, *vite, promptement.*

Leument 2894, *même sens que le précédent.*

Leus 4251, *léger.*

Ley 477, 1609, 5058, *loi, religion.*

Leyteyra 2317, 2331, *litière.*

Lezer *inf. pris subst.,* 480, *loisir, délai.*

Li, *pour* lor, 115.

Li, *pour* la, 1469.

Lieu, *voir* leu.

Liey, *pron. pers. fém. rég.,* 2861, 3100, 4878, *elle.*

Lingage 277, 4715, *langage;* 3061, 3336, 4120, *langue, pays.*

Listrar, listrat 5177, *bordé.*

Lizar, *part. p. fém.* lizada 1656, *lissée, polie, par extension glissante. Mistral,* LISA.

Loguet 2295, *petit local.*

Lor, *construit avec une préposition, eux* 41, 168, 276, 322, 358-9, 373.

Lors, *possessif, plur. rég.,* 189, 221, 317, 397.

Los, *au sens de* lor, 396, 5168.

Luenh 679, 933, *loin.*

Lugor 2674, *lueur.*

Luns, *suj.,* 67, 376, 619, 840, 848; lunh, *rég.,* 54, 71, 370, 421, 502; lunha 11, 765, 840, 848, 2049; lunh temps 114; lus temps 2283, 3321, *en aucun temps.*

Luy, *construit avec une préposition* 53, 549, 903, 1545.

Luzir 933, *prét.* luzic 1470, *part. pr.* luzent 490, *luire.*

Ma, *pl.* mas, *masc.* 2243, 2816, *fém.* 627, *main;* ma e ma 2010, 2588, 3682, 5146, *la main dans la main;* a lor — 151, *à leur main, en leur pouvoir, de même,* a la — del rey 2181; sobre — 4319, *sur la main (il s'agit d'une certaine façon de tenir la lance).*

Macis, aur— 1527, *or massif.*

Macissament 614, *en* [or] *massif. Mistral,* MASSIS-SAMEN.

Mainada 4516, 4702, maina-das 3988, *troupe, compagnie.*

Mais 638, 2361, 2885, *plus.*

Maistre, 4003, 4028, 4043, 4059, *maître, gouverneur.*

Maizoneta 3105, *petite maison.*

Majer, *sing. suj.,* 2994, *plus grand.*

Majormens 85, majorment, 4165, *surtout.*

Mala, *pris adverb., pour son malheur,* 1297.

Malautes 2317, *malade.*

Malenans (*corr.* malanans) 3252, *qui va mal, qui se sent malade.*

Malvatz, malvada, 983, *mauvaise.*

Mandamen 3806, *ordre.*

Mandat 5254, *même sens.*

Mandils, *pl.* 351, *nappes ou serviettes. Dans* Flamenca, *v.* 505, *les* mandil *servent à essuyer les mains, mais on pouvait se servir, pour cet usage, de la nappe :* « Mantil, *a table cloth »,* Cotgrave. *L'anc. fr.* mantil, *pouvait cependant désigner un objet distinct de la nappe et de la serviette, car on lit dans le Dict. de M. Godefroy :* Les nappes, mantilz, serviettes... *Le*

mandil *pouvait être en soie. Dans un inventaire de Saint-Victor de Marseille* (1338) : unum mandile de serico.

Manieyra a — 1094, *à la manière.*

Manifestar 4596, *faire savoir.*

Mans 515, *maints, nombreux.*

Mantenent 314, de — 1472, *sur-le-champ.*

Mantener, *subj.pr.* mantenha 182, *défendre, protéger.*

Marcar 1424, *subj. imp.* marques 1479, *marcher, dans le sens le plus restreint* (marcher sur un tapis).

Marmet 1465, 2561, 4699, *marbre.*

Marritz 158, marrida 1759, *éperdu, affligé.*

Mas 56, 424, *mais;* — qué (ques *devant une voy.*) 69, 222, 560, 722, 1210, 1283, 2638, 2906, 3217, 3345, *mais, sinon que.*

Massa 1227, 1468, 2842, *masse d'armes;* a — 4712, *en masse, ensemble. Cette locut., que Raynouard n'a pas relevée, est encore usitée (Mistral,* MASSO).

Mastegar 1705, *mâcher.*

Matar 3212, *frapper au point de faire perdre connaissance. On préférerait* macar, *Raynouard,* IV, 111.

Matre 3127....?

Maustinas, *pl.* maustinasses, 1746, *mâtins. Mistral* MAS-

TINAS. Moustin *existe en
gascon* (Mistral, MASTIN).

Mazanh 1222, mazan 2430,
3858 4072 (*tous ces ex.
en rime*), *bruit, tumulte,
mêlée.*

Mazel 689, 4858, *massacre,
boucherie.*

Mazeliers 1101, *boucher.*

Mege 3444, 3871, 3873,
médecin.

Meja 3961 (*en rime*), *inter-
médiaire.*

Melher, *pl. suj.*, 4300, *mil-
liers.,*

Mena, menas 2116, *sortes.*

Menistrar (*lire* amenistrar *au
lieu d'*a menistrar ?) 2065,
régler, ordonner.

Menoret 1677, 1829, *cadet,
la plus jeune de deux per-
sonnes.*

Mens, esser — 1271, *être en
moins, manquer à l'appel ;*
trobar — 1274, *trouver en
moins.*

Mentre 441, 1496, *tandis que.*

Meravilha, se dec — 5066,
s'émerveilla, s'étonna.

Meravilhos 1238, *étonné,
abasourdi.*

Mercadejar 4701, *acheter.*

Merces, redre — 4229, *ren-
dre grâces.*

Merir, que mal no mier 4147,
*qui ne mérite pas de mal,
qui ne démérite pas.*

Merssaudier 4744, *miséricor-
dieux, qui accorde facile-
ment merci.*

Mesclalha 1198, *mêlée.*

Mesclar 1990, *mêler ;* la ba-
talha's mesclada 170, *la
bataille est engagée.*

Mesqui, *sing. rég.*, 612, mes-
quis, *pl. rég.*, 452, *misé-
rable, méprisable.*

Messonja 3457, *mensonge.*

Mest 373, 3136, 3926, *parmi.*

Meteyss, *adj.*, 4277, *même ;
adv.* (sinon, *lire* meteyss')
2252.

Metre, *prét.* mezon 1168,
mezo 2962, *part. p. fém.*
mesa 534, *mettre.*

Mezels, mezel, 2991, 2994,
3002, 3008, 3020, *lépreux.*

Mieg, lo — 5025, *la moitié.*

Minhot 1531, 3418, 3463,
3489, 3527, 3578, 3580.
3590, 3834, 3839, *coussin.
Ce mot est employé par R.
del Cornet* (Noulet et Cha-
baneau, Deux mss. prov.,
p. 14).

Mirar 196, 494, 4705, *regar-
der, examiner.*

Moc, *voy.* moure.

Monestier 3925, 4075, *mou-
tier, église.*

Montan 82 ?

Montar, *neutre*, 109, 2665,
2731, *monter à cheval ; act.*
4092, *élever en grade.*

Morir, *prét.* muric 343, *cond.
pr.* 3767, *subj. pr.* muram
342, *mourir.*

Morn 1336, *morne, triste.*

Mors, a — 1180, *en mordant.*

Morteudatz 4856, *carnage.*

Mosenh, *suj.* 2804; *emploi du cas rég.* 4861, *monseigneur.*

Mostra 440, *montre, démonstration.*

Mot, redre — 2286, *répondre, dire une parole.*

Moure 558, 3519; *ind. pr.* mou 1494; *prét.* moc 44, 162, 1028; *part. p.* mogutz, mogut 832, 1224, *mouvoir, mettre en mouvement; réfl.,* 44, 1494, *se mouvoir; neutre,* 1028, *même sens.*

Muda, *voy.* mut.

Mudar, se — de color 2356, *changer de couleur.*

Mulhar 1566, 1605, *mouiller.*

Murtrir 4384, *tuer.*

Musa, far la — 3606, *muser, s'arrêter à regarder.*

Musquet 731, 1321, *musc.*

Mut. *fém.* muda 1920, *muette,* anc. fr. mue.

Nafrar, 1137, 3212, 4416, *blesser.*

Naleg, aver — 2683, 2924, *avoir tort envers quelqu'un.*

Natural 10, *de bonne origine.*

Nautors, *pl. rég.,* 2174, *nautoniers, marins.*

Navilis 2312, 3324, *navire.*

Neci 546, *sot.*

Negoci 325, *affaire.*

Netz 1992, *propre, bien nettoyé?*

Nieu 1592, *neige.*

No *explétif,* mens que no feran 1025, ses autre dreit que no y avia 4731, ses que nol falssec armadura 4347; dir de no 2788, 3018, 4854, *refuser;* si que no 3202, 3716, 4176, 4680, *ou sinon; pour d'autres ex. de cette locution voir Noulet et Chabaneau,* Deux mss. prov. du XIVᵉ s., *p.* 195. *En composition, voy.* dever, sen.

Noble, *fém. pl.* noblas 197; *pris. subst.* 21, 25, 51, *personne noble.*

Nofezaycs, *pl. rég.,* 611, *infidèles.*

Nos, *pour* no se, 2925.

Notari 2724, *notaire.*

Nous 292, 1241, *pour* no vos.

Novas, 4706, *nouvelles, informations. Voy.* forn.

Noyritz, gent — 3426, *bien élevé.*

Nualha 848, *paresse, indolence;* 2328, *faiblesse, maladie, cf.* nualhos, *malade,* Comptes des frères Bonis, II, 136.

Oblit, ses — 2581, *sans oublier.*

Obs, ad — 869, 1983, *pour l'usage, pour le service* [de].

Oc, *voy.* hoc.

Ola 3010, *pot, marmite.*

Ondrat 4084, *honoré.*

Ost 987, *host, armée.*

Ostar, hostar, 523, 967, *ôter.*

Ostia 3563, *hostie.*

Otra, tot — 2861, *de but en blanc*.

Paciu 799, *passion*.

Pagar, 4133, 4204, *payer, sens métaphorique.*

Pairis, *sing. suj.*, 1639, *parrain.*

Pairo, *sing. rég. de* paire, 3359.

Paisser, *part. p.* pascut 1392, *nourri, repu.*

Pales, a — 5048, 5250, *publiquement.*

Pali (*en rime avec* descubri), 526, *étoffe de soie, anc. fr.* palie.

Palm 3533, *empan* (15 centimètres).

Palmier 2512, *palmier.*

Pals, *pl. rég.*, 2761, 4274, *pieux.*

Panar, *réfl.* 3608, *se dérober.*

Pans, a — 1740, *en morceaux.*

Par 83, 353, 651, *pair, compagnon;* 4150, *adversaire égal; adj. dans une proposition négative,* Anc mais son par mazel no vitz 689, anc sa par joya no fo 1416, anc no foro pars (*fém.*) d'aquels 1512.

Par, *pl.* pars, 1575, 1577, *paires.*

Parage, de — 85, 104, 200, 3019, 3335, 4427, *de noble naissance.*

Parar 1452, 5135, *parer, orner.*

Parelh 1276, 4874, 5171, 5175, *paire, couple.*

Parentat 4263, *parenté.*

Parer, *imparf.* paria 535, *prét.* paregron 1158, *fut.* parra 877, parera 4396, *subj. imp.* pares 2659, *paraître, apparaître.*

Paret, 3719, 3733, *paroi, mur.*

Paria 5124, *société compagnie.*

Parssoniers, *pl. rég.* 4956, *copropriétaires, ayant part à une propriété.*

Part 1880, 5205, *au-delà de, outre;* de — 839, 925, 945, *de la part.*

Partidura 3329, *anc. fr.* parteüre, *division* [*d'une étoffe, d'un vêtement*] *en deux.*

Partiment 2743, 3291, *départ;* 4178, *solution.*

Partir, *subj. pr.* parčatz, 3145; 593, 1044, *fendre en deux; réfl.*, 3145, *se séparer de* [*qqun*], *partir.*

Parvent, far a — 1283, 2552, 3217, 4323, *faire paraître. Il faut peut-être lire* aparvent *en un mot, cf. le* Doctrinal *de Raimon de Castelnau, v.* 176 *et la note de l'éditeur* (Suchier, Denkmæler, I, 539).

Pas, a — 146, *au pas;* de bel 4324, 4329, *à une allure modérée.*

Pascor, lo gay temps de — 3841, *le temps de Pâques.*

Passar, *passer, aller;* 2303,

traverser la mer; —covens 4199, *manquer à une convention;* — sa fe 4572, *manquer à la foi jurée;* no m'en vuelhas passar 3505, *ne me désobéisse*z *pas sur ce point.*

Pastor, *suj. et rég.,* 3343, 3354, 3408, *pasteur.*

Pastorals, *pl. rég.,* 3303, *pasteurs.*

Pastorel 3383, pastoret 3352, 3355, 3392, 3414, *diminutifs du précédent, jeune pasteur.*

Patz 2387, *paix, livre ou instrument (patène) sur lequel on donnait le baiser de paix à la messe.*

Pauc ni trop 568, 2049, 2617, *ni peu ni beaucoup, pas du tout;* ni pauc ni pro 720, 970, *même sens.*

Pausa, en sana — 3512, *en bon repos.*

Pausar las testas 2204, *avoir la tête coupée.*

Paziment 1425, 1528, *pavement.*

Pec, ses tot — 2656, *sans faute.*

Pecols, *plur.,* 1551, *pieds de lit.*

Pecs, pec, *fém. pl.* pegas, 2072, 2114, 2386, *sot.*

Peguament 3073, *sottement.*

Pejors, los — 881, *les plus dangereux à la guerre.*

Penchura 445, *peinture.*

Pendre 108, 1826, 3104; *ind.* *pr.* pren 2824; *prét.* pres 1549, 1841, pris *(en rime)* 1178, 2243, preso 742; *cond. passé* prezera 2321 *(au sens du cond. prés.); subj prés.* prenha 3289; *part. p.* pres 447, 1178 *(en rime)* ; *prendre;* — a, avec un inf., 89, 1660, 2226, *se prendre, se mettre à* [*faire une chose*]; *réfl.* 1062, 1109, 2828, 4441, *même sens;* prendent 2477, *qui prend bien, en parlant d'un oiseau de chasse.*

Penher, *part. p.* pens 458, *peint.*

Penjar 2728, 4584, *pendre.*

Perdre 1053; tot a perdut 4409, *éperdument, comme un perdu.*

Perir, *act.* 810, *laisser périr* (*fig.*).

Perpessar 533, *penser, imaginer.*

Perregir, *réfl.,* 1852, 2758, 3871, *se gouverner, conduire sa vie; se mettre en devoir* [*de faire une chose*].

Personalmens 2915, *en personne.*

Pertanher 4085, *appartenir.*

Pès, de — 1550, en — 225, *en pied, debout.*

Pès 2766, *pour paz, à cause de la rime, paix.*

Pés, de — 857, *de poids,* [*personnes*] *considérables.*

Pessar 3008, 5031, *s'occuper* [*de quelqu'un*]*, avoir soin;*

part. p. fém. pessada 3739, *soignée.*

Pessejar 1741, 1951, *mettre en pièces.*

Pestre 5084, *prêtre.*

Petit, un — 89, 583, *un peu,* fort — 553, *très peu; pl. suj.* 811, *peu nombreux.*

Peutrir 1266, *piétiner, écraser. Cf. l'anc. fr.* peautrer, *qui a le même sens.*

Piment 3014, *piment, boisson faite de vin épicé et de miel.*

Pitansa, far uelh de gran — 5121, *manifester par ses regards un sentiment de douceur, de componction.*

Pla, *subst.,* 152, *plaine.*

Plas, pla, *adj.,* 974, *plain, plat;* 277, *simple, clair,* 277; de — 438, 1568, 2587, 3632, *sur-le-champ, aussitôt.*

Plasentiers, plasentier, plaz- 6, 3304, 3558, *agréable.*

Platinas, *plur.,* 1076, *plates d'armure. Anc. fr.* platines.

Play, *pour* plag, ses tot — 2814 (*en rime*), *sans débat, certainement.*

Pleg, tot a — 3672, *pleinement, largement,* a ple, *ou* a plec, *se dit encore dans le même sens. Mistral,* PLE.

Pleguar las portas 530, *plier (rabattre) les portes.*

Plevir 2856, *subj. imp.* plevis 4571, *engager [sa foi].*

Plorar, plura 4512 (*en rime*), *pleurer.*

Plors, *sing. suj.,* 2954, *pleur, lamentation.*

Poder, *prét.* poc 43, 115, 650, pogron 1030; *cond. pr.* pogra 285 1009, pogran 93; *subj. imp.* pogues 1019, *pouvoir;* per — 166, *puissamment;* poder, *pris subst.,* 263, *pouvoir, puissance;* 2726, 4886, *pouvoir (au sens d'autorisation);* 2750, *gouvernement.*

Poderage 827, *pouvoir.*

Poderos 563, 610, *puissant.*

Polir, *ind. pr. 3e p.* polis 4324, *caresser; part. p.* politz 1976, *qui a le poil uni, lissé (en parlant d'un cheval);* 474, *poli, bien élevé.*

Pols 2969, *coq.*

Popar 878, *téter.*

Port 2763, *entrée, passage.*

Portanel 528, *petite porte, guichet. Mistral,* POURTANÈU *et* POURTANELLO.

Prebenda 3906, *prébende, source de revenus.*

Prens 3865, *enceinte.*

Prepausar 58, 210, 283, 324, 781, *notifier, intimer; fréquemment employé de la même manière dans la rédaction en prose de la Chanson de la crois. albigeoise.*

Pres, *pl.,* 4510, *prisonniers.*

Presar, *voy.* prezar.

Presset, 186, 2679, *auprès.*

Presset 5176, *perse, sorte d'étoffe, Rayn.*, Lex. rom. IV, 522.

Prezar, presar 569, 2617, *priser, estimer;* part. pr. presans, *épith. de* cavaliers, 3900, *prisé, estimé.*

Privatz, *sing. suj.* 2802 [ami] *privé;* tot per privat 2777, *en particulier, en privé.*

Pro 584, *avantage, profit;* far son — 219, 3875, 4125, *faire de son mieux, agir dans son propre intérêt.* Voy. pauc.

Procecius 3824, 3832, *procession.*

Procezir 2923, *procéder,* terme de droit.

Prometre, *part. p.* promis (en rime) 844, *promettre.*

Prop 567, *près, auprès.*

Propi, propia persona 1280, *propre personne.*

Pros, *fém. suj.* 2321, pron, *rég.* 1164, 3099, 3577, *preu, honnête.*

Pudir 741, 1710, *puer.*

Pudor 655, 734, 1769, *puanteur.*

Pueyss 48, 528, 1442, *puis.*

Pujar 5034, *monter à cheval.*

Punhar 2264, 3462, *travailler, prendre de la peine.*

Punt 834, 1448, 2652, *point [du jour].*

Pus 25, 47, 189, *etc., plus.*

Quada, *voy.* cada.

Quals, le — 4, 3904, les — 1960, 4213, *faisant office de relatif, lequel, lesquels.*

Quant, aytant — 3339, *autant que.*

Que, *employé avec un verbe, d'une façon explétive, mais légèrement emphatique,* 190, 597, 835, 1017, 1315, 1961, 2560, 2785, 3543. *C'est l'usage qui s'est généralisé en béarnais. Il en existe des exemples anciens;* voy. Noulet et Chabaneau, Deux mss. prov. du XIV⁵ s., p. 176.

Que, *pron. neutre, dans une proposition interrogative,* 2262, 3224, 4390.

Querir 3885, 3932 (en rime), querer 4555 (en rime), prét. queric 3020, *gérond.* quiren 2290, 3878, *demander, chercher.*

Ques, *pour* que se, 1249.

Ques 650, *conjonction, suivi d'un mot commençant par une voyelle,* 4196.

Quet, *fém.* queda 644, *coie, tranquille.*

Queus 326, *pour que vos.*

Qui... qui... 177, 1015, 1063, 1206, 1261, 2110, 2598, *qui... qui..., l'un... l'autre;* qui mais poc 1845, 2111, 2361, *à qui mieux mieux.*

Quilha, ses tota — 3980, *sans en pousser de cri? Ce mot pourrait être une forme féminine de quil, cri aigu, glapissement* (Lex. rom. V, 26, *et Mistral*).

Quinh, quinha 1463, *de quelle sorte*. Quinh, *selon les* Leys d'amors (II, 46), *se rapporte à la qualité* (« quinhs es le reys ? *deu hom respondre* aytals, *o bels, azautz, cortes...* », *tandis que* quals se *rapporte à la substance*.

Quitis 1157, 2213, *quitte*.

Quo, *voy.* co.

Quom 2841, *pour* com, *où faut-il lire* qu'om?

Rajar 334, *rayonner, envoyer ses rayons (en parlant du soleil)*.

Rampalm 3825, *feuille de palmier;* 3534, *le jour des Rameaux*.

Rams 3821, [*dimanche des*] *Rameaux*.

Rasitz, *voy.* razitz.

Rauba 1585, 3399, *robe;* de majers raubas d'escudier 3377, *au nombre des écuyers qui reçoivent les meilleurs robes, en q. q. sorte écuyer de première classe (p.-ê. faut-il supprimer* d')?

Raubar 217, *dépouiller, voler*.

Raustir 259, *rôtir, brûler*.

Razitz, rasitz, *sing. rég.*, 10, 2200, *souche, racine (fig.), origine*.

Razo 57, 209, *ce qu'on a à dire*.

Razonar 3374, *réfl.* 3665, *parler, s'expliquer*.

Re, en — 243, 4172, *en rien;* non — 176, *néant*.

Receptar 950, *recevoir*.

Recobrar 1141, *recouvrer*.

Reconoyssensa 2479, *reconnaissance* [*d'un fief*], *p.-ê. aussi le don offert comme marque visible de la reconnaissance*.

Reconoysser 4153, 4173, 4175, 4185, *reconnaître* [*un fief*], *terme féodal*.

Recrear, *réfl.*, 3198, *se remettre, se rétablir*.

Reculhir 1116, *accueillir, accepter pour adversaire*.

Redempsso 130, 2202, *rançon, ici droit de péage*.

Redon, en — 1051, *en rond, en tas*.

Redre 1767, 4229; *cond. p.* rendera 4670, *rendre;* — mort e venent 4151. *Voy.* merces, mot.

Refermar 397, *confirmer, affermir*.

Refrescar 1473, *rafraîchir, nettoyer*.

Refut, tener a refut (*ms.* arrefut), 4322, *mépriser, dédaigner*.

Regarar 2785, *regarder*.

Regartz, regart 4260, 4270, 4364, *crainte*.

Rege 2831, *pris adverb., raide*.

Regeime 3368, *royaume*.

Regir 2771, *gouverner*.

Regirar, *réfl.* 1037, 1138, *se retourner*.

Remaner, *prét.* remas 1196,

remazeron 1052, *fut.* re-
mandra 3103, remandran
939, *subj. imp.* remases
849, 3948, *rester, demeurer.*

Rendera, *voy.* redre.

Renegar 137, 231, 293, 330,
renier, part. p. renegatz
783, *renégat.*

Reparar, *réfl.,* 5161, *se parer
de nouveau, se remettre en
bon état.*

Repèndre 4098, *reprendre,
blâmer.*

Repetir 4158, 4418, *répéter.*

Resclusa 3067, 3072, 3083,
recluse.

Resclusana 3065, 3096, 3571,
3709, 3903, *même sens.
Manque à Raynouard; cf.
Leys,* II, 198 ; III, 142.

Resperir, *neutre,* 3781, 4492,
*revenir à la vie, reprendre
ses esprits; act.* 1712, *faire
revenir à la vie.*

Respieg 297, *répit.*

Resplandor 733, *splendeur,
éclat.*

Respost 234, 275, 623, 4135,
réponse.

Resposta, 245, 2233, *même
sens.*

Restar (*pour* arrestar ?) 150,
arrêter.

Retendir 512, *retentir.*

Retraire 2337, 3240, *retracer,
rapporter ;* 69, *même sens,
avec une nuance de re-
proche.*

Rexeyme 4683, *royaume.*

Reyo 922, *proprement* ré-

gion, *pays, mais plus pro-
bablement* royaume.

Ribautz, *pl. rég.,* 986, *ri-
bauds.*

Ricamens 977, *richement, en
riche appareil.*

Ricos 4957, *riche, de grande
valeur.*

Rire, *prét.* ri, 1604, *rire.*

Ris 1686, *rire;* levar .j. —
1640, *se mettre à rire.*

Rival 2978, *rive, p.-ê. vallée.
Mistral,* RIVAU.

Rocinet 2895, *roncin, cheval
de charge.*

Rocinier 3193, 3201, *rossi-
nier* 1205, *valet d'écurie,
terme d'injure.*

Roda, metre en — 1168, *met-
tre dans un cercle, en-
tourer.*

Rog 253, *rouge.*

Romieu 2290, *pèlerin.*

Rompre, *réfl.* 686, *se rompre;
neutre,* 688, *même sens.*

Ronssar, *réfl.* 400, 1065, 1270,
*se ranger, se grouper, p.-ê.
se rabattre. En d'autres
ex.* (*Raynouard,* Lex. rom.,
V, 112) *le sens est* « *pous-
ser, renverser, faire tomber
à la renverse* », *qui s'est
conservé dans les patois;
voir Sauvages,* Dict. lan-
guedocien-français, *et Mis-
tral,* ROUNSA.

Ros 98, *roux.*

Rossegar, rosseguar, 987,
1252, 1332, 1747, *tirer,
traîner.* « Rocegar, *trahere*

cum equis », Donat proensal, *table des verbes. Ce sens ne paraît pas convenir aussi bien au v.* 2968. *Se trouve aussi en catalan; cf. Mussafia, glossaire du poème des Sept Sages.* Mistral, ROUSSEGA.

Rossinier, *voy.* rocinier.

Sa 3502, *sain.*

Sabblo 1072, 1103, *sable.*

Saber 71, 94; *ind. pr.* sab 4317; *prét.* saub 11, 14, saubon 209, saubo 3869; *fut.* saubrez 91; *cond. passé* saubra 2855; *subj. pr.* sabcha 4137; *imp.* saubes 3953, 3955; *savoir; impers.*, 71, 669, *faire éprouver une sensation (proprement la sensation du goût).*

Sal, *adj.* 3502, *sauf; adv.* 619.

Salvagia, *adj. fém.*, 1716, *sauvage.*

Samit 473, — blanc 1001, 1571, samitz, *pl. rég.*, 1424, *sorte d'étoffe de soie; voy. le vocab. de l'Escoufle.*

Sanaphils (*corr.* anaphils?), *pl. rég.*, 513, *sorte de trompette. Ce mot est sûrement le même que l'esp.* añafil (*Diez*, Etym. Wœrt., II *b*), *qui se rencontre en prov. sous la forme* nafil (*G. Anelier*, Guerre de Navarre, *v.* 4715) *ou* namfil (*Du Cange*, NAMPHILUM, *où ce*

mot est traduit à tort par « tambour »; *cf. ibid.*, DANAFIL, *où il faut lire* d'anafil).

Sarra, *voy.* serrar.

Saub, saubes, saubo, *voy.* saber.

Saumatiers, *pl. rég.*, 4634, *conducteurs de bêtes de somme.* Mistral, SAUMATIÉ.

Saumiers 106, 163, *bêtes de somme.*

Saur 487, *de couleur claire, en parlant d'un cheval.*

Savals 2212, 3102, *du moins.*

Savay 4145, *méchant, cruel.*

Sazina 4986, *saisine.*

Scapssar, *voy.* escapssar.

Scuzar, *voy.* escusar.

Segons, cozis — 2199, *cousin issu de germains.* Mistral, COUSIN.

Seguentre, de — 1254, *aussitôt après.*

Seguir 1660, 2824, 4458; *ind. prés.* sec 2832, 4326; *prét.* seguit 3062; *part. p.* segutz 1818, *suivre.*

Segur 993, *sûr, qui est en sécurité; pris adverb.*, 959, *en sécurité, avec confiance.*

Segurar 3153, *garantir [à quelqu'un de ne lui faire aucun mal].*

Segurtat 845, *sûreté, garantie.*

Semblan, per — 27, *apparemment.*

Sen, no — 281, *non-sens, folie.*

Sendat 253, 3388, *anc. fr.
cendé, étoffe de soie.*

Senes, 18, 1340, 1560, — tot
5010, *sans.*

Senha 195; *enseigne, dra-
peau;* cridar sa — 181,
4459, *crier son enseigne,
pousser son cri de guerre;*
2973, 2976, *mot de passe,
mot d'ordre.*

Senhal 967, 1000, *signe dis-
tinctif qu'on portait pour
se faire reconnaître dans
les combats; pouvait se
placer sur les armes,* 967,
sur l'écu, 3484, 3497, 3507,
3515, *sur un char,* 1993;
signe de la croix, 2748.

Senhalat, *part. p. pl. suj.*
1000, *[hommes] pourvus du
senhal.*

Senhar, 357, 1614, 1806,
1808, 2090, *signer, mar-
quer du signe de la croix;
réfl.* 1139, *se signer.*

Senher (*pour* cenher), *prét.*
seyss 1046, *ceindre.*

Senhors, *sing. suj.,* 4581,
4957, *seigneur.*

Senhssatz 2069, *part. p. d'un
verbe* senhssar, *d'ailleurs
inconnu, qui paraît signifier
ceindre.*

Sercar, serquec (*pour* cer-
quec) 4764, *chercher, pour-
suivre.*

Serp 1195, cerp 1332, 1337,
1338, *serpent.*

Serrar 1008, 3609; *ind. pr.*
sarra (*toujours en rime*

avec Barrá) 1106, 2560,
2698, 2760, 4698; *part. p.*
serratz 4274, 2760, *serrer,
enserrer;* 2698, *même sens
au fig.; réfl.* 1008, *se ser-
rer, serrer les rangs; réfl.,*
2560, 4698, *être serré,
entouré (en parlant d'une
ville); par ext.,* 1106, *serrer
avec l'épée, pousser l'épée
dans les reins.*

Serrutz, *pl., emploi du suj.,*
1746...?

Sers, *sing. suj.,* 1658, *cerf.*

Sert, *voy.* cert.

Sertas, *pour* certas, 4654,
certes.

Ses tot 1165, 1340, 1637; ses
tota 911, *sans;* ses que,
voy. no.

Setïar, *réfl.,* 3690, *s'asseoir.*

Sezer 729, 2782, 4885; *prét.*
sec 3961, 4619, *subj. imp.* se-
gues 4617, *s'asseoir, siéger.*

Si e si 3708, 4065, *positi-
vement, d'une façon cer-
taine;* si que no, *voy.* no.

Sibeus 70, *pour* si be vos.

Sieu, *sing. rég.* 937 (*en rime*),
son; pl. suj. siey 252, 1215,
sieu (*en rime*) 748, *ses.*

Silh, silha 3913, *pour* cilh,
celui, celle.

Sirvens, sirvent 548, *servi-
teur* (*opposé à* senhor);
143, 163, 4373, *fantassin,
homme de pied;* sirventa
5334, *servante.*

Sis 131, *mot douteux; voir
la note.*

Sisclato 1587, *pour* cisclato;
*cf. le vocab. de la chanson
de la croisade albigeoise.*

So, *pron. neutre, placé avant
le verbe*, 303, 3972, 4322,
cela. En des loc. telles que
no so tengron pas a joc 161,
no so tengron a sojorn
184, *etc.; il faudrait p.-ê.
lire* s'o *en considérant le
verbe comme réfléchi; cf.*
no m'o tengui a gab, 2866.

Sobrebe 3351, *très bien, plus
que bien.*

Sobrebel 2645, 3555, 3916,
5179, *très beau.*

Sobrebo, sobrebona 1047,
très bonne.

Sobrecorrent 4021, *t r è s
raide, très en pente (en
parlant d'une côte).*

Sobregran 4928, 5133, 5243,
très grand.

Sobremeravilha, 4598, *mer-
veille, étonnement extrême.*

Sobrenom 1564, *surnom.*

Sobrier 883, 1049, 1172,
1239, 2644, *supérieur, dé-
mesurément grand.*

Sobtamens 164, *soudaine-
ment.*

Sobtar 4424, *opprimer, écra-
ser (au propre), littérale-
ment mettre sous soi.*

Sobte 2601, *soudainement.*

Soc 1059, *soc, tronc servant
d'établi aux charpentiers.*

Socres 2368, sogres 2454,
beau-père.

Soffanador 191, *qui refuse,*
ou, peut-être, qui doit être
refusé, méprisé; il s'agit
de guerriers qui ne sont
pas soffanador, c'est-à-dire
qui ne sont pas des hommes
à refuser le combat, ou qui
ne sont pas à mépriser. So-
fanar, mot dont l'origine
est encore incertaine (Diez,
Etym.Wœrt., II b, sosanar,
cf. Zeitschr. f. rom. Phil.,
VI, 110), signifie « refu-
ser ». Dans le Ferabras
provençal, Car mon caval
sofanas (v. 1401) corres-
pond dans le Fierabras
français à Quant mon ce-
val refuses (v. 1136). Cf.
Breviari d'amor v. 28485,
son soffanat e mespres.*

Sojornar 4258, *se reposer.*

Sojorns 118, 184, *repos
agréable.*

Sol 1024, 1211, 2753, *seule-
ment;* ab —804, 958, 4037,
*pourvu seulement, à cette
seule condition.*

Solatz, solas 118, 1968, *plai-
sir de la conversation;*
3687, 4293, *compagnie,
société;* far — 3542, *tenir
compagnie.*

Soler, sol 990, soliatz 4779,
avoir coutume.

Soleta 911, *seule.*

Somi 3896, 4014, *songe.*

Somjar 3890, *songer, rêver.*

Somrire 90, *prét.* somri, *réfl.*
332, *sourire.*

Sonar a 1318, 1450, 2712,

2901, 3330, 3383, 4536,
interpeller.

Sopa 2424, soupe, tranche
de pain qu'on trempait
dans le bouillon.

Soptamens 164, soptament
2603 (les deux en rime)
aussitôt.

Sort, loc. non o diss pas ad
home sort, 776, il ne parla
pas à un sourd; cf. Flam.
v. 480.

Sosmes 4112, sujet vassal.

Sostener (en rime) 68, sos-
tenir 73, soutenir, défendre.

Sovenet 4366, souvent.

Spaza, spasa 930, 1044-5,
épée.

Star, voy. estar.

Stola, la — 2384, l'étole.

Suau, adj. neutre pris ad-
verb., 113, 3311, douce-
ment.

Suenh, se donar — 3326,
s'inquiéter, se préoccuper.

Sufertar 782, supporter, souf-
frir.

Sufrir 3931, porter?

Sul, suls, pour sus lo, sus los.

Sus 179, 194, sur, au-dessus,
en haut; sul, pour sus lo,
576, 834, 909, 931; suls,
pour sus los, 4984.

Susar, suzar 3316, 3692, suer.

Ta, suivi d'un adjectif, 2622,
2625, 4681, si, tellement.

Taffur, 370, terme de mépris,
appliqué aux Sarraẓins; au
sens original, truand, va-

gabond; voy. Diez, Etym.,
Wœrt., II c.

Tal, per — 511, 748, 1486,
2723, 4703, afin que.

Talent, a non — 4368.

Talh, de bon — 2059, 4251,
de bel — 3750, de belle
taille, de belle forme, en
parlant d'une personne.

Talhada, d'obra — 154, en
pierres taillées.

Talhador 4639, 4641, tailloir,
sorte de plat ou d'assiette.

Talhar 3970, découper [les
viandes].

Tancar 2836, 4311, fermer.

Tanher, prés. tanh (réfl.)
631, 3854, imparf. tanha
(réfl.), pour tanhia; 3569,
prét. tayss 49, 2432, con-
venir, être à propos.

Tant, ab —, am —, voy. ab;
en — que 571, en tant
que, en ce que; per — 4328,
pour autant, pour cela.

Taparels 3210, bâtons, mas-
sues. Mistral, TAPARÈU.

Tapit (en rime) 1783, tapi
1376 (en rime), tapis.

Tapital 1573, tapis.

Tassas 2423, tasses.

Tastar 3309, tâter, goûter.

Tayss, prét. de tanher.

Temer, ind. pr. tem 4172,
temem 243, 552; prét. te-
megron 3998, craindre.

Temeros 4848, craintif.

Temor 4889, crainte.

Temps, per — 5246, bientôt;
cf. le vocab. de l'Escoufle.

Tendir 3539, *retentir.*

Tenir 958, 1175 (*en rime*), 2965, 4267, *ind. prét.* tengui 2866; *condit. passé* tenguera 993; *loc.* — a gab 2866, [*ne pas*] *tenir pour une plaisanterie,* — a joc 161, [*ne pas*] *tenir pour un jeu;* — a refut (*ms.* arrefut) 4322, *mépriser;* — a sojorn 184 [*ne pas*] *tenir pour repos; pour plaisir;* — amor 1492, *porter de l'affection* [*à quelqu'un*]; — lo camp 993; 4267, *avoir la garde d'un champ clos;* se — per, *avec un adj.*, 158, *se tenir pour...;* per la fe quem tenetz 2789, 3712.

Terrenal, paradis — 2498, *paradis terrestre.*

Tertia 2334, *heure de tierce.*

Testa, jurar sa — 3950, *jurer sur sa tête.*

Tieus, *pron. poss. pl. rég.*, 605, *tiens.*

Tieyra, a — 580, *en ligne.*

Tirar 986, *tirer, traîner; réfl.* 2206, *se tirer* [*à l'écart*].

Tocar, *voy.* balh.

Tolir, *prét.* tolc 1154, 4060; *subj. pr.* tuelha 5342, tolam 4006; *imp.* tolguesso 712; *part. p.* tout 4771, toutz 1739, touta 4682; *enlever; réfl.* 712, 1666, *renoncer.*

Torns, *pl. rég.* 2660, *ban, sonnerie de trompette.*

Torr 155, 4283, *tour.*

Torrela 4289, *tour.*

Torser, *prét.* tortz 736, 3114, *tordre.*

Tostemps 1156, 2448, 3093, *toujours.*

Touta, *part. p. de* tolir; mala — 4681, *maletôte, exaction.*

Tozet 4352, *jeune homme.*

Tozeta 3106, 3668, *fillette.*

Tracher 1040, trachers 4847, trachor 1248, 2825, 2887, 2889, 2932, *traître.*

Tracïo 2211, *trahison.*

Trag, *part. p. de* traire.

Trainutada 4834, *nuitée, durée d'une nuit.*

Traire 375, *ind. pr.* traso 4440, *prét.* trayss 1048, 1179, 3107, *part. p.* trag. 1753, trait 2625; *tirer, arracher;* — mal 2625, *supporter du mal.*

Trap 829, 1583, *tente, anc. fr.* tref.

Tras 903, *derrière.*

Trasir, *part. p.* trasitz 2209, *trahir.*

Trassir, *part. p. fém.* trassida 1711, *s'évanouir.*

Trast 3520, *tréteau, sorte de table montée sur chevalets.*

Traucar 1011, 1023, 1206, 4027, 4370, *trouer, percer.*

Trauquet 3607, *trou.*

Traütage 125, 136, 1945, 2189, 2473, 4119, *tribut.*

Travers, en — 1049, *en travers.*

Trebalh 4356, *peine, labeur;*
senes son — 1214, *sans
avoir à se donner de peine.*

Trencar 688, *semble employé
comme neutre, être tran-
ché.*

Treps, *pl. rég.*, 3858, *danses.*

Trescambada 1655, *culbute.*

Treva 257, *trêve.*

Triar 97, 833, 2240, 4233,
4566, *choisir; réfl.* 1010,
1066, *se choisir, se désigner
[pour faire une chose].*

Trigar, triguar 2715, *tarder;
réfl.* 1234, *se retarder,
prendre du temps; ses —
2700, ses pus— 894, 1394,
2361, 2381, 2615, sans re-
tard, sans plus de retard.*

Trilha 3956, *treille.*

Tro 1027, 1359, 1513, *jus-
qu'à, jusqu'à ce que.*

Tro 2130, 3284, *ciel.*

Trop, *voy.* pauc.

Tros, *pl.* trosses 3186, *tron-
çons, morceaux.*

Trot, de — 2832, *au trot.*

Trotar 903, *trotter.*

Truan 420, *épithète inju-
rieuse, employée ici sans
signification précise.*

Trufa 1664, *rire, explosion
de gaîté.*

Tuba 1514, *trompette.*

Tumbar 4437, *tomber (au
sens ancien), faire la cul-
bute; voir* Daurel e Beton,
au vocabulaire.

Tums, *rég. pl.*, 4437, *culbu-
tes.*

Ubrir 372, 528, 3680, *subj.
imp.*u bris 3656, *ouvrir.*

Ueyss 3772, *huis.*

Ufrir 1578, *offrir.*

Urtar, *gér.* urtan 3170, *se
heurter.*

Usset 3691, *petit huis.*

Vailet, vaylet 105, 4634,
vallet, *serviteur.*

Vairet 3329, *vair.*

Val 1615, 1622, *pour* va (*ou*
vai) li.

Valat 750 (*cf.* val, 862), 4057,
fossé.

Valer, *ind. pr.* 1re *pers.* vali
3235, *subj. pr.* valha 1012,
2927, *valoir, porter se-
cours.*

Vas 653, 3991, *vers.*

Vas, *pl. rég.*, 114, *fatigué,
affaibli;* 681, *vain, léger
d'esprit.*

Vassal 1006, 4279; vassalh
966, 972, 1036, 2830, 2950,
guerrier. (*La différence de
graphie est sans importance,
ce mot étant toujours en
rime avec* caval *ou* cavalh.)

Vassalage 4385, *exploit, ac-
tion d'éclat.*

Vaylet, *voy.* vailet.

Vec vos 142, 198, 538, 660,
758, 891, *voici;* vec les
vos 412, 1080, *les voici.*

Vedar, *prét.* vedec 3611, *dé-
fendre, interdire.*

Veguada, la — 4978, *cette
fois, alors.*

Velhar 4074, *veiller.*

Venceire, *pl. rég.* vencedors 581, *vainqueurs.*

Vencezo 975, *victoire, proprement l'action de vaincre. Ici ce mot s'applique à un combat singulier qui doit avoir lieu.*

Venguda, de — 164, 1135, *aussitôt.*

Venir, *prét.* venguist 1785, vengro, ve n g r o n 1162, 1202, vengueron 1170, 1674, *fut.* vendré 2518, *venir.*

Vertadier 2306, *véridique, franc.*

Vertut 1141, *force;* 1390, *miracle;* peiras de — 1535, *pierres douées d'une vertu.*

Veser, *voy,* vezer.

Vestidura 2269, *vêtement.*

Vetz 1117, *fois;* la — 1908, *alors, cf. le béarnais las betz; totas —* 4433, 4889, *toutefois.*

Veus, *pour* ve vos, 234, 997, 3209, *voici.*

Vezer 491, 847, veser 93, 698; *ind. pr.* veg 1695, 3335, vezes 437, vesem 72; *prét. s. 3ᵉ p.* vic 35, 247 (*en rime*), 376 (*id.*), 670, 698, 706, 915, vi 40 (*en rime*), *pl. 1ʳᵉ p.* vim 1942; 2ᵉ *p.* vitz 689; *3ᵉ p.* viro 185, 1061; *cond. p.* viratz 354, 4072, viram 4818; *subj. pr.* vejam 91; *imparf.* vis 485, 933, 996, vissem

4782, visso 1027, *part. p.* vist 4248; *voir;* vesent de totz 109, 541, 674, 1813, 2245, *sous les yeux de tous.*

Via, *fig.,* bona — 1326, *bonne voie, au fig., bon parti;* quals vias fe 3456, *quelles voies [elle] fit, au fig., quel fut son sort.*

Viandas 157, *vivres.*

Viassament 4166, *promptement.*

Victoria 380, *victoire.*

Vigor, per — 1022, *par force.*

Vironar 2935, *entourer, bloquer [un château].*

Vis, esser a — 3296, *être avis, paraître bon.*

Vist, esser a — 716, 5330, *même sens.*

Vista 2979, *vue.*

Viure 4783, *ind. pr.* viu 923, 1297, *prét.* visquec 2655, visquet 5270, visc 5267, *vivre.*

Vodar 2289, *vouer, faire vœu.*

Vol 2282, 4342, *vouloir, volonté.*

Voler, *ind. pr. s.* 1ʳᵉ p. vuelh 268, 345; 2ᵉ p. vos 4854; *3ᵉ p.* vol. 723; *pl.* voletz 3624; *prét. s.* 2ᵉ p. volguist 582, 584, 604; *3ᵉ p.* volc 110-1, 698; *pl.* volgro, volgron 57, 103, 206, volgueron 1431; *fut.* voldra 461; *cond. p.* volgram 4783, volgueran 207; *subj. pr.* vuelhatz 218; *imparf.* volgues 137; *vouloir;* 3624, *désirer; auxil.* 110, 112, 217, 218, 862.

Voluntat, de — 460, *de plein gré.*

Voluntos 819, 4748, *désireux*; 4036, *de bon cœur, volontiers.*

Voutejar 4054, *tourner en divers sens, terme d'équitation.*

Y, *suivi d'un mot commençant par a,* 2385, 2849, 4454, *et.*

Y, *pour* li, 2504, 2813, 4175.

Yfanta, *voy.* ifanta.

Yferns, *pl. rég.,* 601, *les enfers.*

Ysnel 2708, 4826, *vif, rapide.*

Ysnelanent 1499, *rapidement.*

Yssament 3599, 3908, 4253, *également.*

Yssir 139, 181, 464, 740, 1643, 1831, *cond. passé* issira 2936, *sortir.*

ERRATA

155, *supp. la virgule.* — 395, tres, *on préférerait* rés. — 430, qu'es, *lis.* ques. — P. 15, *rubrique,* del, *lisez* dels. — 510, *suppr. la virgule.* — 924, *lis.* liurar. — 1386, f. 21, *lis.* f. 12. — 1679, 'vïan, *lis.* 'vian. — 1796, *rétablir dans le texte la leçon* crossat *rejetée en note.* — 1979, *mettre une virgule à la fin du vers.* — 2134, *lis.* rics. — 2182, fay, *corr.* fey. — 2477, *suppr. la virgule.* — 2480, *corr.* atendenssa. — 3028, vint, *corr.* vins. — 3441, *mettre point et virgule après* reys. — 3743, *mettre un point à la fin du vers.* — 3744, *suppr. la ponctuation à la fin du vers.*

Publications de la SOCIÉTÉ DES ANCIENS TEXTES FRANÇAIS
(*En vente à la librairie* FIRMIN DIDOT ET Cⁱᵉ, *56, rue Jacob, à Paris.*)

————

Bulletin de la Société des Anciens Textes français (années 1875 à 1896). N'est vendu qu'aux membres de la Société au prix de 3 fr. par année, en papier de Hollande, et de 6 fr. en papier Whatman.

Chansons françaises du xvᵉ *siècle* publiées d'après le manuscrit de la Bibliothèque nationale de Paris par Gaston PARIS, et accompagnées de la musique transcrite en notation moderne par Auguste GEVAERT (1875). *Epuisé.*

Les plus anciens Monuments de la langue française (ixᵉ, xᵉ siècles) publiés par Gaston PARIS. Album de neuf planches exécutées par la photogravure (1875). . . . . 3o fr.

Brun de la Montaigne, roman d'aventure publié pour la première fois, d'après le manuscrit unique de Paris, par Paul MEYER (1875) . . . . . 5 fr.

Miracles de Nostre Dame par personnages publiés d'après le manuscrit de la Bibliothèque nationale par Gaston PARIS et Ulysse ROBERT ; texte complet t. I à VII (1876, 1877, 1878, 1879, 1880, 1881, 1883), le vol. . 10 fr.

Le t. VIII, dû à M. François BONNARDOT, comprend le vocabulaire, la table des noms et celle des citations bibliques (1893). . . . . 15 fr.

Le t. IX et dernier contiendra l'introduction et les notes.

Guillaume de Palerne publié d'après le manuscrit de la bibliothèque de l'Arsenal à Paris, par Henri MICHELANT (1876). . . . . 10 fr.

Deux Rédactions du Roman des Sept Sages de Rome publiées par Gaston PARIS (1876). . . . . 8 fr.

Aiol, chanson de geste publiée d'après le manuscrit unique de Paris par Jacques NORMAND et Gaston RAYNAUD (1877). . . . . 12 fr.

Le Débat des Hérauts de France et d'Angleterre, suivi de *The Debate between the Heralds of England and France, by* John COKE, édition commencée par L. PANNIER et achevée par Paul MEYER (1877). . . . . 10 fr.

Œuvres complètes d'Eustache Deschamps publiées d'après le manuscrit de la Bibliothèque nationale par le marquis DE QUEUX DE SAINT-HILAIRE, t. I à VI, et par Gaston RAYNAUD, t. VII à IX (1878, 1880, 1882, 1884, 1887, 1889, 1891, 1893, 1894), le vol . . . . 12 fr.

Le Saint Voyage de Jherusalem du seigneur d'Anglure publié par François BONNARDOT et Auguste LONGNON (1878). . . . . 10 fr.

Chronique du Mont-Saint-Michel (1343-1468) publiée avec notes et pièces diverses par Siméon LUCE, t. I et II (1879, 1883), le vol. . . . . . . 12 fr.

Elie de Saint-Gille, chanson de geste publiée avec introduction, glossaire et index, par Gaston RAYNAUD, accompagnée de la rédaction norvégienne traduite par Eugène KOELBING (1879). . . . . 8 fr.

Daurel et Beton, chanson de geste provençale publiée pour la première fois d'après le manuscrit unique appartenant à M. F. Didot par Paul MEYER (1880). . . . . 8 fr.

La Vie de saint Gilles, par Guillaume de Berneville, poème du XIIᵉ siècle publié d'après le manuscrit unique de Florence par Gaston PARIS et Alphonse Bos (1881) . . . . 10 fr.

L'Amant rendu cordelier à l'observance d'amour, poème attribué à MARTIAL D'AUVERGNE, publié d'après les mss. et les anciennes éditions par A. DE MONTAIGLON (1881). . . . . 10 fr.

Raoul de Cambrai, chanson de geste publiée par Paul MEYER et Auguste LONGNON (1882). . . . . 15 fr.

Le Dit de la Panthère d'Amours, par Nicole DE MARGIVAL, poème du XIIIᵉ siècle publié par Henry A. TODD (1883) . . . . 6 fr.

Les Œuvres poétiques de Philippe de Remi, sire de Beaumanoir, publiées par H. SUCHIER, t. I et II (1884-85). . . . . 25 fr.
Le premier volume ne se vend pas séparément ; le second volume seul 15 fr.

La Mort Aymeri de Narbonne, chanson de geste publiée par J. COURAYE DU PARC (1884). . . . . 10 fr.

Trois Versions rimées de l'Évangile de Nicodème publiées par G. PARIS et A. Bos (1885) . . . . 8 fr.

Fragments d'une Vie de saint Thomas de Cantorbéry publiés pour la première fois d'après les feuillets appartenant à la collection Goethals Vercruysse avec fac-similé en héliogravure de l'original, par Paul MEYER (1885). 10 fr.

Œuvres poétiques de Christine de Pisan publiées par Maurice ROY, t. I et II (1886, 1891), le vol. . . . . 10 fr.

Merlin, roman en prose du XIIIᵉ siècle publié d'après le ms. appartenant à M. A. Huth, par G. PARIS et J. ULRICH, t. I et II (1886) . . . . 20 fr.

Aymeri de Narbonne, chanson de geste publiée par Louis DEMAISON, t. I et II (1887). . . . . 20 fr.

Le Mystère de saint Bernard de Menthon publié d'après le ms. unique appartenant à M. le comte de Menthon par A. LECOY DE LA MARCHE (1888). 8 fr.

Les quatre Ages de l'homme, traité moral de Philippe DE NAVARRE publié par Marcel DE FRÉVILLE (1888) . . . . 7 fr.

Le Couronnement de Louis, chanson de geste publiée par E. LANGLOIS, (1888). . . . . 15 fr.

Les Contes moralisés de Nicole Boron publiés par Miss L. Toulmin SMITH et M. Paul MEYER (1889). . . . . 15 fr.

Rondeaux et autres Poésies du XVᵉ siècle publiés d'après le manuscrit de la Bibliothèque nationale, par Gaston RAYNAUD (1889). . . . . 8 fr.

Le Roman de Thèbes, édition critique d'après tous les manuscrits connus, par Léopold CONSTANS, t. I et II (1890). 30 fr.
Ces deux volumes ne se vendent pas séparément.

Le Chansonnier français de Saint-Germain-des-Prés (Bibl. nat. fr. 20050), reproduction phototypique avec transcription, par Paul MEYER et Gaston RAYNAUD, t. I (1892). . . . . 40 fr.

Le Roman de la Rose ou de Guillaume de Dole, publié d'après le manuscrit du Vatican par G. SERVOIS (1893). . . . . 10 fr.

L'Escoufle, roman d'aventure, publié pour la première fois d'après le manuscrit unique de l'Arsenal, par H. MICHELANT et P. MEYER (1894). . 15 fr.

Guillaume de la Barre, roman d'aventure, par ARNAUT VIDAL DE CASTELNAUDARI, publié par Paul MEYER (1895). . . . . 10 fr.

Le Roman de Meliador, par FROISSART, publié par A. LONGNON, t. I et II (1895), le vol. . . . . 10 fr.

Le Mistère du viel Testament publié avec introduction, notes et glossaire, par le baron James DE ROTHSCHILD, t. I-VI (1878-1891), ouvrage terminé, le vol. . . . . 10 fr.

(Ouvrage imprimé aux frais du baron James de Rothschild et offert aux membres de la Société.)

———

Tous ces ouvrages sont in-8°, excepté *Les plus anciens Monuments de la langue française*, album grand in-folio.

Il a été fait de chaque ouvrage un tirage à petit nombre sur papier Whatman. Le prix des exemplaires sur ce papier est double de celui des exemplaires en papier ordinaire.

Les membres de la Société ont droit à une remise de 25 p. 100 sur tous les prix indiqués ci-dessus.

———

La Société des Anciens Textes français a obtenu pour ses publications le prix Archon-Despérouse, à l'Académie française, en 1882, et le prix La Grange, à l'Académie des Inscriptions et Belles-Lettres, en 1883 et 1895.

———

Le Puy. — Imprimerie R. Marchessou, boulevard Carnot, 23.